如果有誰可以理解，那就是動漫社長了吧

——朱宥勳　作家　秘密讀者編輯委員

1.

在談這本書前，要先從一次文學獎評審經驗說起。去年，我受邀評溫世仁武俠小說獎的複審，短時間讀了四十個武俠長篇，頗有即將仙去之感。不只是因為每篇都幾十萬字，更大的原因是稿件素質。當代大部份寫武俠小說者，不是模仿金庸、就是複製古龍。前者若無金庸的編劇能力，就容易讓那樣的角色流於刻板；後者若無古龍的詩意和洞明世事的瀟灑，就只是一群換個方向刻板並且很中二的角色在紙上亂跑。

就在我絕望地讀完大多數的稿子，才發現了一篇讓我精神一振的，非常奇妙的小說。它基本上是一篇「輕小說」，從角色設定到文字風格都有著強烈的輕小說氣味；但同時它也確實是武俠小說，它用非常聰明的方式來重新詮釋「武」，角色的掙扎也確實環繞著「俠」的核心。而且更讓我感到愉悅的，是這篇小說「非常知道自己在做什麼」，不但每個段落的方向感很明確，各自發揮應有功能，有時還會有些小段落對內行的讀者眨眼睛——比如說，裡面有個叫做芸草的角色，教女主角曉楓如何編造出無限個故事的段落，就是小說編劇的基本功。作者將之不著痕跡地融入了故事情節裡，一般讀者大概不會有感覺，但會看的人一定會噗哧笑出來。

好小子，你寫篇小說來參賽，還有餘裕在賽事中途跟評審眨眼睛：

「你知道這招是什麼嗎？^_<」

好啦我知道啦。靠北喔。（你就不怕看不出來的評審惱羞成怒嗎？）（啊，我忘記了如果他

們看不出來，就根本不會知道要腦羞。）

瞬間那一整票學金庸、學古龍、學到不知道自己是誰的，通通失色了。

輕小說加武俠，然後還發生在原汁原味的臺灣現代社會耶，這組合太有梗了，這真的是只有臺灣人才寫得出來的東西啊。

由於審議過程一切匿名，我根本不曉得這是誰寫的。但我很愛它，在評審會議上努力為它拉票，我也當場說：我認為這篇不只應該入圍，而且應該得獎。（評審會議影片已經公開上網，有興趣可參閱）。然而同時，我卻也有點不安，我大概可以想像，如果下一階段的決審委員很堅持「武俠小說」的傳統樣式的話，「很像輕小說」這個在我看來是優點的部分，正是它可能落敗的原因。因為「武俠小說」，在很多人眼中，就是應該像金庸或像古龍。

最後我的不安成真了，它真的一個獎都沒有撈到。

但對我個人而言，卻是中了另外一個獎：靠，原來這篇叫做《夜行：風神嗚響》的小說，是我已經認識好幾年的黃致中寫出來的。我們同在耕莘寫作會，但出於我的疏懶、以及長年都無法在臺北參加活動的關係，我竟然從來不知道，他小說寫得這麼好。

2.

我知道的是，他是工程師。行事穩重可靠，辦活動時也有靈活的企劃能力。如果硬要找出他容易讓人困擾的地方，那就是你不管跟他說什麼，他都會用全力以赴的認真眼神看著你，你看得出你的每個字都讓他的腦袋全速運轉，正在找出一個絕對可以讓大家都滿意的解決辦法，然後說：「好的。沒問題。」

但我最記得的一件事，還是「他是工程師」這個刻板的角色設定。因為他實在是一個太精準、太清晰的人了，在他的腦袋裡，沒有任何雜亂的經驗現象，無法提煉成簡潔的運轉模式；也沒有任何抽象概念，不能被用一兩個簡明的例子說清楚。和他說話，對於長年浸泡在各式各樣模糊語意的同輩文青、前輩作家的我來說，是令人安心的休息。

而我認為，武俠小說也有他的「運轉模式」，這點黃致中掌握得非常好。你可以幫武俠小說添上各式各樣的外在設定元素，但它的核心就是「武」（一種超乎尋常的、發自肉體的力量）和「俠」（一種必須為弱者做些什麼的倫理自覺），所以「武俠」就等於可以化約成一個問題：「你有了超凡的力量，你接下來要拿它做些什麼？」

所以，雖然表面上《夜行：風神鳴響》跟我們想像中的「武俠小說」長相完全不同，但核心的本質就是在回答這個問題。曉楓意外獲得了飛雁提供的強大武藝以及芸草提供的超人智力之後，小說的主要軸線就是在「要不要出手」這件事上。從貫穿全書的「能否棄劍」的問題，到第一次學會「諦聽」，知道有人在廁所裡被毆打開始，轉接到王安治被欺負、為了解決一個麻煩帶來更大的N個麻煩，以及飛雁帶曉楓回去看那些「曉楓曾經最想殺掉的人」這些情節來看，我們可以看出作家非常知道自己在辯證的問題是什麼，一層層加重問題的力度。

這個你不出手嗎？——那下一個呢？

你說到此為止，那接下來的問題怎麼辦？

而在小說的結尾，黃致中強化了參賽版本中最軟弱的部分，添了不少原版沒有的情節。其中最重要的改動，就是以某種迂迴的方式，來告訴我們曉楓如何以自己的風格，用不同於飛雁的武力壓制和芸草的智力取勝的第三條路，回答了這個倫理問題。毫無疑問，這個改動讓小說比原版更好了。

夜行：風神鳴響
推薦序

3.

作為小說寫作者，黃致中另有一項少有人能及的能力：他是個非常棒的「詮釋者」。他擅長把一件事說成你沒想像過的樣子，結果你竟然還覺得那件事更清晰、更銳利、更美好了，簡直就像他伸手到你的後腦勺，幫你調整腦袋和眼睛的解析度一樣。

而小說，往往正是小說家如何「重新詮釋世界」的文學形式。他把你習以為常的世界變成別的樣子，結果卻讓你對這個世界有更美更好的理解。這正是《夜行：風神鳴響》最令人享受的一點。將武俠元素放入現代社會的小說很多，但想到要解決活在集體主義思維的古代俠客，如何與活在個人主義盛行的現代女高中生磨合問題的並不多。讓主角被附身、擁有心內的另一人格的小說很多，但想到「隱私」是個問題的並不多。想到要建立一套解釋體系來讓現代人容易重新理解「武術」內涵的小說很多，但能提出能讓現代角色接受卻又不傷害原有武術魅力的並不多。

《夜行：風神鳴響》有一種異乎尋常的清醒，從結構到內容都是。它毫不含糊，因為作者不允許自己閃避，每一個可能的問題都要解決，每一個可能的破綻都要提出好的說法去縫補。

就此而言，《夜行：風神鳴響》的寫法其實很類似科幻小說。科幻小說的操作方式是，置入一項不曾存在的新科技，以它為中心去捲動人類個體、人類社會的變化，而我們就可以比對出自己現在的狀況和小說中有什麼不同。透過這個「先乘上一個X，再還原」的手法，讀者可以更明確地理解「自己」是什麼樣的一種生物。而在黃致中手上，這裡的「新科技」可以代換成任何元素，讓它們交互作用：氣、劍法、智慧型手機、監視攝影機、社群網站、人的鬥爭本性或怯懦……

而我覺得最有趣的一點，是黃致中選擇了輕小說的元素，來作為他辯證「武俠」的載體。我相信對敍事概念瞭若指掌的他，絕對有能力寫出任何比較「典型」的現代武俠套路，但他沒有。他給了我們一個嬌蠻的學妹、北七的技術宅，和冷靜到不行的指揮官學姊，由他們組成的動漫社是主角之所以能度過難關的支持系統。為什麼是他們呢？

這是我為了這篇推薦序再次閱讀小說時，才終於比較清晰感覺到的。那或許可以讀作黃致中給他同世代，甚或下一個世代的臺灣年輕人的信號。「我們」之所以如此特別，如此強大，不只是因為古老的劍靈飛雁和芸草附身在「我們」身上而已。重要的是我們面對這一切時，可以像麒麟學姊一樣冷靜、開放、評估所有可能並且做出合理的決定。唯有這樣的我們，才能把「武俠」變成另外一個樣子，把「小說」變成另外一個樣子。因為我們，是一個從小什麼動畫都看，什麼夢想都敢做，什麼詭異的解決方案都敢去闖的世代。

我們能把「世界」變成另外一個樣子。

這是小說最核心的宣言或預言：

「如果有誰可以理解，那就是動漫社長了吧。」

這座城市需要更高明的超級英雄

——神小風　小說家

幾乎就跟想像中完全一樣，彷彿她無意間早已理解了些許風神劍的運作原理，那些風弦就這麼纏繞在背後，阻住她的跌勢，一根接一根承接住她的身體，張力拉到極限就斷裂。當她緩緩躺在天台的水泥地板，最後一根弦也剛好斷光，就像溫柔抱著再輕輕放到地上一樣。眼前只見無限寬廣的藍天，從黃昏漸層墜落至深藍的夜。

——《夜行：風神鳴響》

雖然說，如果不是致中的關係，我大概不會特別去讀這樣的小說，尤其這是一部融合了武俠與校園玄幻的作品，以輕小說而言，我並沒有偏愛這幾項元素，又沒有腐情節或電鋸殺人魔，或少女賣萌賣肉賣悲慘往事，雖然的確是有少女啦……但翻開頭一頁，這個叫朱曉楓的高中女生，感覺不太一樣。

但我還是不得不說，這部小說還真好看。

但或許又忍不住要說，大概是因為是致中寫的，才會這麼好看。

我所理解的致中，是一個相當自制的狂熱份子——這兩個詞似乎有點互斥，但或許正說明了他是如何構成自己的寫作小宇宙。舉凡小說、桌遊、電影、電玩、漫畫或大型LARP跑團遊戲等等，他總是對於那些充滿創造力的事物充滿熱情，卻又嚴苛得要命，如一個剛拿到精密機械的工匠，將每個關節拆解並細細研究其脈絡，一鑽進去就渴望更多。伸手觸摸肌理，碰碰這裡，摸摸那頭，可能是讚嘆、佩服、質疑接著不免俗的思考：為什麼這樣走，為什麼人物這樣說話，這樣真的合理嗎？最終會推導到一個問號，那這樣走看看會不會比較好？做為好事的旁觀者，我看著他打呵欠：有必要這樣嗎？有必要研究成這樣還打成好幾千字的文章嗎？可能別人也只是「閱」、「推」、「讚」的給你按過去啊。我當然看不到致中當時的背影，可是我想像著，那個背影在說的一定是：當然、當然有必要啊。

或許這本小說，就是在這樣「有必要」的狀況下誕生了。練武奇才如果會出現在武當山、峨嵋派或周星馳的電影裡，當然也可能在我們都熟悉的現代都市裡悄然現身。故事的軸線是這樣拉扯出來的：高中女生朱曉楓拾得一把名叫「無悔」的神劍，當墨家魂魄附上少女真身（而且一次兩個，半買半相送。更藉「元祖」飛雁的之口表明，這把劍如客棧人來人往，下一次入住是誰？是續集的暗示？）也讓傳統武俠正式踏入現代校園。這樣的古今交融並不少見，但難便難在如何將兩者完美結合而不突兀？作者顯然有深入思考過此類問題，甚至可以說，他預備好用這一整本書來回答了。於是朱曉楓所遇到的挑戰，當然並不僅僅是神劍「飛雁」和「芸草」佔領她身體的麻煩，也包括腦袋裡的麻煩，「不是跟妳說現代不能帶劍上街？」「我才不管你以前如何快意恩仇，我可不想變成臺灣史上最年輕的連續殺人犯啊！」作者心有所感，故先自我吐槽一番。我特別愛看這類藏在文字間的小小亮點，這往往是內力所在。包括作者透露出的閱讀品味（寄生獸、羅蘭巴特等關鍵字），以及他描述「芸草」教授朱曉楓如何編故事給孩童聽的橋段——數十種經典元素排列組合，那不正是「寫作的技術」嗎？回頭再讀這本融會各種文類公式的作品，正是它的「身世之謎」？這是作者的圈中之圈，眨眨眼睛，悄悄向讀者揭開這本小說的後臺一角。

像這樣，大量融合了自身知識，包括對話、動作乃至對現代社會的觀察思考，以及角色間細膩的相處，不僅保有了俠義精神，又充滿現代的趣味性。那多像小說裡所提到的「風弦」啊，在以為要失手之際，一根接一根飽滿的承接住故事本體。加上成熟的文字掌握力，讓小說從序章就進入一個安穩的節奏，一急一緩，劇情流暢到像精準的齒輪，每一段都緊緊咬合，毫無雜念，全神貫注的讓故事直速奔流，最終完成了一次輕盈的飛躍。完美落地。

這是新的時代了，連鋼鐵人都需要不斷升級反應爐，屌爆俠得透過社群網路威嚇犯人，再孤高的聶隱娘也得下山入世。如果說小丑那句經典名言：「這個城市需要更高明的罪犯。」是身為犯罪者的自負，那戴上老虎面具，穿梭在高樓大廈間的高校少女，便是身為創作者的強力宣告：看啊。別再看向別的山頭，就在這裡。這座城市需要更高明的超級英雄。

祝福致中，也祝福這本小說，終於把自己鍊成一柄願意出鞘的劍。劍術已成，速速下山，接下來，就請持續拚搏直到讀者滿意吧。

概念與言語之書

——許榮哲　小說家

一開始，我以為這是一部「輕」小說（從書名、角色、時空設定，以及不斷出現的動漫梗來看，確實如此），只要兩三下，就可以輕鬆讀完，然後打個飽嗝，一覺醒來，全忘光光。但我錯了，這其實是一部「重」小說。

原因在於輕的世界裡，來了一個重的傢伙：墨子。

近幾年，我和致中合作了多場活動，我是個瞻前不顧後的人，他則正好相反，是個心思細膩、邏輯強大的人，常在事發前預見各種可能的漏洞，並一一列出解決方案，像防毒軟體，有他在，就不怕活動卡關，是個令人安心的傢伙。

以邏輯和揪錯見長的他，簡直就是小說裡的軍師主角芸草化身，他們同樣擁有一顆強大的邏輯腦，總能把漏洞百出的世界（飛雁造成的紕漏），事先用概念和語言，打下一劑又一劑的預防針。

然而過於強大的優點，反倒常常造成主體建築的傾斜，因此作者引進超強的混合、黏著劑「墨家」，把主人翁設定成「墨家的鬼神」，從此一切都合理、順暢了起來。

一如小說裡提及的：

小子才初次明白了，大叔（墨子）為何不堅持要讓自己變強。

或許是因為他堅信一個道理：

概念與言語勝於刀槍。

正因此，千萬別帶著看爽片的心情來看這本書，刀光劍影從來不是作者的目的。這是一部「墨子舌戰公輸般」的概念與言語之書。跟著邏輯縝密的軍師芸草（其實就是作者），用她的理路去探索這個世界，會比跟著行動力強大的劍客飛雁，用他的魯莽去殺敵，有趣很多。

少女的江湖

——Killer 小說家

一個青春少女的人生應該是什麼樣子?在自以為是的成人眼中，應該是充滿陽光和活力，一直玩一直玩一直玩……

但是對很多人而言，青春歲月就像空手闖江湖一樣，放眼全是一片詭異與險阻，只是我們一步入成年期就把它忘了。

至少在我念高中的時候，常希望會有從天而降的使者守護在身邊，陪伴我度過一連串的考驗，陪我練習過生活。

別的不說，白天是乖乖上課的高中生，晚上跟著個性互異的劍靈四處遨遊，甚至可以在夢中穿越時空，連考試都有人代打，這種生活應該是很多人的夢想吧?

只是，這樣外掛全開的人生，真的幸福嗎?自我會不會迷失掉呢?

致中選擇了一個充滿想像力的題材，讓曉楓在開外掛之餘，也學著去分享別人的人生，畢竟青春期原本就是開始思考人生的時候啊。

閱讀著致中的文字，讓我恨不得也讓劍靈附身，跟著曉楓一起，輕鬆愉快地在都市水泥叢林中遊走。笑傲江湖，應該是所有人共同的渴望吧!

夜行：風神鳴響
推薦序

第一章　醒不來的夢

「世界上最危險的地方是哪裡？」

若這麼問曉楓，她十之八九會回答你：「古董店。」而若問她最恐怖的夢是什麼夢，她則無疑會回答：

「醒不來的那種夢。」

是否曾有這種經驗？當觸碰某件從未摸過的東西時，突然有一種幽微的感覺滲入指尖，彷彿曾與它認識，甚至稱得上熟悉，於是拿起，細細把玩。孩童特別容易有此經驗。那或許是根木棒，長度剛好可當把劍，手執一端腕一轉，畫個有力的圓，而後來個大俠似的轉身，持著寶劍，往自己的江湖跑去了。

木棒是個安全的玩意，它沒有故事，或該說它的故事多與人無關。它從種子長成一棵樹，然後不知被誰砍伐、細細劈碎，其中一支碎片流落到此，成為孩童的玩物。人是它故事的結局。它怕人。如果它有情感，應當害怕。如果你覺得與它親近，那想必是某種錯覺。

那如果不是木棒呢？比如一把劍，古劍。狹長的、無銘無刻的黑木劍鞘，上頭只有木紋順著劍鋒走向包覆劍身；劍鞘抵著兩片鐵護手，上頭紋飾已髒鏽難以看清，僅看得出形狀如大雁展翅；而後是彷彿與劍鞘一路的黑木劍柄，被琢磨成形狀瘦長、方便抓握的長橄欖形；尾端以另一組金屬雕飾收束，一樣髒鏽得紋飾不清，只看出形狀如鳥頭，它的喙該銜著這劍的穗，但那穗早已不知落去何方。

看著它不免令人遐想，它真的有被用過嗎？以兵器被製造的用途？總覺得比螢幕上看到的細小，拿在手上卻又遠比想像中的沉重。它曾經劃過人的脖子，戳進眼窩像刺破一粒細小的水球，或穿入肋骨的細縫直探心臟？它的鋒刃是否曾經沾過人的肉屑、骨髓，甚至腦漿？

如果眼前有這麼一把兵器；如果碰觸到時，那股幽微的熟悉感，彷彿在說著它認識你，那又該怎麼辦呢？

曉楓碰到它時是在放學途中。那時街景尚未被大量光潔的櫥窗侵呑，其面貌仍充分展現了店主未經修飾的人格。當她經過那一排店鋪，雜貨店、參考書與玩具店、金石刻印、雞排鹹酥雞攤……腳步漸漸慢了下來。

她不是愛遊蕩的孩子，但總有些時刻會想著回家幹嘛？反正家裡也沒人在等之類，幼少突然患上大人憂愁的魔幻時刻，尤其好發在黃昏。她不想回家，也想不到該去哪，就只是不甘心地一步拖著一步走，突然開始在意起街景的每個細節。就在那時她看見了那把劍。斜斜倚在一間古董店的門邊。那劍的外表全無張揚的成分，但她就是看見了它。左右看看無人，於是伸手，碰到了它。

她有些吃力地將它握在手上，想拔出來，但手不夠長，只能拔出前三分之一的劍鋒。原以為會像護手等外露的金屬部分一般鏽蝕斑爛，想不到劍鋒的狀態比想像中被保護得更好。她把劍鞘夾在兩腿間，以遠遠看去像要把自己下腹剖開似的動作想拔出整把劍。看到漸漸露出的劍鋒上頭有些細微缺損，讓她戰慄了一下，像終於發現了犯罪證據。像那缺損就足以證實那些可怕的砍劈都發生過。這時身後突然有個年輕聲音說：

「小妹妹，這不是玩具耶。」

她立刻喀一聲把尚未全出鞘的劍撤回，動作太急，以致護手與劍鞘敲擊的瞬間雙腿力道不足以固住劍身，整把劍就這樣碰哐倒在地上。她渾身僵直，準備承受一頓好罵，但那年輕男人卻只是俯身拾起那把劍，仔細看了看，然後對她微笑說：「別怕，這東西見過風浪的，沒那麼容易壞。」

說著，輕鬆地把劍拔出了些，不像要檢視，倒像要讓她安心似地在她面前一亮，又收劍回鞘，轉頭看看那幽暗的店裡。「裡頭還有些更有趣、更漂亮的玩意，想不想看？」

她搖搖頭，透過店門那骯髒暗沉的玻璃，只見一堆雜物堆疊或散置在展示櫃上。展示櫃後是張大工作桌，桌旁站著一尊怒吼的神像，右手高舉法器，斷掉的左手放在桌面。那說話的年輕人看來事情仍做到一半，身上圍著有些褪色的黑色工作圍裙，手指還沾著細白的粉，或許正是在修理神像？但她拿劍的時候並沒有看見這男人。他戴著像爺爺會戴的那種玳瑁色大圓粗框眼鏡，瘦削的臉上有種溫和羞澀的笑意。她直覺這男人沒有惡意，但他身後的空間卻無法讓她信任。說來這把劍若不是放在門邊，而店裡看來空無一人，她也不會拿起它。

「妳只對這玩意有興趣？」年輕人有趣地審視了她好一會，幾乎讓她感到不安，他才把那劍往前一遞：「那就給妳囉？」

她呆呆地接了過來，他拍拍手上的粉，往圍裙上一抹，轉身又進店裡，消失在光照不到之處。她有些困惑地眨眼，又看看手上的劍，黑木劍鞘上還留著白粉的指印，像證明鬼存在的痕跡。

不確定在那裡站了多久，她只記得，之後自己就回家去了。

只是忘了把那劍放回原處。

這說法有些牽強，到底要多不小心才能忘記把這麼大又沉的東西放回原處？但她想不出任何應該要把劍拿回家的理由，自己卻這麼做了，實在找不出任何能解釋的原因。或該說，那原因並不能被那時的她**正確地描述出來**，所以只能用一種破綻十足的說法——忘記了——來搪塞。如果此刻來個警察逼問她，她還會吐出更多莫名其妙的答案，比如年輕人說給她，她就當作這劍是她的之類。直到多年以後她才想到最接近正確的說法，而那說法卻讓她渾身都戰慄了起來。

她覺得，是那劍要她把它拿回去的。

很像偷竊慣犯的說詞。東西不會說話。這點常識時年小四的她好歹也是知道的。這理由根本不在該被考慮的範圍。就連想到，都會羞於繼續探究。

至少在那把劍真的跟她說話之前，確實是這樣的……

§

曉楓滿身大汗地用背頂開家裡的大門，把劍斜倚在茶几上，喘個氣發個呆，又把它拖回房間，然後把門關起來。在父親回來前，還有點時間想想該怎麼辦。其實不用急，父親多是過了晚上十點才會不甘不願地回來，母親則早已過世。這絕對稱得上照顧不周，但曉楓從來不是那種需要擔心的孩子。

也因此，她現在格外慌張。

她不知道自己為何會想要把它帶回家，甚至連當初吸引自己碰觸它的理由都忘記了。她喜歡那簡約而滄桑的外表，掌心碰觸那沉重冰涼的劍鞘時有一種莫名的安心感，就連那重量也不討厭。那鋒刃的缺口令她害怕，但也帶來神秘的刺激。上述種種，當這把劍突兀地出現在自己房間，都以反面的形式向她撲過來。它像頭怪物在地板靜靜蹲伏，她才剛拿著它走了好長一段路回家，此時卻連碰它一下都不敢。

她就這麼瞪著它，不知多久，決定去弄些東西吃。父親把錢放在餐桌上，她吃完自助餐（因為去晚了，菜餚已零散，隨便挑幾樣果腹），回來繼續瞪著它發呆。直到累了才上床，那劍始終默默地躺在地上。

她睡得很差。無數的眼神、質問、逼問，老師、警察，那店員在遠處默默地看著，友善的臉扭曲成惡意輕蔑的冷笑。她第一次學會半夜裡滿身大汗地驚醒，而且練習了不只一次。天曚亮時她決定夠了，她要去道歉。帶著劍去道歉，或者偷偷放回原處，不然這樣下去一定會死的。但她不可能帶著這玩意去上學，所以必須放了學趕快衝回家，或者要一早就把那劍拎到店門口再去上學？

下定決心要還劍，她感到安心，一不小心就睡著。再次迷濛醒來，已是遲到邊緣。十萬火急地換衣背書包出門，半路才發現忘記帶劍，牙一咬繼續跑向學校。接下來整天都心神不寧，魂牽夢縈都是家裡那把怪異的古劍，與惡夢。

她記得起的惡夢片段中，並沒有父親。

沒有父親責問她，或懲罰她的段落，父親根本就不在夢裡。但他應該要帶她去道歉的，應該要發現不對勁的，一把那麼顯眼的劍放在女兒房間的地上，怎麼說都很奇怪啊。她一直以為父親是那種忙到再晚，每晚也會推開房門看她是否在睡覺的人，莫非這只是她自我安慰的想法？她愈想，愈發開始怨恨父親了。都是他的錯。該在的時候不在，本身就是一種罪。她靠著埋怨父親撐過了整天的課，放學鐘一打，背起書包快步回家，一出校門就開始跑。

然後停下了腳步。

那間古董店燒掉了。

消防車徒勞地停在現場，好像也不知道該怎麼辦。滿地都是水，但事件已經結束。櫛比鱗次的老舊商店街，不知為何就是那間店被**整整齊齊地**燒去了，像有巨人把這塊房子挖走，只留下現場燒黑的殘跡，與空氣裡的火焰氣味。

她呆在原地，第一個浮現在腦中的念頭竟是**都是我的錯**。是我偷了劍，所以古董店才燒掉的。這兩件全無因果關係的事情讓她僵在現場，無法抑制地發抖。身旁所有人都在說話，卻一句話也進不了她耳裡，直到某位消防員伯伯拍拍她，喊一句「妹妹讓開，這裡危險」，她才兔脫地奔離現場，跑進公寓大門，跑上樓梯，頭靠在家裡的鐵門上，大口喘氣。

不敢進去。

進去就要面對了，自己的罪孽，因為把劍拿走，所以店燒了，那年輕人應該也死了吧。我殺人了，殺人了。

一直想到疲累麻木，才終於能踏入家門，一路走進房間，看著自己的犯罪證據。唯一的辦法只有把它丟掉了。丟到哪個垃圾堆，不會有人知道的……但，如果這把劍離開了那間店，店就燒掉了；我把劍丟出家門，會不會明天也發現家裡燒掉了？她咬著嘴唇，攥著拳，怎麼也想不到更好的方法。她看著自己的房間，床底下是個適合藏東西的地方，但她可能會從此無法安眠。書櫃不夠大，書桌也是。轉眼看到一個灰色的鐵櫃，類似辦公室的文件櫃，只是搬來給她當玩具櫃，大小倒剛好；櫃上還有個插著鑰匙的鎖眼，承諾著閉鎖與安全。

她打開櫃門，勉強抓起劍往櫃裡一丟，再堆上一大堆填充娃娃（感謝她那缺乏想像力的父親，在她生日、聖誕節，或任何值得送禮的日子，就只會送填充娃娃）。直到把劍整個埋住，才關上櫃子，上鎖，把鑰匙往書桌抽屜的深處一丟。筋疲力盡地倒在床上。

終於可以安眠了。

第二章　劍名「無悔」

一眨眼，曉楓已高一，剛過完高中的第一個寒假，即將換回入學時穿的短袖制服與夏裙。她小四時身高曾是班上第二高，現在倒變成班上前幾矮的了。也因如此，她花了好些時間才習慣那個老是撲上來跟她裝熟的少女。

「楓姊姊——」聽到呼喊，曉楓就會一驚，隨即做好背後被撲擊的準備。那是隔壁班的紀常綠，比曉楓更矮半個頭，說她是國中生也不意外。像為了彌補，她有著與身高不成比例的大嗓門與熱情，特技是無尾熊抱，曉楓往往就是她的尤加利樹。

常綠看到她就非常開心，常跳上來又勾又纏，曉楓根本不知道該怎麼應付這種騷擾。聽常綠說自己是家中大姊，下有兩個弟妹時，曉楓原本不信，更認識她之後就比較釋懷。常綠本來就有她的多重面孔，在曉楓面前與對班上同學就是兩面，對不同性質的社團又有其他很多面。她總是抱著異常的熱情衝進各種團體，也還罷了，麻煩的是她往往會拖著曉楓一起去，然後又在她冷卻、或迷上新的而離開時，曉楓才發現自己待在原地，不知道該怎麼辦。

因為她，曉楓明明不喜歡動漫，卻掛上了動漫社社員的身分。同理不喜歡小孩，卻也加入了慈幼社。之後不知道還會帶她走進多少麻煩，每次都下決心再也不被她牽著走了，但又沒信心真做得到。她就是對這種人很沒輒。仔細想想，或許還是該怪自己惹鬼上身。常綠會叫她楓姊姊，原因她也是知道的。儘管那件事在曉楓看來並沒有什麼了不起，她總覺得常綠的反應實在太誇張了。

「才不誇張。」常綠瞪大眼睛。「一般人就只會想想，真敢動手做的到底有幾個？敢做的才叫英雄呢！」

說來就是在捷運上趕走了個癡漢罷了。那時常綠在曉楓眼中只是個恰好穿著相同制服的學生，背後碰巧有個不斷用下體碰撞常綠屁股的中年男子。曉楓當時忍不住煩躁，狠狠甩了他一巴掌，大叫警察，剛好車門打開他就逃了。不過就是這種事情，正常頂多換來個感激的眼光與少許交談，甚至不用期待因此變成朋友吧？但常綠永遠能把事情弄到超乎想像。一週後，曉楓就在相關的生活圈裡變成類似超級英雄的存在。曾有人活靈活現地說那一巴掌下去整整把癡漢打飛了一圈，後腦撞地再起不能。也因此，當她進入動漫社，那宅男學長第一句話就是興致盎然地問她：「你就是那個刃牙學妹？」她足足無視了他兩週，才讓他放棄追問她學的到底是哪家哪派的無差別格鬥技。

除了那學長聒噪得有點討厭，社團的其他人都還滿好相處。動漫社大致分兩派，那個喊她刃牙學妹的胖胖學長戴著黑粗框眼鏡，耳裡老是塞著耳機，有個不符外表的名字叫奇偉，姓楊，身旁那群宅宅常會以此開些取頭取尾的同音笑話，並共鳴著科科科的宅波動。此時，宅波動正盤據在社辦的一角，被暱稱為「墮落區」的角落：鋪著髒髒巧拼的地板上放著一架老舊的LCD螢幕、三臺遊戲機、混雜了各世代遊戲的光碟整理夾被疊成小山，還有臺N年前的NB，都是先前社員積累的痕跡。奇偉學長正在跟一個綽號袋鼠的學弟PK寶石方塊，社辦裡洋溢著廉價喇叭帶有撕裂音的bling-bling聲響，與混雜著髒話的笑聲。

另一派則是麒麟學姊，總是綁著有點隨意的馬尾，身材高瘦、五官冷峭，讓人印象深刻的是她的眼睛，不算大但很漂亮，平時戴眼鏡會稍微溫和些，若戴上隱形眼鏡則有種能殺死人的銳利。

「唷。」她突然走來曉楓身旁，手上拎著一個有些份量的布書袋。「這是上次跟妳提過的作品，我猜妳可能會喜歡。」

曉楓有點嚇到，所謂的「上次」可能是兩三個禮拜前了。碰巧聊到曉楓不喜歡太淺薄的作品，對於某些動漫刻意誇張，甚至幼齡化的角色特質與劇情鋪陳往往感到難以進入；麒麟學姊就足足跟她聊了一個多小時，關於動漫為何會從漫畫之神手塚治虫時期的題材廣泛乃至無一不可入漫畫演變成現在這模樣，以及哪些作者與作品是很值得關注與推薦的。

「《寄生獸》完全版。」她沒有說，但語氣與眼神充分展現自己有多喜愛這套書，以及跟她借這套書的人最好也以同等的喜愛對待。「如果太重，可以只帶一兩本回家，剩下的放這裡就行了。」

她不只眼神澄澈有力，聲音也直鑽進人心裡。說完點個頭，便轉身回去她的領土，大約佔去整個社辦的四分之三大小，處於與墮落區相對的另一端。麒麟學姊一走出社辦就只是個普通的高中女生，頂多因為氣質成熟而被誤認為大學生；但在這裡，她就是麒麟女王。身旁經常圍繞一群唯她馬首是瞻的學妹，這社團的主要活動——出本、擺攤、出團，乃至其他任何能寫進社團評鑑以維繫該社存續的活動，大致都是由這群主力完成。奇偉學長及其同好除了在活動時充當苦力與攝影，其餘大概就是揪團去有動漫歌曲的KTV，或在校慶時辦個電玩大賽之類的活動來插花。

曉楓與常綠則處在一種尷尬的處境，她們不屬於任何一派。曉楓也說不上來這裡是怎麼吸引了她，或許是大家都在忙自己的事，所以她能靜靜地坐著，不特別說話也可以。動漫社或文藝社其實對她都一樣，她只是不急著回家。常綠則是如往常般殺進來，參加幾個活動後就一臉歉然地去忙別的社團；偶爾才露臉，多是動漫社要出cosplay（角色扮演）團時。常綠很適合扮魔法少女，穿上裝扮站出去就會惹來快門此起彼落。曉楓猜想，是否就是那次出場太成功了，常綠才會放心地消失，只要等人來找她就行。

這天常綠難得在社辦裡，表示要出cosplay團了。其時剛好逢到《魔法少女小圈圈》熱潮，借回來的也是相關服裝，曉楓旁觀常綠與那群動漫社同學們笑鬧成一團，聽她們讚賞常綠有多適合這裝扮。她想起同樣這群同學裡的幾個，就曾在曉楓面前大肆批評常綠根本沒弄清楚角色扮演的意義，沒深入瞭解角色內涵、對角色沒有愛就去扮演，簡直是亂七八糟。她以為自己是誰？長得可愛了不起嗎？等等。曉楓同時看著記憶裡的場景與現實的歡笑，覺得頗有意思。類似的事她看多了，但每次還是覺得有意思。

「奇偉，寶劍呢？」麒麟學姊永遠都在忙，此刻就在趕著準備在本次※CWT擺攤的畫稿。偶爾抬頭看一眼常綠的扮像，點點頭，只問了一句。

「早借好啦，角落的紙箱。」奇偉學長也身陷寶石方塊的戰鬥裡，頭也不抬。人群團團圍去看那些道具，引爆一串後續對話。「你幹嘛借了這麼多把啊？」「因為沒有好的啊！」「我覺得我自己做都比它漂亮。」「那你就做一把來看看嘛……」

這次要扮的魔法少女並不像以往的魔法少女慣拿法杖，改拿各式華麗的兵器。但無論是法杖或兵器，在曉楓眼中都是一堆噴漆貼色紙的塑膠保麗龍。身在動漫社，她也被拉去看過《魔法少女小圈圈》，她實在無法將這堆又輕又黯淡的玩意跟劇中的魔法寶劍相比擬。加入動漫社已近半年，她仍無法理解「只要有愛一切就沒問題了」的邏輯。

即使是常被人說對角色沒愛的常綠，也無法接受拿這樣的道具出團。於是她又楚楚可憐地對奇偉學長撒嬌。曉楓受不了常綠這麼對自己，卻不介意看她這麼對別人，就像不會打架的人喜歡看別人打架，這種事她就算下輩子也做不到吧。但常綠做得到。撬開心防，讓對方節節敗退乃至投降，她不僅做得到，也絕不會挑錯人。奇偉學長是最適合的人選了。社辦裡仍堆了好些他年輕時期（亦即高一）懷著熱血時製作的cosplay道具（主要是精巧的配件）、工作桌與工具組。最後奇偉果然開心又痛苦地答應了，像個退休的鐵匠承諾再次幫戰士打造寶劍。常綠歡呼，在他身旁繞圈圈，又勾住了曉楓的手。

曉楓突然覺得自己看夠了，明明前一刻還覺得很好玩的，她也不清楚這突如其來的厭煩心情究竟是為何。隨便找個藉口，就離開了現場。

§

這些年，街景變了很多。

即使每天搭捷運上學，總還是會經過小學與那條通往她家的老街。小吃攤倒還在，大嬸依舊以同樣的節奏剁著雞排與甜不辣；但雜貨店已變成便利商店，書與玩具店的怪異混血也蛻變成櫥窗光鮮的連鎖書店。燒成廢墟的古董店則是原地開了間裝潢不亮眼的北方館子，從招牌到桌凳都舊得理直氣壯。常看見個操外地口音、滿面紅光的老大叔在那一臉淡漠地桿著蔥油餅皮，這個新來客反而意外地帶給老街一股懷舊的氣味。

這一切或許都相當虛假。無論新舊，沒有不變的。

她莫名地想起許多細節，關於那個魔幻時刻的黃昏，她抱著把重得要命的劍氣喘吁吁地回家，說出來也沒人相信的情節，對她而言卻比這變幻流轉的街景更真實。但那是真的嗎？她幾乎不敢相信，這麼多年自己都沒去開過那鐵櫃，好好地確認那唯一不變的定錨點。

她突然好想再次看看那把劍。

它曾給她極大的恐懼，恐懼到連為何恐懼也忘了，只剩恐懼的感覺本身；但此刻她突然發覺自己不在意了，就像把一個傷口蓋住，多年後突然想起，才發現它不知何時已經好了。那時的負面心情全都成了此刻回憶的調味料。她沒比當時長高許多，心境卻已老了不少。

曉楓回家，近乎著急地打開抽屜，看見那生鏽的鑰匙仍躺在抽屜深處等她，鬆了口氣。她又打開了鐵櫃，被自己鎖進去的童年就從櫃裡淹出來——滿滿的填充玩偶，她都忘了。

而那劍還是躺在那裡。

她雙手捧起劍，那幽微的熟悉感依舊；當手指撫過簡約的黑木劍鞘，手掌握緊劍柄時，她發現不需要用幼年時那種彆扭的姿勢，就能把整把劍拔出來。劍還是重，但比記憶裡輕。劍鋒的狀態仍出奇地好，沒有明顯的劍脊，就像一片豎直的柳葉，幾乎無法想像它能殺人。說它是兵器，其實更像個擺飾品。而細小的缺口仍在那裡。她開始嘲笑自己，憑什麼有缺口就一定是砍了什麼？也可能是不小心碰到了什麼就缺個口啊。幼時只覺得恐怖，此時倒覺得那缺口讓劍顯得脆弱而可親。

她發覺劍身接近護手的地方刻著兩個像篆字的文字，這也是今天才發現的。她與父親去館子吃飯時，偶爾會看見篆字的匾額或對聯。因為父親實在太沉默，她養成了許多觀察的小遊戲，比如去猜那篆字在寫什麼。通常這並不簡單。但不知為何，她一見到那篆刻，兩個字就浮現心頭。

「無悔」。

她直覺這答案是正確的，而且必然是這劍的名字。她輕喚劍名，將劍身一振一揮，細細的風裂響刮過房間的空氣。

要把這把劍拿去給奇偉學長加工，作為常綠扮裝的道具嗎？她才剛閃過這個念頭，立刻自己否決掉。何必剝奪學長表現的機會呢？

況且這劍是她的。

當晚，劍就睡在她床邊的地上。她打定主意，如果冷漠的父親真的問起，她就說，那是cosplay 用的道具。

註＊

CWT——全名為Comic World in Taiwan，臺灣規模最大的同人誌販售會之一。「同人誌」的原意為志同道合的人一起製作並自費出版的刊物，有原創作品，也有基於現有作品的衍生創作。販售會的商品除了此類刊物，也有其他多元的商品如自製音樂CD、遊戲與徽章面具紙牌等小型紀念品，以及角色扮演等活動來炒熱氣氛。會參加CWT的社團多為女性向，亦即主要是面向女性消費者的作品。

第三章　飛翔之夢

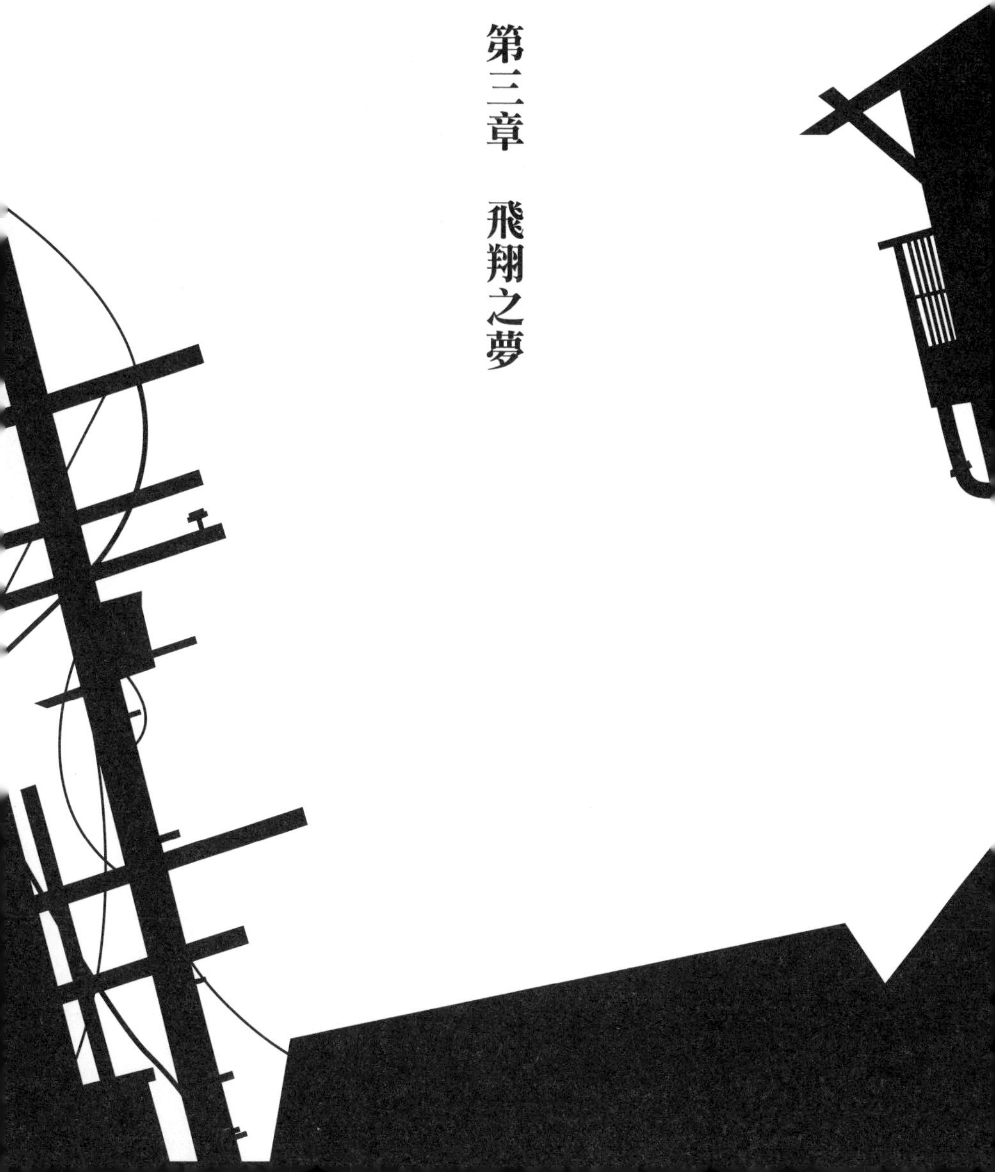

眼前是遼遠一片、黃土砌成的高原。
人們活在洞裡，只要把土挖開、舂實，就可作牆當地板。
能住在把地板架高、有版築牆面的房子，能避開寒暑地氣，可說是種奢侈。
而奢侈是最不適合這群人的形容詞，所以他們住在這裡。

「明白了嗎？」一支乾枯的老手，把刻字的木片放到一個細瘦、年輕的掌心。
「一定要送到他們手上。」老人顫巍巍地說。
「好！」那年輕的聲音愉悅地答，隨即跑出了洞窟。
眼前是一望無際的世界與藍天。

跑出村子前，一個年輕女性喊住了他。
「好好穿上鞋吧。」
她拿著一雙草鞋，不由分說地把他的腳抓起來，拍乾淨，再換上細細編織的鞋子。
結繫得很緊，若不這樣，他一出村子就會把鞋子脫掉吧。
女人繫完，又拿了另一雙更新的草鞋，以繩結起，掛在他脖子根，像條項鍊。

「好歹幫人家做事了，別再這麼邋遢。人家會不相信你的。」
他不知該怎麼回答，只得嘿嘿傻笑。
「一定要你去嗎？」女人一臉擔憂。「不是已經派信鴿出去了……」
「鴿子也可能迷路啊。項老說，這關乎很多人的性命，一定要有保障。」

夜行：風神鳴響
Day Dreaming

「那如果鴿子沒有迷路，你卻出事了呢？」

「我不會出事的。我最擅長的就是逃跑啊。」他不在意地笑著。

「你……總之，一切小心點，好嗎？」

「是！草鞋姊。」

「都叫你別那樣叫我了，沒禮貌的臭小鬼。」女人一拳揮去，他閃開。

轉眼就跑得老遠。

「追得上我就試看看啊？別擔心，我一定會平安回來的。」

他沒回頭看那女人，但想像得到她嘆氣的模樣。

他其實很想謝謝她，但怎麼也說不出口。

更何況，肩負的任務與眼前的未知已完全抓住了他的心。

信鴿怎能跟他比？

他可是飛雁。

這片黃土高原上，沒人比他更會跑。

§

「楓姊姊，妳看起來好糟啊？」

常綠穿著魔法少女的服裝，手拿一把精緻度遠勝過服裝的閃亮長劍擺著pose。雖然老是被人在背後說對角色沒有愛，曉楓卻發現她與每個前來拍照或攀談的人都能流利地應答，要名臺詞有名臺詞、要招牌pose有招牌pose，隨著話題適當地笑鬧尖叫，活脫是個把十足熱情放入該角色的動漫少女，這才是真正的magic。

在終於閒下來的空檔，常綠以憋了一整天的語氣問：「妳還好嗎？」

曉楓點頭。儘管仍是嘴唇緊抿。

最糟的是，她覺得很好。

已經失眠兩週了，她仍覺得自己好得不得了。

說失眠不太正確。她其實有睡，至少有躺在床上，甚至有作夢，一種極度擬真到幾乎像沒睡著的夢境。她以前有過這種經驗，多是惡夢，感覺腦袋在夢中拼命運轉著，像陷入當機迴圈的CPU，醒來會滿身大汗、疲累不堪的那種討厭夢境。

這次做的也類似這種夢，唯一的不同是沒有滿身大汗與疲累不堪。腦袋確實在夢裡高速運轉，構築的細節如此清晰，甚至能組成有邏輯的劇情；但醒來之後竟然一點也不累，簡直像是跑完百米不出汗一樣不對勁。

所以感覺很糟，儘管身體狀態沒有任何異常。

不由分說地，隔天她就被常綠拉去輔導室了。

「有問題就要說啊，楓姊姊。」她認真地盯著曉楓，像個盡責的好友般陪在她身旁。這種關心其實讓她覺得有些煩躁，但不知該怎麼拒絕，也只能任由她去。她實在不懂常綠在想什麼，她難道是認真地覺得這些人能幫助自己嗎？

輔導室不像其他辦公室以直條白光燈管照著靄白牆壁，改以形狀多樣的燈罩裡點著溫暖的燈光色燈泡，牆壁以木頭色與綠色漆作為基調，還貼了些裝飾壁貼。書櫃放滿輕鬆的雜誌與小說，旁邊還有臺電視，切換到專播日本娛樂節目的頻道，大約是現在值班老師愛看的。還真愜意啊，曉楓看著電視這麼想；但又一想，若換成是自己成天被塞進一堆青春的煩惱，上述的任何優勢都顯得微不足道。

她幾乎是懷著憐憫的心情坐下，打量著那值班老師，年約三十出頭，打扮與行動的風格都刻意展現年輕感，穿著小碎花襯衫與牛仔褲，桌上名牌寫著「幸純老師」。像要證明自己名符其實，她掛著純然幸福的笑意，身體微微前傾雙手交疊膝上，開始詢問曉楓的煩惱。

沒用的。曉楓暗暗嘆氣，本來就沒什麼，要從何講起？她耐心回答幸純提的每個問題，幾乎像溫和版的身家調查。

「……那麼，最近睡得好嗎？」

「不太好。」曉楓猶豫了一下。「但也不壞。」

「有作什麼夢嗎？」

夢……她開始回想能記起來的夢境。但都是些無關緊要的事。夢到自己在家裡看電視、上廁所，像從身體裡浮出，在腦後以第三人稱視角看自己做著生活瑣事：從書架拿書來翻、打開水龍頭、拿起茶杯泡一杯巧克力……她還記得自己在夢裡仔細閱讀著盒上的沖泡說明，但想不起那些字到底是什麼。

「……都不是惡夢。」她答。

除了上述較清晰的日常片段，還是有些夢是跳脫現實的。但那些跳脫現實的夢就跟以往多數亂飛的夢一樣無法想起太多細節，只能大概記得顏色、有男生或女生的聲音、是好夢或惡夢。曉楓考慮一下該不該講，還是決定算了。

說那麼多也沒用的。她撇眼看向電視機，驀地一驚。

她看過這個節目。

看到重播的節目並不值得驚訝。但她平常根本不會看日本的綜藝節目，即使碰巧看到也會很快轉開。那這強烈的既視感是怎麼回事？那是個介紹生活小撇步的益智節目，主持人提出問題，讓來賓猜答案，她心中才剛浮現主持人對來賓的吐槽，眼前的主持人就說出了一模一樣的話。

「……清理氧化變黑的銀器，最好的方式就是煮沸一鍋水，丟入鋁箔，再把銀器浸入那沸水中……看看，變得光潔如新唷！」小姐以可愛的聲音示範著，搭配來賓驚嘆，曉楓感到冷汗漸漸爬上皮膚，像從胃的底部湧出。這段時間幸純老師仍一直問問題，而她心不在焉地回答一些剛記起來的瑣碎夢境細節。

「很有趣的夢呢。」老師仍是那笑容，眉毛鼓勵地微挑以示感興趣：「聽起來，妳好像不斷在夢裡練習著怎麼生活。」

練習著怎麼生活？

§

「聊一聊很有幫助吧？幸純老師人超好的。」

曉楓勉強應了一聲。雖然大多都沒幫助，但幸純老師最後那句話打中她了，幾乎直覺地感到那是正確解答。問題只在於，為什麼。

「為什麼我要在夢裡練習生活？」她又問了一次。在諮商時，幸純老師只微笑說可能的原因很多，不好驟下定論。

常綠則完全不理什麼不要驟下定論。「……大概是因為妳很實際吧。我的夢都是超現實的大爆發。就像 Lunatic～Cakey☆Cannon～！」

她一個華麗轉身，擺出魔法少女的招牌動作，曉楓如常地沒有理會，繼續往前走。兩人搭上捷運，常綠先下車，曉楓晚幾站，回到家，意外地發現父親在家。

「吃飯？」他問。

她有點後悔自己沒有先吃飯就回家，下午的輔導室打亂了生活步調。其實也不餓，只是不值得因為不想跟父親吃飯就撒謊，那會讓她覺得好像從父親那邊偷了什麼。她對這類行為過度敏感，就連逛商店都會刻意走在走道中間，離兩旁的展示架遠遠，除非真想買否則只用眼睛看，像怕有誰會跳出來指責她偷竊。

似乎是那把劍帶來的後遺症，短短一天不到的異常事件，帶來的各種餘波卻持續震盪至今……她突然想起常綠，當看見常綠被癡漢性騷擾時，她胸口湧起的不只是一般的噁心感。癡漢的行為好像正在從常綠身上剝奪、竊取了什麼，令她煩躁異常，於是還來不及多想，手已經揮出去了。

走向吃晚餐的路上，她有很多時間細細想這些有的沒的。寡言的父親總能讓他身旁的人想很多。他的研究生或許會將這寡言解釋為教授的威嚴，但對她而言，那就是讓她討厭跟父親吃飯，乃至其他一切活動的主因。無奈的是她討厭這樣的父親，卻無法阻止自己變得愈來愈像他。常綠跟她在一起時也必須嘰嘰呱呱以便維持個兩人同行的表象，想到這裡，幾乎對常綠感到抱歉。曉楓讓自己停留在這情緒裡久一點，不然又得陷入慣用的迴圈來殺時間——那就是嫌棄眼前這個男人。

特別是現在，當她需要幫助，而他完全幫不上忙時，很容易陷入這迴圈。父親是電機系教授，背後暗示的社會名望與專業學養都與她面臨的問題毫無關聯。她完全能想像如果開口求助，父親會如何分析問題：不是叫她別想太多，就是提出跟常綠差不多的方案，去找專家來解決。只是他大概會找比較花錢、聽起來感覺比較好的，本質卻沒有差別。

「唷，教授今天帶妹妹來啊。」北方館子的老大叔熱情招呼。父親應了幾句，熟練地點菜。她沒有任何意見，因為她不喜歡吃這些餅啊麵的，既然都不喜歡，也就沒差。

生意很好。這間店已累積了些名氣，牆上貼著美食雜誌報導的影印，還有幾個名人來此吃過飯的簽名。兩人默默對坐，鬧烘烘的店裡放著無聊的電視新聞。父親低頭吃飯，曉楓則是邊吃邊看電視。看著每天都差不多的新聞從眼前飄過：某處又有人自殺，疑是因為生意失敗與被暴力討債；某處又有人被殺，被刺了近百刀，疑是因為感情因素；某處的黑道勢力又疑似已滲入校園……

「別看太多電視了。」父親突然開口。曉楓停了筷子，意外地瞪著他，卻沒回話。這個都不管她的男人有什麼資格要她做什麼呢？但她等父親說出更多，取得那個對她說三道四的資格。

「尤其是晚上。」他說：「看電視看到太晚，對身體很差。會變笨。」

在她耳中，鬧烘烘的店突然靜了下來。她沒答話，低頭又吃口飯。

非常好，原來她不只是睡不好。此刻才突然發現，自己還會夢遊。

§

夜行：風神鳴響
Day Dreaming

又是細節異常清晰的夢。

她夢到自己在床上盤坐，一樣是從後腦上方俯瞰的視角，她已經用這個怪異的視角看著自己練習生活好一陣子，泡巧克力看電視看書之類，但夢到在床上盤坐倒還是第一次，彷彿今晚沒什麼其他事情好做了。

——不對。

不對？

——可不是沒什麼事情好做喔。而且也不是第一次做了……只是妳那時不記得而已。

那是個溫柔的聲音，分不出性別，就像從她的胸口震鳴出來。

——這也難怪，得等到丹田成形之後，才會開始有意識啊。

又是另一個聲音，一樣，像鑽進她胸口裡說話的感覺。不知為何，這聲音一聽就覺得是女性。

——說太多也只會把她弄得更亂，不如直接點吧。

飄浮在夢裡的曉楓，就看著自己轉過身來，目不轉睛地跟她對上眼，然後笑了。

絕不是任何一種她曾有過的笑法。曉楓盯著自己的臉上露出陌生到不行的笑意，恐懼感油然而生；而與她相對的臉似乎也察覺到了，表情轉為不快。

——就跟你說，直接來只會弄得更糟吧。那女性的聲音說。

——交給妳也不會比較好啊。那佔著她身體的人如此反駁。曉楓看著自己從床鋪起身，撿起地上的劍，轉頭對她笑了一下。

「跟上來吧？」自己的身體如此邀請。

有其他選擇嗎？

在她還來不及有任何答案之前，身體已經打開了四樓的窗戶，跳了出去。

§

可怕！好！可！怕！

當身體敏捷地抓著窗框往上翻，光腳的腳尖觸及鋪滿小碎石粒的水泥牆面，曉楓突然又被抓得離身體很近，就在自己的後腦杓上方，以幾乎第一人稱的視角看著身體如壁虎般敏捷地游牆而上，心頭才剛閃過「好可怕」三個字，就已翻上了樓頂，看著這棟老公寓的矮牆與破碎地磚，鏽蝕的水塔在月色裡色澤灰暗。身體站了一會，僅僅喘口氣的時間，便突然往前飛奔，從這棟公寓躍到下一棟公寓。

——小心監視器啊。那女性聲音警告，而身體從善如流地折個彎，又從這樓頂躍到下個樓頂，宛如飛翔。

幾個起落之後，曉楓漸漸對這可怕的失重感麻痺了。這只是夢，非常擬真的夢，在夢裡不會死人的。雖然如此，但也玩夠了吧？醒來啊，快醒過來！她努力試了幾次，印象裡如果能在夢裡清楚地覺察到自己在作夢，就曾靠著自己成功醒來過；但今天的狀態沒那麼好。她只得放棄，把自己丟給夢境隨意搓磨，就像閉著眼睛玩雲霄飛車，只能堅定地相信自己反正摔不出去，然後任它去甩。

終於停了。她很想說服自己已回到溫暖的床鋪，但皮膚感到涼風習習，顯然並非如此。她睜開眼，發現自己已不知跑到了哪邊的高樓頂端，周遭已沒有比所在處更高的樓了。而且她又「飄離」了身體約兩三步的距離，再次看著自己以陌生的表情對她笑著，那笑容爽朗得沒有半點陰暗，就像一個經過適度運動、輕微分泌出腦內啡的人。

這不是作夢。曉楓雖覺得意識還有些頓頓的，但腳底下的觸感、空氣的氣味與風，不是作夢。

夜行：風神鳴響
Day Dreaming

如果真要說，比較像是夢遊到這裡突然醒來。但若說夢遊可以飛簷走壁到某處陌生的大樓樓頂，那大概是史上最強的一種夢遊了。

「這不是作夢。」她重新用語言確認這件事，看著自己在眼前張開嘴巴咬出每個字音，感覺實在無比怪異。「你，也不是我。」

她的身體以鼓勵的笑意看著她，繼續等待。

「所以，我會夢遊，而且夢遊時會併發多重人格。」她緩緩地分析。「你奪取了我身體的控制權，而我除了看，什麼也不能做。」

「其實可以。」她身體的臉孔擺出無可質疑的友善神情。「我會幫妳做到這件事。畢竟，妳是這裡的主人。」

「而你是客人？」曉楓問。她身體點了點頭。

「我叫飛雁。」雖然是自己的臉孔，但無論眼神、嘴角、微微上傾的下巴角度，都勾勒出一個英氣挺拔的男子。「『神劍』飛雁，很高興認識妳，楓姊姊。」

§

「……真了不起。」

聽飛雁這麼說，曉楓才突然從沉思裡驚醒。「了不起？」

「說妳啊。」飛雁說：「當我第一次跟劍主見面時，什麼反應都看過，怕到跪地求饒的也有……像妳這樣還能試著分析現狀的，真的很少見。」

「你知道我在想什麼？」曉楓。

「我就是妳啊。」飛雁說：「或者該說我們共用了同個房間。那些淺層的想法就像湖面的浮萍，自然會從我的心思上飄過。」

「你跟我共用同一個心靈？」

「只是淺層的，目前是如此。」飛雁說：「我可以知道當妳面對一些日常事物時最自然的反應是什麼。但妳內心深層的思緒，仍是妳的。」

「目前是如此。」曉楓重複。

「真敏銳。」飛雁笑。

「所以你先前就是在練習這個。」曉楓：「看電視，泡巧克力，看書，四處走動……」還有上廁所！她突然感到自己的私領域被深深侵犯了。她瞪著飛雁。

「妳在想要怎麼做才能把我趕出去。」飛雁平靜地說。「那大概沒辦法吧。這機會對我太難得了，不可能輕易放棄。」

「什麼機會？」她激烈地質問。

「生活。」

兩人沉默好一會，她才說：「所以你是……幽靈之類的？從那把劍附上了我的身？」

「很多人都這麼說。」飛雁點頭。「對多數人而言，這說法也夠好了。」

「所以你要借我的身體去達成什麼未了的願望，然後就可以安心地逝去？」

「……可惜的是，並沒有這種方便法門。」飛雁極為抱歉地笑了笑：「其實我也不知道自己要怎麼消失，甚至不知道自己為什麼要出現在這裡。」

「把劍毀了，你就會消失？」

「或許，但我不會讓妳這麼做。」飛雁說：「妳或許也感受到了，在剛才跳躍時，妳有好幾次想搶奪主位，而我沒有讓妳奪過去。那是為了我們的安全。」

是指那幾次「快醒過來」的自我命令嗎？「……所以你是說，只要我有任何想破壞那把劍的念頭，你也會立刻把主導權奪回去，不讓我成功？」

「聰明。」飛雁點點頭。「……確實很惡霸，妳罵得一點都沒錯。但如果妳是我……」

曉楓瞬間眼花，雙手抱頭，一股極強烈濃厚的情緒如電流般湧過。「停！」她尖叫。

「……那妳就知道為何我無法輕易放棄，因為機會太難得了。」飛雁的表情有些悲傷。「上回我醒來時，世間還沒有這麼難理解；而我那時的好友，大概都已經死去多年了。」

「不准再把……那種東西倒給我！！」曉楓怒叫：「你口口聲聲說我是主人，有這種把主人家裡弄得亂七八糟的爛客人嗎？」

飛雁再三道歉，隨後又沉默了。兩人之間只剩飛雁的歉意與曉楓的怒火飄著，而怒意的霧緩緩散去，思緒又如霧裡的陽光漸漸清晰。

「……總之我明白了，要你離開是沒得商量的事。」曉楓說：「所以，你要跟我過著平凡的生活？這樣你就滿意了嗎？」

「不。」飛雁答，曉楓露出不意外的表情。

「白天，妳儘管去過妳的日常，除非必要，我絕不打擾。」飛雁：「而夜晚睡覺時，就換我過我的生活。」

「你想害我爆肝而死嗎？」

「爆肝？」飛雁歪頭不解其意，隨即因曉楓的心思而恍然。「放心，妳沒有感覺到嗎？當功法基礎築成後，夜不倒單甚屬尋常。妳的精神只會比以前更好，對健康絕無妨礙。」

「我怎麼知道？你長期操勞我的身體，會不會造成什麼可怕的後遺症？」

「……現在我解釋再多，妳也聽不進去。因為妳現在才剛入門，連『小成』都稱不上。等過些時日……」飛雁好像想說更多，卻停下來，嘆口氣：「妳根本不用怕我會傷你的身。我不是說過了妳對我而言是多麼珍貴的機會？我只怕妳命不長，調養打理只會比妳更費心，就連我活著的時候都不會這麼善待自己。」

「『入門』、『小成』什麼的，是指……」曉楓勉強自己說出來：「……類似氣功那種東西？」飛雁又歪頭不解，隨後才說：「……嗯，大概就像妳想的那樣。我涉獵多家內功心法，終能自成一派。一時也說不明白，等到『大成』之日，妳自會明白其妙處。」

說著洋然得意，像亮出了什麼極為珍貴稀罕的寶物，一臉期待讚賞的表情；曉楓卻只愣了愣，然後問：「真的『成』的話，會變什麼樣？」

「練功的人都希望變什麼樣？」飛雁反問：「得道成仙，不就這麼回事？」

「成仙？所以我會死？」

「想到哪去了？」飛雁有些氣急：「『成仙』意指跨入了全新的生命境界，其高妙精微之處凡夫難以理解，便只能以『仙人』喻之。妳怎會……唉，算了。」看曉楓仍一臉茫然，他只得草草收尾。

「總之不是壞事。嗯。暫時相信你。」曉楓簡單做結。「所以，被你附身的代價，是你會用氣功好好調養我的身體。」

「這只是我能做到的一小部分而已……妳在笑什麼？」

「我在想，你大概會跟我父親蠻有話聊。」

「妳父親也會功夫？」

「他不會，只是研究。你懂吧？當興趣研究。」即使她這麼說，飛雁也難以理解：「只想知道內容，卻不想親身試試？妳父親真怪啊。」

「你在我們眼中也很奇怪。現在的人不太玩這個的。」曉楓說，飛雁只嘆了口氣。

「……那，你剛說到調養身體只是一小部分，其他還有什麼？」

「我會為了妳而出手。」飛雁昂然說：「只要不違天道，任君驅策。這是我借宿妳身體應付的代價，請不用跟我客氣。」

「呃……謝謝。」曉楓有點窘，不知該怎麼面對這熱切的眼神。「但我目前似乎沒什麼值得你『出手』的事情。」

「沒有？妳的生活，完全沒有任何不滿？」

「沒有……」曉楓看看飛雁的表情。「有什麼好驚訝的？」

「也沒什麼，只是……」飛雁說：「那些喚我出來的人，通常都活得不太順遂。我甚至猜想是否總是那種被捅了個洞的心，才容易讓像我這樣的人進駐。像妳這般對生活沒有任何不滿的主人，還是第一次見。」

「也不是真的『沒有任何不滿』，只是……確實沒什麼值得一提的大事。」

「真怪了。」飛雁的表情讓曉楓幾乎心虛了起來。「嗯，真不習慣呢。以前當我這麼一說，主人都會想到什麼，讓我立刻有些事情好做的……」

「這是個和平的時代，」曉楓接過話頭。「在這時代可不能隨便舞刀弄槍，就連帶著劍上馬路都不行。更別提砍人了，會立刻被警察抓去關啊。」

「如果殺人呢？」

「更是絕對不行！」曉楓疾言厲色地警告：「你說什麼都不准殺人，我才不管你以前是如何快意恩仇，我可不想變成臺灣史上最年輕的連續殺人犯啊！」

「那好，那好。」飛雁點著頭，突然笑了：「我喜歡這時代。真希望它像妳說的一樣好，若是如此，或許我真能過些普通人的生活。」

曉楓跟著乾笑幾聲，心裡打定主意，她會確保飛雁在附她身的期間無聊到不行，最好無聊到另找宿主，那就太完美了。

「……那，如果沒別的想說，可以送我回去了嗎？」最後她說。

飛雁諾了一聲，她感覺自己又被拉近到後腦上方，然後看著飛雁用她的身體翻下樓頂。這景象實在是有些驚心動魄，於是她閉上眼，又想想遲早要習慣，於是又睜開眼。看著自己光腳乘著夜風飛躍空中，手上還拿把劍，要是此刻哪個無聊的人不睡覺，碰巧見到此情此景拿手機拍下，不知會發生什麼事？這麼胡思亂想著，不知何時就到家了。只來得及洗個腳，躺到床上瞬間就失去了意識。

第四章　開進腦袋的公車

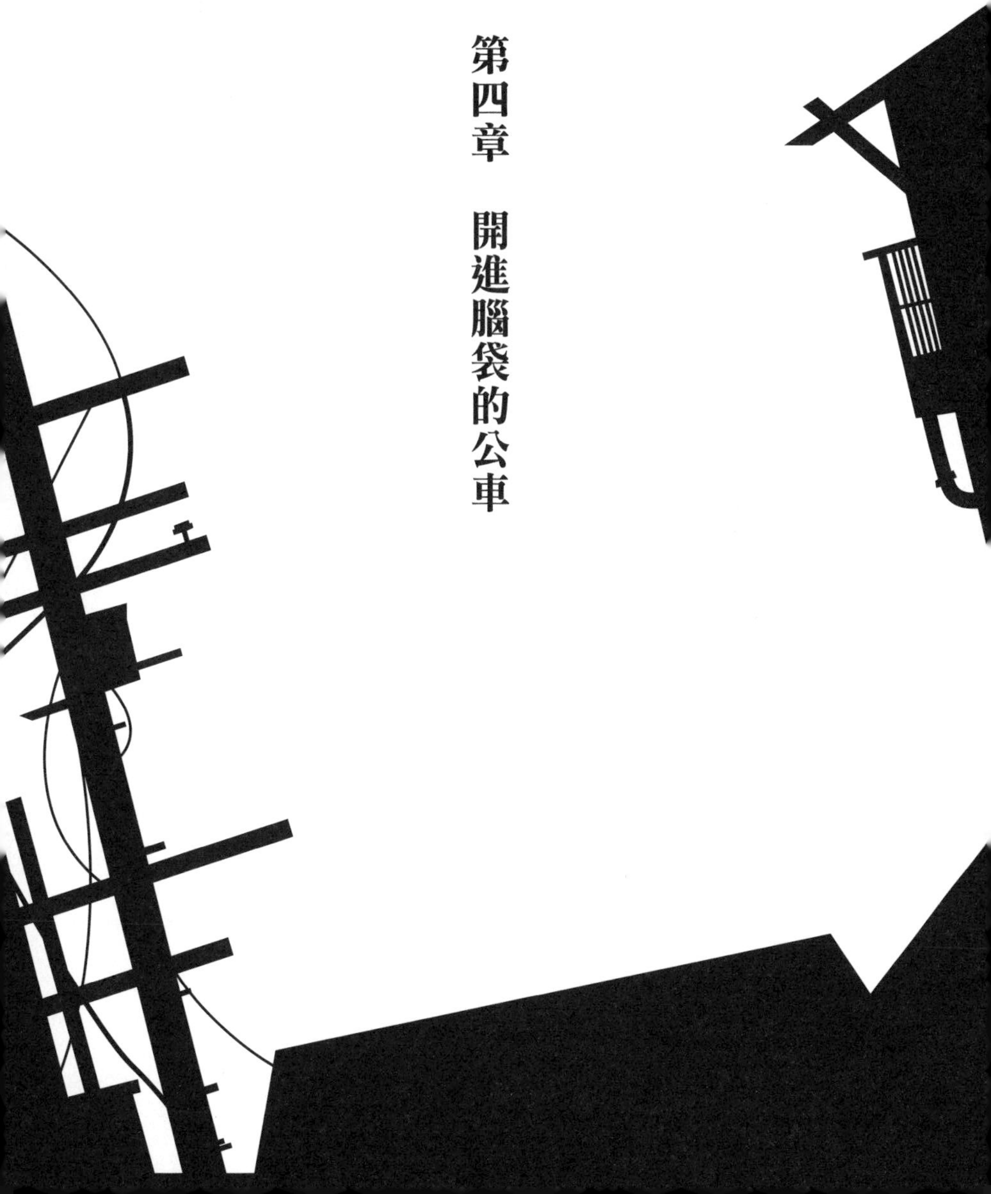

到底憑什麼。
從芸草有意識以來，心裡經常浮現就是這樣的念頭。
因為離經叛道得不到自己想要的東西，所以她很乖。
但乖巧底下，始終就是這樣的念頭。

憑什麼。

比她笨的弟弟，卻能被容許進入知識的殿堂。
對書棄若敝屣，父母還捧著無限的寵愛，求他看一眼也好。
憑什麼，
那扇門從來沒有為她而開。

啊，是有的。
有一次。
她為了這一次，付出了貞操，嫁給了一個她不愛的人。
其他婦女視若珍寶、命也能不要的貞操啊……她冷笑著。
她想要嫁的，只有書而已。
因此嫁給一個世代守著書庫的家族，也不算違背自己的意願。
她願意為此付出一切，包括疼痛、包括責任，包括一個不愛的丈夫、小孩與他的家人。
她都願意做。
只要讓她偶爾能進去書庫翻翻書就好。

於是她偷偷地進去過一次，在夫君的萬般憐惜之下。
或許是一時忘形，她翻著書，聽著夫君輕聲炫耀著自己的知識時，
不經意地指出他的錯誤。
看著他的臉瞬間歪曲了一下，

瞬間明白自己完蛋了。

再乖巧也沒用了。但要如何不乖才有用呢？

§

起床，又是精神飽滿，感覺糟透了。曉楓昨晚躺上床前瞥一眼鬧鐘是四點半，現在醒來六點，僅僅睡了一個半小時，感覺卻像是睡到剛剛好，既沒有缺乏，也沒有睡太多的遲鈍。明亮的精神，襯托陰暗的心情。

還能更好。飛雁昨天是這麼說的。夜不倒單，意思就是連睡覺都不用，只打坐凝神片刻便能抵一夜睡眠。如果是父親一定作夢也想達到這種境界吧，這樣他連家也不用回了，可以在研究室裡二十四小時工作。她看著無悔劍斜倚在床頭，一陣氣悶，抓起它往窗外一摔。

根本丟不出手。手指緊扣得像鐵鉗，活像放開那把劍就會摔落懸崖。她搖搖頭，轉身看著書桌，想著今天有什麼課，常綠會不會又把她硬抓去輔導室。

然後猝不及防地再把那劍丟出去。

還是不行。在那瞬間手會突然變成不是自己的，緊緊扣住劍鞘。因為劍的重量與慣性，她整個人轉了半圈，肩膀撞上牆壁，差點痛叫出聲。

——別玩啦。

飛雁的聲音又在胸中響起，還是那般平穩飽滿，完全不會累似的。

——妳騙不了自己的心啊。除非練習。

——而你會幫我做到？曉楓冷冷地想。

——對。

——才不信，你這騙子，怎麼可能訓練我來反抗你。不要把我當白癡。

——我確實會訓練妳。而且如果妳到時還想丟掉我，那就儘管試試看吧。

——真有自信呢。

——因為從來沒有人成功過。

內容像在誇耀，但飛雁的聲音毫無誇耀之意，反倒纏繞著哀愁沉重的情緒。

——……你幹嘛？

——妳以為，我很享受這種沒有盡頭的旅行嗎？

——那你就自己毀掉自己嘛。很簡單，往海裡一丟就行了。

——那確實很輕鬆呢。飛雁笑。

——但你就是做不到。

——因為總是有比那更值得做的事情啊。

好，夠了。曉楓決定把劍放在床上離開，她需要一點安靜，或是正常的交談。

§

她想自己或許真的有些嚇到常綠了。

今天不知為何就是找得到很多話說。常綠理論上會歡迎這種改變，但當改變實在太突兀時，也不禁再次露出「妳還好嗎？」的表情。

「楓姊姊，今天陪我去吉他社好嗎？」常綠雖然常這麼拉她，今天的邀約卻像是想強行轉換話題。而曉楓爽快地答應了。什麼都好，現在家裡的床被一把碰不得的鬼劍佔據了，即使天涯海角她也去。

吉他社算是熱門社團，因為曾有幾位學長進了演藝圈，現已成了傳說，他們每新出一張專輯，社上就跟著經歷一場慶典。曉楓剛開學就被常綠拉去過，看那人滿為患，幾乎撐不到十分鐘就掉頭離開。幸好那熱潮已退，社辦總算有些空椅子可坐。而曉楓注意到常綠一來，就有幾個男生圍了上來，眾星拱月地陪她聊天，遠處的幾個男生女生則更專心地低頭練琴，偶爾投過來的眼光稱不上友善。

原來還真有正經事要談。吉他社的期末成果發表想找鋼琴社合作幾首曲目，聽說常綠有人脈可以跟那位傳説中的王子學長説上話，所以想拜託常綠去聯絡。常綠爽快地一口答應，又哈拉了好一會，直到遠處散發的不友善眼神讓曉楓有點坐立難安，常綠才結束話題，又把曉楓像拉行李似的一路拉去鋼琴社。

「我都不知道妳還有跑鋼琴社。」曉楓。

「妳不知道的我，可多了。」常綠説著，鋼琴社社辦已近在眼前。曉楓驚訝地發現常綠瞬間一反剛剛在吉他社的打鬧嘻哈，連説話的聲音都變得很有氣質。而鋼琴社的人們對她的態度也大不相同，曉楓覺得自己快要被那種有禮而羞澀的笑容給淹死了。

「綠綠妳是來找王子的啊？嘿，王子——外找。」

竟然連社團裡的人也這麼叫？曉楓一時有點想看看到底是多帥的傢伙；結果大失所望，就是個氣質乾淨但相貌普通的男生。「王子」似乎是某種溫和的戲謔。她甚至猜想這是否跟楊奇偉學長被取頭取尾的綽號，只是個同音笑話。

直到他被常綠凹著彈一首曲子之前。

常綠的「學長——好嘛好嘛——」再次奏效。當王子無奈地坐到琴前，彷彿進入了某種無敵的領域。當他把音符纏繞指尖，再透過琴鍵施放在空氣裡，便能任意把琴音所及的世界凹轉成他想要的樣子。那神情與動作的絕佳一體感彷彿有光，色彩充盈。

當他雙手離開琴鍵，曉楓才發現自己的指尖在微微發抖，深吸口氣，急忙開始鼓掌。而王子一站起身，又退回了那長相普通的年輕人，不好意思地點頭。他應該早已習慣掌聲，從外表卻完全看不出來。

「王安治學長。」常綠介紹。「王安——治！懂嗎？」

周圍的人都笑了，而曉楓並沒有笑。她明白這並不只是個同音笑話而已。

§

「楓姊姊，妳怪怪的唷。」

「我哪有。」

常綠直盯著她笑，曉楓轉開臉。

「原來楓姊姊喜歡這種的，唉，早說嘛。」

「不用妳這麼麻煩。」

「我是說……早知如此，我就不帶妳去了。」常綠仍是一臉不明真意的笑，曉楓不知道該怎麼回，只得又裝沒聽見。

——危險！

突然間，晃動的捷運整個慢了下來，變得安靜無比。曉楓感到頸後一陣搔癢，順勢轉頭，看見有個壓低棒球帽帽沿的男人以慢動作向她撞過來。

而心情竟然非常冷靜。或該說她根本來不及起情緒波動，只能像在看一部太過身歷其境的電影，看著那男人一步步靠近；常綠根本還不知道發生什麼事，嘴巴微張著要講什麼話；而那男人手裡拿著把小刀反握著，手背鼓起了青筋。

——想傷臉麼？狗賊。

她眼睜睜看著自己伸出右手，那手好像是所有慢動作裡唯一速度正常的存在，按住男人握刀的手腕，一扭，刀就掉了下去，還沒掉到地上，男人也來不及喊痛，她已順勢一記反手拳打上了他臉頰。

然後時間感恢復正常。捷運的其他乘客頓時喧嘩退開，因為吃了一拳的男人狠狠地撞上車門。小刀鏘啷落地，常綠這時才來得及發出一聲短促的尖叫。

「是你！」

這句「是你」讓曉楓也認出來了，正是先前性騷擾常綠的癡漢。

——原來是來找場子麼？這倒是古今共通嘛。

飛雁興味盎然，曉楓則心亂如麻，完全不知道該做或者說什麼。而那男人因痛而暴怒，大罵一聲：「出來賣的賤婊子，竟敢陰我！」而後衝過來。他才踏出一步，又被切換成極慢速度，慢到飛雁還好整以暇地問了一句：「要不要幫妳教訓他？」

邊說，邊動手了。曉楓看著那男人右手大開向她抓來，而飛雁毫不猶豫地反抓他手腕，像要跟他比力氣。曉楓才剛想「沒弄錯吧？」，飛雁就悠閒地傳來安定的情緒。她扣住男人手腕的指尖觸感極為怪異，感覺彷彿整根拇指都陷進了他的手腕肉裡；但眼睛看到的卻只是輕輕扣著。她正思索著這怪異的視覺與觸覺之差是從何而來，男人已跪倒在地，表情扭曲得像在承受什麼難以想像的激痛。

她突然浮現了先前看武俠小說的語句，這……難道就叫作「扣住脈門」嗎？

——這理解也不算錯呢。但妳看的書可真是怪啊。

曉楓突然發現自己陷入了多麼糟糕的處境。轉眼，好幾個人手機都拿了出來，攝影鏡頭直對著她；她急忙甩開男人的手腕像丟掉燙手的木條，男人軟軟癱倒在車廂地板，此時捷運剛好到站。

「走了啦。」她低聲卻急促地對常綠說，把仍在發呆的她拖離現場，直到上了電扶梯，仍感到那些手機鏡頭正對著她背後。明知這裡距離各自的家還有好幾站距離，曉楓仍匆忙地刷卡出站，生怕再晚些就走不掉，可能被抓去作筆錄什麼的。兩人出站就拼命走、拼命走，直到一處無人的陌生窄巷，常綠才突然哭了出來。

曉楓聽不太懂常綠抽抽噎噎地說什麼，聽得懂的只有「我」、「怕」兩個字，但也不太需要聽懂全部。曉楓只是抱住她，感覺常綠像隻受傷的小動物在懷裡一直抖、一直抖。曉楓邊拍著她的背邊說些話，內容沒啥意義，只是用安定的聲音哄她，看著夕陽愈偏愈斜，暗影漸長，懷中的身體終於慢慢地安靜下來。

在夕陽餘暉消失的前一瞬間，常綠突然抬起頭，輕而迅捷地吻了曉楓一下。

§

曉楓回到家裡，疲累地坐在床邊，雙手抱頭。

今天發生太多事了。

飛雁識相地保持沉默，直到曉楓忍不住咬牙切齒地問：「你其實一直都在，對吧？」

「嗯。」

「那為什麼……」曉楓一時語塞，想問的事太多了，反而不知道該從哪問起。「為什麼不……阻止她？」

「噢，我還以為那是這時代特有的禮節呢。」他輕快地說：「只是親一下，不會造成什麼傷害，我當然也沒理由介入。」

「怎麼可能沒造成傷害……」曉楓抱著頭，順勢滾到床上。

回來的路上她們搭計程車，錢只夠兩人搭一輛，費用平分。兩人一路都沒說話，常綠的家先到，而她迅速丟下超過一半車資的錢，開門就逃跑了。

「我明天到底要怎麼……」

「就當沒事吧。」飛雁平穩地說：「人的記性很妙，會主動忘記不該記得的部分。尤其當兩人建立了要忘記的默契，這忘得之快，或許只在眨眼間。」

「但那個，怎麼可能……」

「忘得掉。」飛雁說。「放心，只有這件事情，永遠可以相信。」

曉楓悶悶地起身，一會，又說：「但，她怎麼會……那麼做？」

「或許她就是習慣用這種方式去討好人吧……」飛雁還未說完，曉楓便回了一句：「別批評我的朋友。你根本不認識她。」

飛雁一愣。

「你才跟著我，看了她一天，你懂什麼？」這話衝出口的同時，一堆雜亂的畫面也跟著湧出。吉他社那些遠處觀望的人對常綠不友善的眼神，動漫社同學們對常綠的批評……

飛雁很乾脆地道歉了。曉楓卻感到那道歉的意念背後仍有曲折。

「……你想說什麼？」

「沒什麼。妳說得沒錯，我確實不認識她。」飛雁說。「我們尚未相互信賴，而我也還不太瞭解這時代的規則，要評論人確實是我輕率了。」

他隨即沉默不語，曉楓這才體會到什麼叫「只有浮面的情緒能被感受到」，此刻的飛雁就像一泓很深的湖水，完全看不透他在想什麼。

這反而讓她內疚了起來。

這一天來，她隨時都把飛雁當作一個甩不掉的麻煩，但若沒有飛雁，她根本無法想像自己今天會以什麼樣子回家。但要說聲謝謝，卻又做不到。

「……你今天還是會……練功嗎？」

飛雁應了一聲，從那平穩的情緒波，他彷彿已經忘了剛剛的衝突，曉楓實在有些羨慕這種豁達。

「今天那些……」她只需稍微想一下車廂的畫面，飛雁就知意思。「也是功夫？」

「對手太弱，幸虧如此，不帶劍就能解決。」

「不是跟你說過現代不能帶劍上街？」

「哎，說歸說嘛。」飛雁話裡的不在意突然讓曉楓瞭解，他是來自一個法治觀念與現今大不相同的時空。

「你最好看看什麼……CSI犯罪現場之類的，現在的警察非常厲害唷。不像以前的捕快那麼容易蒙混過去啊……」

「我知道，所以我也花了很多心思在學習這時代的事啊。」飛雁說：「放心，有芸草在，一切妥當。」

「芸草？」曉楓腦中隨即浮現了第一次與飛雁相見時，在旁邊的女性聲音。

「就是她。」飛雁的聲音漸遠，像對著空曠處叫了幾聲，隨即無奈地回來。

「她在忙，這時代讓她特別忙。」飛雁苦笑：「但看她忙得挺愉快。」

「忙著……理解這時代？」

「是啊，芸草是天才啊。再給她點時間，一定能理清頭緒的。」

不只是功夫男人，還有個天才少女。「你們……到底有幾個？」

「……這我也不清楚哪。」飛雁有些困擾：「因為並不是每次我都會醒，而每次這把劍醒來，就可能又帶新人進來。」

「那芸草每次都會醒嗎？」

「她不愛管事的。除非有什麼事情能讓她興奮，否則多是睡著。」

「管事？」

「就像我現在這樣，坐在這裡跟你說話。」

「這把劍就像客棧。」曉楓試著釐清。「你是掌櫃之一，但也會交給別人，別人當班時你就不清楚狀況了。」

「真聰明，這比喻極為精到。」

「像間客棧，卻不知道有幾間房？」

「這把劍本來就比較特別。我說不清這裡有幾間房，但就我所知，與這把劍類似的兵器，多數就只有一間房。」

……竟然不只一把，還有其他這種買武器附幽靈的怪兵器？曉楓頭都痛了。「一間房，住一個幽靈。」她質問：「那憑什麼這把劍的房間這麼多？」

「房間不多一些，怎麼當得起『神劍』之名？」

曉楓啞然。「……我還以為『神劍』是指這把劍很厲害呢。」

「是厲害，但也得在對的人手裡才能發揮出來。這把劍的脾氣挺彆扭。」

「那麼住在劍裡的，都是那種『對的人』嗎？」

「有些是，有些不是囉。像芸草就沒心思使劍。」飛雁說：「或許你不該問我們有幾個。該問的是：你能叫得醒幾個。」

這話讓曉楓一陣暈眩，她覺得好像有一輛公車開進了自己的腦袋裡。

第五章　脱胎換骨

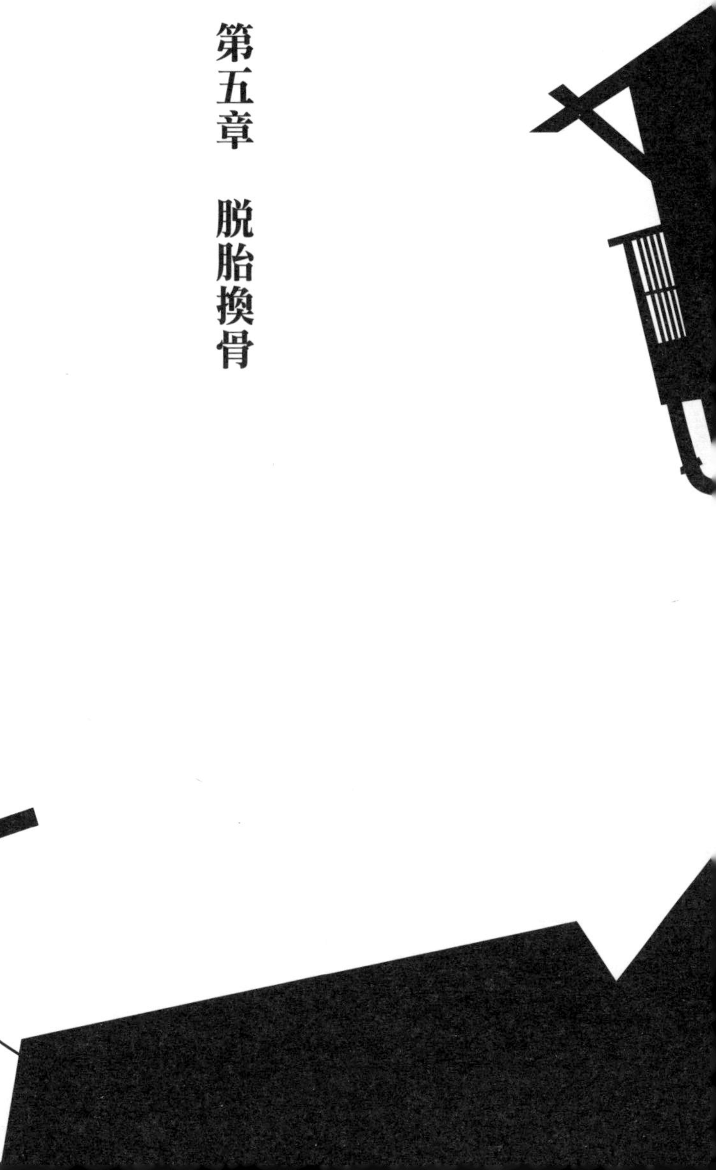

「你還想逃到什麼時候？」
那是個彷彿從武俠小說裡走出來的男人，而且瞧那長相肯定是惡角。
飛雁被逼到了洞穴角落，每次左衝右突，都被這男人的劍逼了回來。
自由空間愈來愈小。憋悶。不安。

「就只想逃？」男人不屑地說：「真不懂，上頭憑什麼要我教你。」
飛雁也不知道自己憑什麼非得被他教不可。
他對於傷害別人可是一點興趣也沒有。
「還是乾脆削斷手筋，讓你變成廢人？」
男人雙眼一瞪，在這斗室裡，殺意從四面八方無情地擠壓過來。
飛雁手上只有一把碎石子，握得都快刺進掌心了，卻不痛。
沒時間感到痛。
「反正你只想當一輩子信差，那樣就滿意了，不是嗎？」
男人冷哼一聲：「沒種的小鬼，別浪費我時間了。去死吧。」

男人揮劍的同時，時間感突然被調得好慢好慢。
飛雁在眨眼間看出了活路，手上的碎石子就是棋子。
只要好好下，一定逃得出去。
飛雁全神貫注地擲出石子，第一顆，擊男人的左眼。
男人如他所想地揮劍擋開，同時飛雁往前跨一步，又是兩顆，打他右膝。

夜行：風神鳴響
Day Dreaming

石子角度夠刁鑽，風永遠會站在飛雁這邊。

男人被逼得將劍往下揮擋，如飛雁所想，重心開始偏移。

接下來擲向男人的臉，迫其側身閃避，

再以全身之力猛撞，撞出瞬間破綻。

逃過去，就有自由。

男人突然噘起嘴，吹口氣強得像箭。把那石頭硬是反轉回來打向飛雁的頭。

飛雁才堪堪閃過，隨即被男人用肩膀轟撞上洞壁，一個窒悶，委頓不起。

完蛋了。我的手。

男人的殺氣如燎原烈焰，飛雁眼中所見的景象彷彿都被染上了紅。

……如果這樣就不用再學劍，也不壞吧？

他等著，男人也沒下手，就這麼對峙著。

許久，男人轉身，嘆口氣。

「罷了。」

§

成為武功高手是怎樣的感覺？

先從時間感的改變開始。

隨時都精神絕佳，即使昨晚沒睡，稍微打坐凝神就像睡飽，甚至更好，因為一醒來就處於警醒狀態，會覺得時間突然多了起來。原本起床、漱洗、隨便弄弄早餐、出門趕車上學的日常流程，變成一眨眼就漱洗完畢、刻意慢慢準備早餐，結果吃完距離以往出門時間還有半小時。只得坐著發呆，不甘心這麼早出門。

走在路上，沒刻意加快，卻總是比預估的更早五分鐘抵達目的地。時間變得如橡皮筋可任意拉長壓縮。凝神觀察外界，時間便會漸次放慢，直到幾乎靜止般的緩慢；而若把凝神的目標收回自己身上，大把時間也可能眨眼而過。

「達摩面壁九年，那只是外人看來的九年。」飛雁說：「如果從練功的角度觀之，那便是無數個剎那與永恆交疊串聯，乃至彷彿度過了數百個來世，但外觀看來他就只是端坐在那而已。」

如此絕妙的功法，目前曉楓最有感的就是等車很方便、上無聊的課很方便，她暫時也想不到有什麼想要把它無限拉長的時間。

時間有了彈性，空間也被凹曲。原本走十步的距離變成走一兩步就到，原本不屬於自己的垂直軸線也被賦予行走的權力。這才是不折不扣的「哪都能去」。即使站在臺北街頭，突然天降隕石砸壞了所有高速鐵路與連外交通，只要知道哪裡是南，就能這麼一路跑到高雄。

「所以，我每個月悠遊卡的錢可以省下來了。」

「……呃，對。」

飛雁有些困擾。初次感到龐大的自由往往會讓劍主興奮難以自抑，乃至想立刻跑到天涯海角之類的，自己反倒得壓住主人；但這女孩的感動大概只持續了短短幾分鐘而已。

「但也有麻煩哪，如果突然改變通勤方式……」曉楓又想：「被問起為什麼不用搭車，實在很難回答；而且大白天也很難飛簷走壁啊。這麼說來這能力還是不好用呢。」

「妳沒有什麼想去的地方？」

「沒有。」

這回換飛雁答不上話了。

「是因為旅行對你們而言太容易了嗎？」他思忖：「或者，是那個『電腦』還是『網路』的玩意，讓你們能眨眼看見萬里外的風景，所以就不稀罕了呢？」

「……我想，是我的問題吧。」曉楓說：「畢竟還在煩惱常綠的事情哪。」

她也知道，飛雁知道這並不全然是實話。儘管常綠的事確實讓她很煩惱。

「我當時有點古怪，也不知道怎麼了。」第二天，她就主動跑來找曉楓：「請你忘掉吧？楓姊姊。真是對不起。擦掉擦掉。」

曉楓一邊偏頭閃躲她的袖子，一邊「喔，嗯」了幾聲。

——就跟你說沒事吧？

——沒事才有鬼啦！她惡狠狠地送了個思緒給飛雁，被他的笑聲彈回來。

最讓她煩惱的是，自己本來應該要煩惱這件事，但身體一日千里的劇變讓她很難太過在意。與常綠之間的尷尬，就像一支小型喇叭放在一組太過吵雜的大音箱旁，根本聽不清楚它在放什麼。

是的，整個世界變成了吵雜的大音箱，充斥著太過鮮豔的色彩與動態。感知能力被提升到了截然不同的等級。

「晴明、承泣、攢竹、絲竹……」當飛雁夜裡端坐，這些名詞就漸漸飛過她腦海，他的意念化為有形的光流過她眼睛周圍，原本淤塞的不知什麼被漸次挖去，同時轉動著眼球周圍無數細小的齒輪，像吉他弦被漸漸調音到正確位置；隔天身體回歸時，就覺得每天的街景都與昨天看到的有些不同。更加鮮麗、細節更豐，走過每棵花草樹木都能細察其根幹枝葉乃至葉脈，甚至可以看見人類皮膚底下最輕微的肌肉收縮。剛開始只覺得人都不像人了。產生了暫時的臉盲症。

「楓姊姊妳……近視度數加深了嗎？」

常綠也注意到曉楓每天見到她都得呆呆看上一陣才能回應。其實倒不是視力減退，反倒是視力變得太好造成了困擾。她不知道自己看起來會不會很蠢，甚至不知該從何解釋起，也只能轉頭不回應，然後在適應之前盡可能少跟人接觸。幸好自己本來就不擅與人接觸，只要避開常綠，大致就沒什麼問題。

而當耳際的經絡穴位隨飛雁的引導漸次打通，就得重新適應何謂「音場」。只要她想，就能聽清楚管弦樂團的每一支小喇叭各自吹得如何。這似乎很厲害，但她沒想到這同時也會這麼煩人。同樣是萬象變豐富，眼前擾人時還能閉眼不看；但耳朵可無法閉上，她只得盡量戴耳塞。但總有不能戴耳塞的時候，比如上課，就會感到心亂如麻，原本安靜的課堂吵得像鐵工廠。

「忍耐一下。」難得出現的芸草，如此安慰她。「剛開始總是這樣。」

「剛開始？」曉楓語氣暴躁。

「妳現在是成長最快的階段，大約以一天一年的速度趨近『神劍飛雁』的修為，當然會受不了。」芸草說：「如果把他當初練功的進展快轉百倍，意識會暫時跟不上感官。年輕人會更受不了，因為眼耳都還沒退化，這麼用氣一通，前後反差太大。」

「意思是如果我是老人，就不會這麼難受？」

「嗯，只會覺得自己回到了青春年少時，感到欣悅無比。」

「那我寧可自己是個老人。」她抱著頭低下腰。

「如果想吐，意守丹田試試？」

曉楓正想怒吼「別再跟我說丹田了」，怪異的是當丹田兩字一入意識，她就瞬間飄飛離身體，從熟悉的後腦杓上方視角，看著芸草用自己的身體示範「意守丹田」該怎麼做，如何凝神靜心，抽離意識持內守中；而外界的顏色聲音也漸漸變得溫和，不再擾人。

「抱歉，看妳太難過，我就接手了。」芸草說：「我當劍主時，可沒人跟我說該怎麼做。一群臭男人就這樣拿氣在我體內亂衝亂突，那時真恨不得把這劍給折了。」

「那可真是……謝謝妳了。」曉楓終於靜下心來，雖然意識形成的自己不會流汗，還是習慣地用手背抹一下額頭。

「哪裡，還不到感謝我的時候哪。」芸草語氣得意得很，「妳以後就知道了。」

曉楓問她知道什麼，她卻笑而不答，只說自己當時是費了多少心力才從家裡的書庫找到女子身體的行功法門，簡直每天都在走火入魔的邊緣徘徊……就這麼唧唧呱呱地講個沒完。芸草聽起來聲音很年輕，但卻嘮叨得像個——

「『歐巴桑』是什麼意思？」芸草停了停，然後抱怨：「喔，真傷人啊。」

「對不起。」曉楓困窘異常，這種缺乏隱私的感覺實在難受。只要芸草問，而她直覺地想一下，就等於跟芸草說了。

「嗯，妳也不是有意的，剛開始總是這樣，沒辦法把念頭留在心裡。」芸草說：「但妳終究會想通的，其實我們與妳並無任何差別。」

「咦？」她想，差別可大了吧。

「在這裡的我們，只是回音而已。」芸草說：「而建構出每一絲回音的，都是妳。所以妳完全不用跟我們客氣，就像主人無須跟影子客氣。」

「這……」

「妳總有天會懂的。」

§

我永遠也不會懂的。曉楓心想。

這一週過得很慘，她根本不可能好好讀書，就這麼亂糟糟地去考期中考。她甚至懶得跟飛雁或芸草解釋自己的狀況有多糟，多少也是有些自暴自棄的心理，這些無理闖入她腦袋的古人怎麼可能瞭解呢？飛雁只一心想著快把她的身體練得跟上自己的修為，好去做些他想做的事；芸草則像隻好奇的貓，每天就顧著翻閱她房裡所有的書，看完還順便幫她分門別類，曉楓只瞥一眼書架就大概知道她已看完了四分之三。還剩下一些沒看的散在書架角落，芸草倒不滿足了，開始侵攻父親的書架，證據是曉楓有時一覺睡醒，就看到臉旁堆了好幾本陌生的書，從電機電子、近代物理到現代文學，但她這回看完倒是每次都好好地放回原處。

好好地考砸一次，就可以徹底討厭這些自把自為的傢伙吧。曉楓多少有點這樣的想法，結果看到考卷一整個傻眼。才看到題目，腦袋就浮現答案，而且心裡分明地知道那是對的。

——不要幫我作弊！她在內心喝斥芸草。

——我什麼都沒說啊。芸草堅定地說。

——不是妳告訴我，我怎麼可能知道答案？

——妳說到重點了，所謂作弊應該是我直接告訴妳答案才算。但我並沒有把答案告訴妳啊！妳應該也很清楚才對。

芸草確實什麼都沒「說」，她只是把理路好好地整理了一遍，把原本散落東一塊西一塊的知識磚頭分門別類地堆在它們該在的位置，再砌成合理的建築。只要關鍵字一閃過曉楓的眼前，腦中立刻連結到相關的知識建築，隨即在某塊磚頭上輕鬆地找到答案。記憶性的考試完全難不倒她，也還罷了；可怕的是理科的考試也輕而易舉，正確的算法會自動浮現腦海，只要把數字代進去，答案就批哩啪啦地出來了。

曉楓看著考卷，雙手發抖，只要乖乖地從頭寫到完，應該會變成年級第一吧。但這雙手怎樣都無法把答案寫上去。

——為什麼不寫呢？芸草問。

——閉嘴，閉嘴啦！

她努力回想以前那種渾沌的狀況、無知的慌張，卻完全記不起那種感覺了。這不是我，她想，這是一群自把自為的闖入者，我不要他們的東西，哪個都不要。我要，我自己。

但「自己」早已變得模糊。芸草說得沒錯。她與曉楓沒有分別，產出的每一絲回音都是曉楓的東西。被整理得如此有效率的思緒完完整整地屬於她，她想不承認都不行。無論怎麼想回去，腦袋卻已記住了那種清晰而順暢的感覺。所謂的自己反而變成了添亂的雜音。

身旁的同學突然驚叫出聲，因為曉楓吐了。

染污了半面考卷，上面仍是一個字也沒寫。

§

「這孩子……」

「唉。」

迷迷糊糊間，聽到飛雁與芸草的聲音。我不想碰到他們。這麼一想，曉楓感覺自己沉得更深了一點。

「她還沒醒麼？」飛雁說。

「應該是還沒有。」芸草。

曉楓其實已經醒了，卻仍裝睡。

「明明都已經接受了我們的存在，怎麼突然又這麼強烈地抗拒？是這個時代的人特有的堅持嗎？」

「又來了，每次都推給這時代，你根本沒瞭解過這時代長什麼樣子吧。」芸草。

「有妳在，只要妳知道，我該知道的時候就會知道嘛。」飛雁陪笑。

「你有那個耐心翻看我的思緒？老是這麼大而化之，上回還說不清楚這裡住了幾個人，我簡直要暈倒了。虧你還是『元祖』耶……」芸草不客氣地說完，沉默一會。

「但，這個主人的確特殊。她似乎非常重視自我的完整，這是現代的年輕人較普遍而在過往時代裡較罕見的特質，我讀過的書裡也提過這一點。」

飛雁沒說話，但「看吧看吧！」的得意之情飄過曉楓心頭，讓她感覺自己像沉在湖底，抬頭窺探著湖面的兩人交談。

「那麼，我們可以不再旅行的時代，終於到了嗎？」飛雁說：「不再需要用武功去保護什麼……當劍主能放心地把我們丟棄的時代……」

「這要看你問的是什麼了。如果只是她，答案是『或許』。」芸草說。「而如果說的是這時代，那答案幾乎是可以肯定的……」

兩人的訊息交流原本應該流過曉楓心裡，但此刻拉開了距離，芸草比較幽微的思緒也變得模糊不清，就像聲音變得遙遠而難以辨別。她只知道兩人相互同意了對方的觀點，又各自嘆了口氣。

「……雖然你的立意是好，但每次一定要弄得這麼辛苦嗎？」芸草說：「你認為這是保護，但這樣的保護也可能是傷害。」

「芸草，我們每次都要吵一次嗎？」

「你應該也明白吧？你的作法並不算正常——」

「我只會『守城』而已，可不會侵佔他人城池。」飛雁的思緒嚴正得讓整個湖面震動了一下。

「是，是，元祖大人說了算。」芸草無奈地揮揮手。兩人又沉默好一會。

「她還沒醒嗎？」飛雁說。

「有人來了？」芸草考慮一下：「她還沒醒，但應該不用我們介入……」

連芸草也不知道她只是假睡？這念頭才剛引起些許歡愉，像黑暗的湖底突然閃出了幾道光芒，正交談的兩人立刻開心地說：「醒來了！」曉楓才發現自己不知何時已浮上湖面，只得尷尬地點頭。而飛雁與芸草眨眼就消失了蹤影。

「……楓姊姊。」

為什麼完全不意外呢？只要聽聲音，她就知道一定是常綠。可不只腳步聲而已，她聽得見常綠的心跳，略微急促的呼吸，甚至她在進入保健室前稍微猶豫了一會，左右腳交互踮著，那筋骨輕微的擦磨聲也聽得見。

「我聽說了，妳還好嗎？」她小心翼翼地問著。

曉楓有些困窘地點頭，因為聞到自己身上仍有些嘔吐物的酸味，兩人就這麼沉默了好一會。

「沒事就好……」常綠艱難地開口：「請，別再擔心我了，我不會再做什麼奇怪的事情，不會再纏著妳了，所以……」

曉楓一驚，原來她完全誤會了。眼看常綠轉身就走，她在思考之前，身體已迎上去拉住她，輕輕摟住肩膀。

「妳想太多了啦，笨蛋。讓我煩的是其他事情。很高興妳來看我，真的。」

一邊說，一邊在心裡苦笑，現在到底在演哪齣啊？飛雁跟芸草識相地消失得無影無蹤，很有助於暫時當作這裡只有她們兩人。常綠在她懷裡像隻剛從水裡撈起的小動物發著抖，而她邊拍邊哄，直到常綠又抽了抽鼻子，抬頭看她。

「這次別再親我了，我就原諒妳。」

常綠用力地點兩次頭，把頭深深埋進她的懷裡。曉楓聽見飛雁在她心裡輕輕吹了聲口哨，又狠狠地丟了個思緒過去。

——閉嘴啦。

第六章　主角命

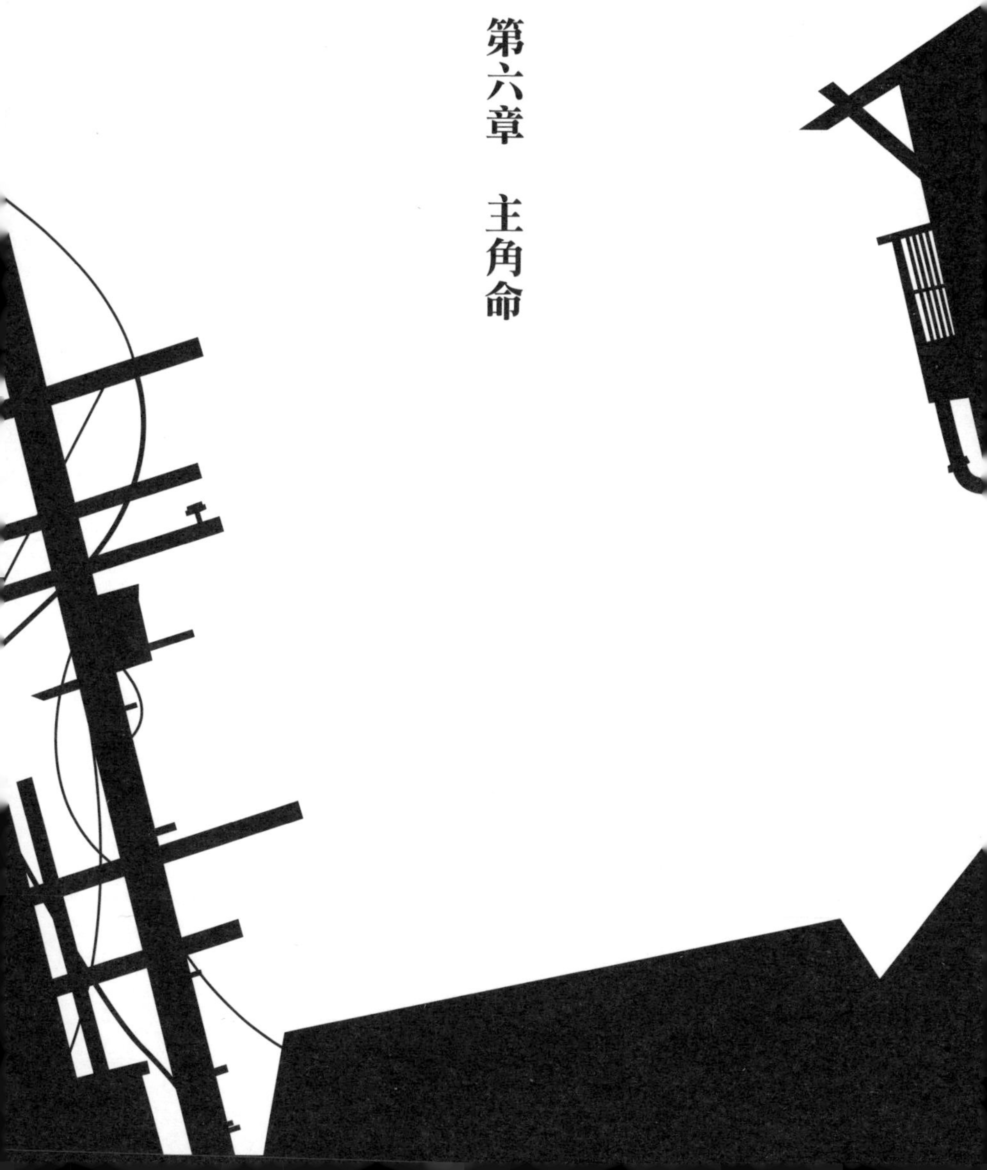

芸草消瘦得很快，在明白了做什麼都不會有用之後。
她試過了各種方法，
始終敵不過無才便是德這句話。

怎麼說，書香子弟的學問還比不上妻子，
這可是絕不能傳出去的，家醜啊……

「為了這個家，妳不能別再唸書嗎？」

為什麼，我只是看著書而已，也會礙到任何人嗎？
如果我說話會壞事，那我這輩子不說話行嗎？

「這是規矩。」

她甚至連光明正大地去爭也不行。沒人站在她這邊。
於是她便以無比的速度枯黃下去了。
身旁的人默默看著，並不阻止她。
就像看著所有不該存在的異象，人們只是等異象自己消失。

「若有來世……」

她最後只說，願成為書庫窗櫺上的一株芸草，終日與書香為伴。
夫君也不禁流了幾滴眼淚，儘管，規矩還是規矩。

只是眨眼之間。

當所有人都認為她咽下最後一口氣，低頭哀悼的眨眼間。
夫人的屍體竟消失不見了。

床與被褥仍留著一個久病的人形，但那枕上，
原本安放頭顱的地方，只剩一隻活生生的蝴蝶。
那蝶怯怯地顫著彷彿初生的翅膀，在人們目瞪口呆的眼前，
就這麼飛翔了起來，穿過窗戶，
直飛向那枕頭的主人再也跨不過的書庫窗櫺。

夫人的侍女首先哭了出來，然後是夫君，啞啞叫出不成聲的言語。
沒人能再阻止妳了吧，他其實想說。
就去吧，去吧。
人的規矩，是無法抵擋蝴蝶的。
就盡妳一個季節的餘生，好好與妳真心的所愛相伴吧。

沒人注意到，庫房裡曾收著一把古劍，也隨夫人之死悄悄消失了。

祖父輩曾官至兵部右侍郎，那時這把劍是個討喜的禮物；
但現在家裡已沒有誰在舞刀弄劍了，
劍也只能躺在庫房裡等待朽爛，一如死去的夫人。
人既會化蝶，那劍會失蹤也沒什麼值得訝異的吧？

夫人死後，成了家裡不可被提及的存在。
只有僕人們繪聲繪影地說著那化蝶的傳說，以及……
夫人死後，陰魂仍不散，
據稱有僕人曾在書庫附近看見她的亡靈云云。

§

當曉楓起床，看見父親在桌前遲鈍地擺弄餐具，有些吃驚。父親的時鐘與她大不相同，經常是她快睡了他回來，她出門了他還沒醒。而此時父親看來仍睡眠不足，卻堅持一步一步把早餐準備好。曉楓呆站著看一會，隨即轉去刷牙洗臉，像這情景很常見似的，梳洗完畢，所有東西都收好，制服也每絲皺折都拉平整了，她才在餐桌前坐下來，說一聲「早安」。

兩人默默地吃著早餐。父親的早餐很像他這個人，土司烤得微焦但是還行，煎蛋形狀不漂亮但熟度OK，牛奶溫熱不夠但仍可入口。她想原來父親在她上學之後也是會自己弄吃的啊，就是吃這些東西嗎？她自己的早餐倒是吃得隨便多了，有時去買晚餐就順道拎著明早的麵包回來，時間不夠時，冰的牛奶也照樣咕嘟嘟灌下去。像這麼手做早餐，唯有在她心情真的很好或很無聊時才得。

所以父親心情真的很好，或很無聊？

兩人默默地吃著早餐。她等著父親可能宣佈如何勁爆的消息，是終於得到了他想要的 IEEE fellow 資格嗎？或者更好？無論如何，雖然她並不真想知道，但也不介意一起開心。她連怎麼笑都想好了，只等他說句話。

「今天天氣看來不太好。」這是他第一句。「出門記得帶傘。」

她嗯了一聲，她等的不是這句。

「妳最近氣色不錯，有什麼特別的事情嗎？」

簡直特別到無以復加，但沒一件是能說出口的。她隨便說聲沒什麼搪塞過去。

「在學校有認識什麼朋友嗎？」

有啊，您想聽活人還是死人？「有啊，我加入動漫社……」隨即講了些常綠、麒麟、奇偉等人的事情。

「我都不知道妳喜歡看漫畫呢。」

不知道的可多著呢。但這件事他倒是說對了。曉楓從小愛看的是小說，漫畫多是入社後才被人推薦而慢慢跟著看。「被人拉去的囉。」她聳肩，猜想父親會不會說些看漫畫不好、多看點書的陳腔濫調，但父親又沉默了。她突然發現這男人又變得比印象裡更老了些。長期兩三點睡導致內循環不好，後果都展現在臉色、膚色與油膩泛白的髮色上，鼻子也聞到上了年紀的男性體味，混雜著熬夜又早起的口臭從他的鼻腔與嘴巴呼出，令她覺得有些痛苦。

但這痛苦也不盡然都是壞的，因為她已不再因為父親的寡言而感到無聊。這一切細節把完整的他帶到她面前，向她低語，他最近過得怎樣，不用說也知道。

感官功能似乎又增強了。每一天的世界都跟前一天不一樣。但今天它們只是很乖地送來她想知道的訊息，她想或許自己已經開始漸漸習慣這種感覺了。

「妳最近，生活變得規律了。」父親說這話時，心跳與節奏不太一樣，準備上臺似的，穩定地突突推送著。「這樣很好，保持下去。」

這是他當天早上對她說的最後一句話。曉楓出門時還在想，就這樣？這就是他大費周章想跟她說的話？生活變得規律？很好？保持下去？他為什麼、又憑什麼跟她這麼說？

她費了些時間才想起，大概是芸草找到更好的資訊來源之後，就不用在深夜看電視了。他們當然會盡可能避免給她找麻煩。即使父親深夜來查房，而他們老是在深夜行動，又怎麼可能會被他逮到？

所以他當然會覺得她生活變得規律了。就想跟她說這句話，值得這麼費心？

她笑了笑，突然想，或許以後幫自己做早餐時，也該幫父親做一份。

§

天氣早上多雲，下午轉陰，隨時欲雨。曉楓想著週六還得來學校補考，看這天氣實在很難開心。能不能來個東西拯救她呢？才剛想，遠處就傳來熟悉的琴聲。是王子。

隔這麼遠也聽得見？

——因為妳開始學會「諦聽」了。芸草低聲回答。

——「諦聽」？

——濾掉沒有異狀的聲音，只聽特別的。如果那琴聲是噪音，就只會混在一堆噪音裡，除非妳刻意去找才可能找到。但，那孩子有些特別。

說著，琴聲就停了。或許是他的班級在上音樂課吧。

習慣這有趣的空間感後，曉楓開始隨意亂玩，試著傾聽隔壁教室的老師在講什麼、隔兩間教室的老師在講什麼、而底下的同學又在竊竊私語什麼……最後這個困難很多，因為老師們的聲音貫穿整間教室反覆迴盪，很好鎖定；同學的私語卻埋得很深很深，即使努力去聽，還是只能聽見難以重組意義的隻言片語，吃吃的笑聲反而比話語本身更明顯。曉楓改聽自己教室裡的，她看著兩個咬耳朵的同學，將聽力延伸過去，像支透明的管子延伸到她們嘴邊，這回簡單多了，她們在說老師拉鍊沒拉，然後某個暗戀他的女同學就這麼不時瞥眼偷看……清楚得就像在曉楓耳邊講。

——別玩得太過火啊。芸草又輕聲說。

——有什麼關係，她難得喜歡，就讓她玩嘛。飛雁突然接話。

——我是在幫你說話耶。現在耗掉的功力，是誰每天晚上辛苦練出來的？

——欸，存了就要用嘛。

——算了，你不心疼，我就無所謂。

——這會耗功力？曉楓問。

飛雁說「不多」，芸草說「當然」。兩人的意念又在她心裡碰撞一回，芸草哼了一聲，不見了。

——耗得嚴重麼？我完全沒感覺。

——用的時候是不會有感覺。等妳停下來，才知道累不累呢。

——真對不起，所以耗得很多？

——芸草是謹細的人，多少說得誇張點，其實讓妳用才是正途。只要妳想學，這點消耗根本不算什麼。

——但這樣，距離你想要的修為豈不更遠了？

——武功嘛，夠用就好。

飛雁的豁達讓她有些不好意思，經常忘了自己還在討厭這些人。下課了，曉楓起身，才明白什麼叫消耗。起身的瞬間腿竟然一軟，隨後力氣才跟上，但腳底仍覺虛浮。或該說她已在不經意間「下盤紮實」好一陣子了，現在只是接近身體變化前的狀態，她卻很不習慣，走幾步都像快跌倒，簡直記不起自己以前是怎麼走路的。

——感覺很不妙。我該不會把你先前累積的成果都揮霍掉了吧？

——只是妳還不習慣這麼耗而已。來，跟我呼吸……

曉楓就按照飛雁的指示呼吸了幾回，每呼吸一次，便感到好像拉動了體內的幫浦，原本像洩氣氣球的雙腳又被充得飽滿，頓時精神也整個好起來。

——對吧？其實沒想像中嚴重。再多幾次，妳就會自己處理了。

——剛剛我這樣耗了多少？

——……大概三成吧。

——好多！曉楓驚呼。明明才玩了幾分鐘而已啊。

——因為妳還沒學會如何省著點用啊。就像花了大錢，卻只買到些便宜玩意……但剛剛這麼稍加調養就恢復了大約一半，再休息一下還會恢復更多；但仍會留一點空洞，不坐下來專心練就補不回來。

——那要怎麼做才不會這麼浪費呢？

——如果是妳經常要聽的，就要靠反覆地觀想練習，讓自己自然對它敏感。就像善琴者對琴聲敏感，善歌者對歌聲敏感……

——那武功高手對什麼敏感？

——天生就敏感的有兩種。一是敵意……

飛雁還沒說完，曉楓突然聽見鋁製水桶碰哐砸在地上的聲音，她覺得已經夠大聲了，但周圍的人都像完全沒聽到。有些黏稠噁心的感覺開始在遠方蔓延。她聽見篤地一聲、兩聲，還不太明白那是拳頭砸在人體上的聲音，然後一個人轟一聲撞到塑膠夾層門，滑落到地上，又被踹了好幾腳；曉楓還不知道那聲響是踹人，但憑直覺也猜到絕不會是什麼好事，因為她總聽得出每一下之後都跟隨著痛喊。

那些打人的很快就離開了，留下那個人在原地喘息，低聲嗚咽。

——另一種，就是求救聲。

在遠方的男廁所，有個面目不清的男學生被打了。

曉楓根本不認識他，也不知道他為什麼被打，但一股難受、無法釋懷的感覺從胸口開始往上往下延伸，流進她的大腦與四肢末稍。不經意間，拳頭已緊握。

那男學生的嗚咽聽起來像隻被踢打的小狗，只是無力地搔抓地板喘著氣，直到上課鐘聲響起，他才變回人，勉強站起，開水洗臉。而曉楓在遙遠的此處，漠然轉身，回到教室。

§

「楓姊姊……」常綠才剛叫，臉就突然僵住。或許是曉楓的表情太肅殺了點。

「……沒事。」她說完，勉強笑笑：「找我？」

「本來是有事。」常綠也笑了：「但妳這樣不行啊，會嚇哭小孩子的。」

「小孩子？」

「慈幼社要辦活動了，終於。」常綠說：「那混仙社長總算會害怕倒社了，不得不去找附近的小學談一些課後輔導之類的活動，還拜託我去幫忙……」

「又拜託妳去幫忙？」

「有什麼辦法？」常綠翻白眼，曉楓卻覺得她其實很享受這種被需要的感覺。「拗不過他，反正我本來就喜歡小孩。但楓姊姊如果有事要忙……」

「我沒事要忙。」曉楓堅定地答。「要去就去吧。」

「真的？」常綠有些驚訝。「小孩壞起來也很難搞喔。」

是吧，但起碼還來得及。如果誰欺負誰了，還可以保護弱的，教教那個強的一些道理。等長大之後就來不及了。

「但楓姊姊妳不是週末要補考……」

「那個，沒問題啦。」

「好酷！」常綠崇拜的眼神讓曉楓不得不轉開視線。其實沒問題才有鬼。她還不知道該拿這個被芸草強制大幅升級的腦袋怎麼辦。如果所謂沒問題是指腦袋變好所以沒問題，那就難免有狐假虎威之嫌……

算了，她決定自己想得夠多了。在看到考卷之前，都不再想考試的事。

§

真不愧是快倒社的慈幼社。除了她跟常綠兩個幽靈社員，只有社長跟副社長出現在這次活動。

按理說慈幼社應該能吸引不少女同學，會變成這麼悽慘的狀況，她猜那社長要負不少責任。他做事有些半湯不水，比如現在，要四個人應付兩個安親班約七八十個小朋友，簡直是開玩笑。

曉楓與常綠一組，慈幼社兩人一組，各佔一間教室對付二十幾個從小一到小六、四處亂跑亂鬧的學生，旁邊有兩個白天已被折磨到不想講話的老師在旁看著，偶爾幫忙管管秩序；過一段時間老師們看看狀況上了軌道，也就神秘失蹤了。

常綠說得沒錯。小孩壞起來簡直像小鬼。

課後輔導其實沒什麼好輔導，不如說是陪小孩子玩。但凡是大人覺得小孩可以玩的幾乎都等於無聊，小孩只會想玩大人覺得不可以玩的東西。所以輔導員就是去看好他們別把自己的小腦袋磕破、骨頭撞折，順便被問一堆自以為成熟的問題。如果能降低他們受傷的風險也不失為好方法，但……

「姊姊你們怎麼會來這裡啊？」一名小三女生問。

「我知道，姊姊你們來這裡是因為寫在成績單上比較好看，未來申請大學比較有利吧。」另一個小五男生搶答。

就說現在小鬼頭根本不知道在想什麼。常綠還能跟他們有來有往，曉楓除了笑之外根本不知道能幫上什麼忙。

「曉楓姊姊妳做過愛嗎？」一個戴眼鏡的小男生帶著你知我知的笑意，曉楓正好喝了口水，差點噴出來。

「你這人小鬼大的……」常綠作勢修理他：「你以為可以這樣隨便跟楓姊姊講話嗎？小心把你的腿打斷！」

「小綠姊姊不是跟曉楓姊姊同年嗎？為什麼妳要叫她楓姊姊？」

「問得好。若想知道為什麼，就給我坐下來好好地聽。」

不是吧。「曉楓傳奇」又要被傳到這間小學了嗎？但曉楓被吵得有點頭暈了，也想不到更好的方法把時間撐過去。常綠果然對小孩很有一套，不愧是兩個弟妹的大姊。曉楓無法想像常綠要如何帶過兩個弟妹之後竟然還樂此不疲。這大概就是所謂的天分吧。

「她把一個男人打得翻過去？」

「整整繞了一圈喔！」常綠的左手食指當頭，右手食指當腳，就這麼轉了個華麗的體操軌跡。「就這麼趴在地上，動彈不得。」

小朋友紛紛發出驚嘆聲，眼前都閃過了那宛如卡通的畫面，曉楓手撫額頭，原來「刃牙學妹」的謠言根源就在眼前。

「騙人，怎麼可能！」一個小胖子說：「連那些美國的摔角選手都不可能做得到。曉楓姊姊那麼瘦，怎麼可能那麼大力。」

「小子，沒聽過什麼是功夫嗎？」

「功夫不是在電影裡演的嗎？」

「也有小說喔。我看過。」另一個小朋友得意地說。

「但那都是假的。我哥說。」小胖子堅持。

小朋友開始爭吵。但大致上小胖子的意見佔上風。「騙人啦！」的聲音此起彼落。常綠皺起眉頭，表情就像在集氣準備放出大絕招。曉楓突然發現自己伸出手去抱起小胖子，一邊笑著說：「乖，乖。」然後把他往上一丟，時間又變慢了，小胖子浮空時的肥肉被物理定律下甩，拉長到極限準備彈回去時曉楓突然又伸手接住他，正在拋物線的最高點。這往上丟又接住的動作實在太快，以致旁人看來她根本就沒有放開過小胖，但在曉楓眼裡那就是很清楚的兩動。

夜行
Day Dreaming
風神鳴響
黃致中 著
青Chung 繪

《夜行：風神鳴響》新書分享會

免費入場　歡迎參加

11/29 SUN.

請把你的大漠飛沙收回去
——談《夜行：風神鳴響》的創作起源

18:00–20:00

共同主辦：財團法人耕莘文教基金會
耕莘文教基金會409教室
(臺北市中正區辛亥路一段22號4樓)

12/5 SAT.

少女、妖怪與古劍
——古典武俠如何進入現代臺灣

14:30–16:30

與談人：瀟湘神(臺北地方異聞工作室成員、《臺北城裡妖魔跋扈》作者)、青Ching(繪師、藝術家)
臺大永樂座（臺北市羅斯福路三段283巷21弄6號）

1/10 SUN.

如果有誰可以理解，
那就是動漫社長了吧！

14:30–16:30

與談人：朱宥勳（作家·秘密讀者編輯委員）
金石堂城中店三樓(臺北市重慶南路一段119號3樓)

風吹燭火　光影搖曳　如露如雷　風神鳴響

「飛高高囉。」她說，又拉了個斜圓的軌跡往下，就像在跳舞時抱著舞伴轉，但當手臂由水平改成斜四十五度時那畫面變得非常奇幻，曉楓就這麼抱他轉了好幾圈，又回到小胖子在最高點的動作，然後輕輕地把他放下。

小胖子一整個還沒從震驚裡回復，表情反而冷靜，周圍每一個小朋友也是。常綠的眼睛倒是瞪得好大。

「要再一次嗎？」曉楓問。

小胖子搖搖頭。

「是真的有功夫的喔。知道嗎？」

小胖子點點頭。

——走了啦！芸草著急的意念像一聲驟然拔尖的警報，於是曉楓颯爽地轉身，在夕陽下留給孩子們一個彷彿無窮無盡的背影。

「就、就是這樣囉。」常綠故作鎮定地用右手指指小胖子，「這就叫禍從口出，下次要小心點，知道嗎？」又向孩子們點點頭，轉身去追曉楓了。

§

——你到底在發什麼瘋啦！！芸草怒吼。她吼的當然是飛雁。

——因為我、我好喜歡小孩嘛……

——喜歡小孩有必要這麼張揚嗎？你不能就抱一抱、拍一拍就好了嗎？

——我還以為「舉高高」是古今都有的遊戲啊……

——……「舉高高」是古今都有的遊戲沒錯，但沒有人會把一個十二歲的小胖子舉高高好嗎？他都快要跟曉楓一樣重了耶！

——是嗎？看這些孩子口沒遮攔，我還以為他們只有六歲。若是十二歲該懂點事了吧？

——……你到底知不知道我是為什麼要去瞭解這時代最新的電子技術、通訊技術、網路技術、刑事偵察技術？為什麼要費苦心去弄清楚社區裡的每個監視器裝在哪、鄰居生活有何規律、有沒有誰碰巧喜歡深夜開著窗看看外面發生什麼事？說好的不給曉楓惹麻煩呢？說好的行事絕對低調，就連她父親也不會察覺有什麼不對呢？你一時的衝動很可能毀掉這一切你到底知不知道啊？

芸草的怒火如疾風怒濤般掃過整個意識層，讓曉楓的頭陣陣抽痛。「芸草，請妳平靜一點……我很不舒服。」

芸草道歉，但她的意識依舊像刺蝟般令人不安，只是不再跑撞。

——對不起，我實在太久沒碰到小孩子了……

——是啊，元祖大人任性起來，還真是沒人擋得住呢。芸草冷冷地說。

——以前的孩子都很喜歡這麼玩啊……

——那是因為對以前的孩子而言，功夫並不是什麼稀奇的東西。你要這群玩電玩、看漫畫長大的孩子接受一個人可以……

「好了，芸草，不用說了。」曉楓刻意閉起眼睛，平緩地傳送思緒：「事情可能沒這麼糟。他們說出去也不會有人相信的。誰會把一群孩子說的話當真呢？」

芸草沉默很久，勉強同意。

「飛雁，跟芸草道歉。你的舉動確實太莽撞了。」

飛雁又再次道歉。芸草不理，只問了一句。

——那麼，該怎麼跟她解釋呢？

芸草一問，曉楓轉頭看見常綠，平靜的思緒頓時斷了線。

§

——有什麼好主意嗎？

呆了一會，曉楓只剩這個念頭在腦內廣播。可重複了幾遍，飛雁依舊沉默不語，芸草則全速運轉著她轄下的腦袋，看來都暫時幫不上忙。

「其實從那天在捷運上就覺得不對勁了……」常綠說：「再怎麼說，賞人一記耳光，跟把他弄到倒地不起，應該是完全不一樣的事吧？我也看不清楚妳是怎麼做的，好像只是抓住他的手腕，會讓人痛成那樣嗎？」

「而且那時候妳的動作不太尋常，不是什麼普通人都能做出來的，但之後發生了些……事情，讓我也不太好問。」常綠雙頰微紅：「真要說，還有些其他小事，總覺得跟先前的妳不太一樣……」

「這種不一樣，是壞的不一樣嗎？」曉楓問。

「這，不會啊……」常綠的神態有些扭捏，這倒是罕見。「我覺得這種不一樣很好啊。妳原本有點駝背，現在都站得挺直，看起來就很有精神。坐的時候也是，看人的時候也是，眼神與姿態都有種俐落的感覺……」

「……真要說的話，就是覺得『好帥啊』，有時莫名地就會這麼想。」

——真是害羞。飛雁害燥地說。

——你怎麼不趕快去找面牆撞一下啊？

曉楓對內應付飛雁，對外還得應付常綠。她愈來愈習慣這種分裂感了。「所以，這樣的我不會讓妳感到不安？」

「感到不安……什麼嘛。」常綠笑著說：「簡直像在說妳不是楓姊姊似的，妳……」說著笑容斂了下來，「妳……是吧？是我認識的那個楓姊姊吧？」

——這是重要的轉折點。

曉楓還在沉吟，芸草緩緩地開口了。

——她在問妳，是要跟她說真話，還是隨便用個爛理由來呼嚨她。

——而妳的建議是？

——下策是裝作不懂，隨便呼嚨幾句，也就撐過了這場面。但這無法解決她的好奇心，她會持續用自己的方式探求真相，於是終有一天妳又會被逼到不得不面對的處境。妳也清楚她就是有辦法把事情弄到出乎意料，放她亂衝亂闖是很危險的。

曉楓同意。

——中策是想個不錯的說法呼嚨她。妳父親對傳統武術與氣功的興趣是滿好的切入點。妳可以說這是妳的家學，是父親從小教導妳的防身術之類，解除她的好奇心，她就不會做出什麼出人意表的舉動。這樣在短期間大概不會有問題。但……

——但？

——飛雁的修為終究是遠遠超越了現代人對武術的認知。妳唬得過今天，唬不過明日。之後又有什麼超乎常人的舉動，她又會再驚訝一次，而妳就得重新補一次謊，持續耗損彼此的信任感。到最後她只會不相信妳說的任何一句話，因為妳確實也在不斷地欺騙她。

——那妳的意思該不會是……？

——誠實永遠是上策。

芸草竟然會這麼說，曉楓簡直無法相信。

——妳是在宣導本週的中心德目嗎？曉楓嘲諷地想。

——我只是建議妳，不要把本來可以簡單的事情弄得複雜。事情會變亂，往往就是因為人們自認能用個聰明的說法度過難關，而他們之後也經常變成只是在自找麻煩、自打嘴巴。常綠是妳朋友，妳也可以選擇讓她繼續當妳的朋友。而此刻用任何謊言去搪塞她都是把她往外推，把她定義成不值得信任的人。在妳眼中的常綠是這樣的人嗎？

——……不是。

——她就像個令人頭疼的妹妹，會給妳找些麻煩，有時會覺得若沒有她一切倒輕鬆了；但如果真沒有她，那輕鬆也會很快地轉為空洞與無聊。更重要的是，她不會背叛妳。

曉楓有點窘。芸草的洞察力實在可怕，三言兩語就像利刃把魚的骨肉切得分明。

——就算要講，也實在太多太雜了……

——想到哪裡，就從哪裡講起吧。

§

剛好服務時間也結束了，兩人受過慈幼社社長千恩萬謝，就以還有要事為由拒絕了一起吃晚飯的邀請。兩人慢慢走回去，邊走邊講，講得口渴就買杯飲料，坐在路邊看著車流的光曳在彼此臉上，話語如水滴隨光流逝。

「我想看看那把劍。」常綠聽完之後，只這麼說。

於是她們回家。曉楓多少有些期待，不知今早父親的異狀是否會持續到晚上，結果家裡仍是空無一人。指點常綠脫鞋時有點新鮮，她突然發現這是自己第一次邀同學來家裡。小學與國中大家同個學區住得近，不時會聽說誰週末去誰家裡玩，到高中就比較難一點，但曉楓始終沒邀請過任何人踏進自己家。家裡有個不能被打開的鐵櫃或許是個好理由。

但那櫃子已經被打開了。曉楓掀開棉被，常綠看到無悔劍被放在粉紅小花的床單上有點哭笑不得。她拿起來，驚呼一聲：「好重。」

曉楓點頭。第一印象常是這樣，看慣了電影裡的明星揮劍如揮木片，真傢伙拿在手上才明白那沉重給人一種這玩意真能殺人的實在感。常綠把劍拔出，仔細觀察鋒刃：「好像不利啊？」說著，拿指尖去輕輕試刮劍鋒，嚇得曉楓立刻把她的手抓開。

「別擔心，真的不利。無論它是什麼上古神兵，現在也不會比廚房裡的菜刀更危險。」

——被人家這麼說了唷。芸草暗自嘀咕。

——沒關係，劍危不危險本來就是看誰來用啊。飛雁簡答。

「所以，妳現在還沒有真的用過這把劍？」

「嗯。」

「他們，給妳造成很多麻煩？」常綠指尖點了點劍身，指的自然是這間客棧的住客們。

曉楓呃了一聲，麻煩是真的很麻煩，但也不能說全都是麻煩。

「那麼，讓他們改附上我的身，妳覺得好不好？」

「耶？但我剛剛說過……」

「我不介意。讓幾個人闖進我心裡，有沒有隱私什麼的，對我都還好。這可能是我怎樣也得不到的一次冒險。」常綠的眼神興奮而熱切：「我不介意這點麻煩，相較於他們能讓我看到的，飛簷走壁，行俠仗義……」

「常、常綠——」

「妳可以幫我問嗎？問他們，我行不行。」

說是「幫我問」，常綠卻直直地看進曉楓雙眼，明顯是在問那眼底的住民。

——……我來回答？

見曉楓詞窮，飛雁輕聲建議。

「常綠，不是誰都可以的。」飛雁一接手，曉楓頓時覺得與其解釋那麼多，不如直接叫飛雁出來講一次話。那截然不同的語氣與神情，根本不愁沒有人相信。

「如果該是妳拿到這把劍，它就會出現在妳面前，我們也會在妳身上醒來。但這次卻是曉楓喚醒了我們——」

「有誰規定一把劍不能認兩個主人嗎？」

「……是沒有誰規定。」飛雁無奈地說：「但妳想，從這把劍鑄成以來，有多少人曾像妳這樣拔出劍來看一看、摸一摸，甚至睡在一起？數也數不清。但它真正被喚醒的次數寥寥可數。我可以告訴你……十根指頭以內就數完了。」

芸草又嘆口氣，曉楓苦笑，要飛雁記得具體數字實在太難為他。

「這把劍經過了超乎妳想像的漫長旅行。如果千百年來僅十個不到，妳應該能明白那是多麼稀有的天賦。在我們的記憶裡，從來沒有一把劍在當代能同時擁有兩名劍主的——」

「只是機率極低，卻不是不可能。對不對？」常綠說：「只是低得跟中樂透頭獎一樣，卻不是不可能同時有兩個得主，其實也有不少次頭獎是超過兩個人以上中的啊！有沒有辦法能驗證我行不行？」

連飛雁也不禁苦笑了，常綠卻不死心：「並不是想搶奪楓姊姊的位子。但如果我可以，對你們也是好的，不是嗎？重要的東西，總要有備份吧？」

「常綠說得有道理啊。」曉楓突然開口了。「為什麼不讓她試試呢？如果她真的可以，應該會比我聽話很多、好用很多吧？」

——這不是聽話或好用的問題……

飛雁還沒說完，芸草就接過去了。「好啊，有何不可？我們就來試試看吧。我現在送個意念突波出去，如果能相通，便會有感覺。曉楓，握住劍柄。」

那畫面其實有點怪，看起來就像曉楓說完後，自己跟常綠一起握住劍柄，但沒有人笑。

曉楓突然叫痛，感到整個劍柄像通了電般陡地抽開手，常綠不解地轉頭看她，手還是握著劍。

「……像這樣就是意念突波。」芸草慵懶地說：「為免把劍摔到地上，我建議還是把它放床上，你們各伸出一支手指抵住劍身就行。那就來了。」

安靜的房間裡，兩個高中女生各伸一支手指點著一把古劍，活像在進行什麼神秘的占卜儀式。

「唉唷！」曉楓抽起食指。常綠看著她，咬牙，轉頭更專注地盯著劍。

曉楓又叫一聲，指尖像被蟲咬了，開始紅腫，她忍不住甩了好幾下。

「夠了吧？」曉楓抱怨。

「……再一次。」常綠懇求，把雙手手掌都覆上劍身。雙眼緊閉。

曉楓第三次叫痛抽手時，常綠頹然地靠在床邊，臉色難看。

「……別難過了，妳這樣才是常見。曉楓反而是異數。」飛雁開口。

「我知道啊……」常綠搖搖頭，突然笑了。

「我早就知道了。像楓姊姊這樣的人才有主角命，永遠不會是我。」

一陣尷尬的沉默。

「別擔心，知道結果就好。嗯，這樣也不錯呢，雖然不是主角，但只要待在妳身旁，我也能參與這故事吧。我會幫妳的，所以妳也要保護我喔。」

曉楓不知該說什麼，只點了點頭。常綠在眨眼間又切換成另一個模樣，或該說切「回」了原本熟悉的樣子，剛才的熱切、執著與失落都瞬間丟到了不知哪去。曉楓只覺得自己怎麼可能會是主角命呢？跟眼前這女孩相比，總覺得她的故事肯定更精彩，而自己無論如何，都只會把情節弄得更無趣。

「但我想，這不是憑我們就能解決得了的問題。」常綠沉思。「楓姊姊，有沒有考慮找別人幫忙？」

「又要把我拉到輔導室嗎？」曉楓失笑。

「才不哪。」意外地，常綠堅決反對。「這種問題大人處理不來的。他們會預設幾個簡單的框架，然後根本不想考慮框架以外的可能；等終於明白了事情不像他們想的那麼簡單，又會慌慌張張地把一切弄得更糟。就算妳想去，我也會阻止妳啊。」

「……那妳先前為什麼又要我去？」

「妳不覺得聽他們一本正經地講那些話，挺歡樂的嗎？」常綠說：「聽著都覺得紓壓，像深夜的廣播節目，至少對我有效啦。但妳的狀況，別想了，他們不可能應付得了。」

曉楓也只得同意。

「所以我們要找的是年齡相近，對這種事有足夠的心理準備，又不會到處亂說的人。」常綠：

「妳有想到誰嗎？我只想得到一個。」

曉楓有些驚訝，也不知該說是驚訝常綠竟然只想到一個，還是她竟然還想得到一個：「是誰呢？」

「麒麟學姊。」

對著眼睛睜得大大的曉楓，常綠肯定地點點頭：「我覺得，如果說可能有誰對這種怪問題做好了充分的心理準備，那應該就是動漫社的社長了。他們可都是從小就想著『如果今天地球毀滅……』、『如果我是超級英雄……』之類的怪念頭，就這麼長大的人啊。」

曉楓總覺得這推論哪裡不太對勁，卻又不知道該怎麼反駁她。

「再說，她可是麒麟學姊哪。」常綠總結，彷彿光是這個理由已十分充分。

怪的是，曉楓也覺得這滿能說服她，至少比什麼動漫社社長的論點有說服力。「那明天一起去？」

「當然。」常綠笑。看看時間也晚了，曉楓送她去搭車。到了捷運車站，常綠在閘口前對曉楓笑著說：

「真想不到，楓姊姊才是真正的魔法少女呢。」

曉楓還來不及回答，常綠就轉身走進了閘口，像急著趕車回家。

第七章　開誠布公

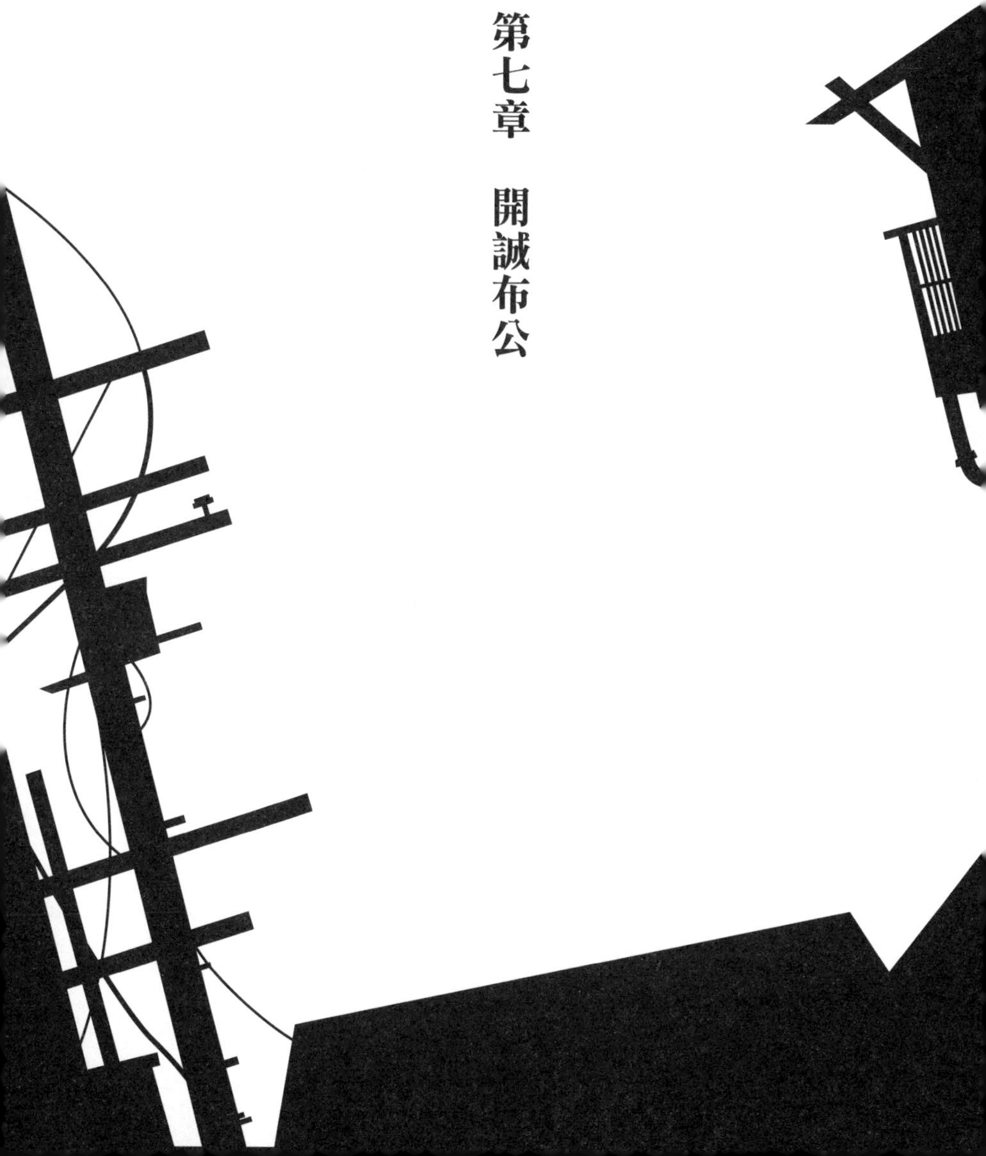

「你還真能撐。」另一個男人溫和地說。

那男人滿臉鬍渣，一顆頭光得閃亮、眉宇卻和善，不是裝出來的和善。因為他的眼神太悲憫了，好像永遠沒有打從心底笑出來的一天。只要世間仍有人受苦，他就不會真正快樂。

被這樣的人包容地看著，似乎也該和顏以對吧。但飛雁此時只有滿心的不諒解，還有被背叛的疼痛。

「能叫勾芒束手無策，你也算厲害了。」男人搖頭笑。

「你只想送信送一輩子，這樣你就滿意了麼？」

「這有什麼不好嗎？」飛雁抗聲問。

「沒什麼不好，就只是……浪費而已。你擁有的天賦非常稀有——」

「那你又知道，如果我拿這天賦去打殺，是不是另一種浪費？」飛雁打斷他。

「嗯，是啊。哪一個才算浪費呢？」男人沉吟，苦笑。

「上天讓你能一直跑一直跑，速度可比奔馬，跑到天涯海角也不累。就像『地上的飛雁』一樣……

但飛雁啊，……你難道就只想看著而已？」

「是啊，不行嗎？哪裡讓我不愉快，我就跑掉。」

包括這裡在內。他沒開口，但意思明擺著。

「那如果有一天，你非出手不可呢？」

「不會有那一天的。」

「喔，會有的。」男人說：「會有的……」

男人像看著飛雁背後的幻景，

某齣演爛了的劇碼，以至還未看完即可斷言。

這只是更激怒了飛雁。

他開始認真地想著世間有哪個沒有爭鬥的美麗之地，

值得他飛去，從此頭也不回。

但滿載著傷痕與疲累的飛雁終究也只能飛進夢裡。

蜷身熟睡，而天猶未光。

§

隔天早上，曉楓一醒來，感覺全身都很不對勁。

「飛雁？」

飛雁沒有回應，反倒是芸草應了一聲。

——怎麼回事，這種感覺……

曉楓煩躁地起身，發呆。

「飛雁昨晚作了什麼？」她問。

「他沒作什麼。」芸草答：「只是時間到了。」

——時間到了？

「第一次會稍微辛苦點。」芸草淡漠的語氣裡難得含有鼓勵之意：「之後就會順利很多了。」

——到底是什麼東西第一次會辛苦點之後就會順利很多啊!?

曉楓感到下腹一陣漲痛，忍不住以手輕撫，低聲呻吟，突然記起了這是什麼感覺。其實自己應該很熟悉了才對。

月經來潮前的燥熱不適感。下腹悶攪，乳房漲痛，皮膚敏感，頭腦沉重……經前症狀幾乎一個不差地來報到了。剛剛一時無法聯想，因為這從來不是打開開關「啪」一聲就切過去的狀態。通常都是在某個早上或下午開始有些感覺，接下來的幾天感覺愈發強烈，然後才是痛苦的經期，而那又會持續幾天才結束。

總之從來不是這麼，昨天晚上還沒消沒息，早上起來，突然發現即將山崩地裂了。

「不要急，愈急只會愈慢。」芸草的意念很平穩，讓人想起保健室的老師。「別擔心，妳的身體已經知道該怎麼做了，只不要去干擾它，一切就會平順地進行，現在去廁所裡。」

——不要干擾……不要干擾什麼？我的身體到底——

「不要去想。」芸草停一停，無奈地說：「但要妳不想也不可能，那好吧，我解釋一下現在發生什麼事了。聽我的聲音，別去想痛。」

曉楓努力讓自己注意去聽芸草的聲音。

「這部分是我來負責，因為飛雁不懂，我就叫他先去休息了。」芸草說：「所謂的氣通經絡，翻譯成現代的說法，就是一種以意念全面掌握肉體的練習。所謂『掌握』，除了外在的筋骨皮毛，還包含各大循環系統、內分泌系統、淋巴系統、生殖系統……簡言之就是現代醫學認為人類無法用主觀意識控制的那些功能，其實都是有可能操控的。現代人只是忘了與自己身體溝通的方法。如果把身體比喻為一臺電腦，在其中流動的程式語言就是氣。不學著用氣跟自己的身體溝通，就像一個沒學過程式的人去用電腦，長期下來也能用得滿順的，卻永遠無法發揮出這臺電腦真正的效能。」

「而如果會了，便可能做到一些現代認為不可能做到的事情。比如，要控制經期，現代醫學確實有方法，要透過吃藥去調控。但月經其實涉及了多種複雜的生理機制，而吃藥只能調整其中的某些機制，其餘部分仍是被動地配合，終究不算理想。如果能讓所有機制同步往單一個目標運行，效率就截然不同了。這正是妳現在經歷的，也就是極度地縮短經期。」

「極度地……縮短？」曉楓完全無法想像。

「無法想像？但妳已經完成了。」芸草笑著說：「別去想，就不會痛吧？我創的功法可不是那種半吊子的東西。」

曉楓近乎驚恐地感到那些經期症狀確實都在退去，乾脆得活像半小時以前的不適都是騙人的。身體狀態又回復了，就像開關又被扳回了「正常」那邊。

「這……算是……結束了嗎？」

「還是拒絕理解？」芸草嘆口氣，說：「其實只要妳想，就能知道啊。是的，結束了。照平常的方式清潔就行，棉片倒是不用了。」

原本要一個多禮拜才會結束的折磨，現在只要半小時。

曉楓雙手抱頭，手肘支著膝蓋。

「……我還以為妳會更開心點。」芸草語氣多有保留。「雖然也不是真的要妳謝我啦，但……」

——「還不到感謝我的時候哪。」她確實這麼說過。「妳以後就知道了。」

——原來是指這件事情嗎……？

「對不起，芸草，我知道妳做這件事是為我好。」曉楓低聲說：「但我現在真的高興不起來。」

「呀，嗯。好吧。」芸草苦笑著，嘆口氣：「……我活著的時候，對這樣的變化倒是毫無感傷呢。或許還是因人而異吧。」

§

芸草說著就安靜了，浴室裡又只剩下她一人。

曉楓反手按下沖水開關，她不太敢看，自己的背後到底是什麼東西。

——楓姊姊才是真正的魔法少女呢。常綠這麼說。

——我這樣還算是「少女」嗎？

看著眼前車窗飛逝的景色，曉楓嘴角一抹苦澀的笑。

她在無意間還真是挑了個好時間跟常綠剖白。隔天剛好是週四，動漫社有約放學後早點去唱歌，搶那短短的特價時段。麒麟學姊向來不去唱歌，所以一定是單獨坐在社辦裡享受著難得的安靜時光吧，要找她聊天，沒有比這更好的時機了。

也因此，曉楓更覺得無路可退了。這種不正經的怪事，真的適合跟別人坐下來討論嗎？即使麒麟學姊感覺像個值得信賴的人，誰知道她碰到這種超常狀況會怎麼樣？

不，這些都不是她真正煩心的事情。曉楓被一種無法釐清的鬱悶給困住了。

這些改變，是壞的嗎？先前難道不是每次經痛都會抱怨一次，為什麼自己要受這種罪？

——我還以為妳會更開心點。

今早，芸草如是說。

——我也以為啊。

曉楓無奈地想，難道這是某種犯賤的心理，得不到的總想要，得到了的卻還嫌？她覺得自己好像被挖去了什麼很重要的東西，但真要她說出被挖去了什麼，卻又說不出個所以然。只能很模糊地概述為「自己」。

過去那種熟悉的自己。

所以所謂的自己，難道得用那些疼痛與血塊來定義？

她難過得很想縮成一團，卻又說不上來是什麼讓她這麼難過，也找不到誰能聽她抱怨。而事實上，身體也沒有任何不適。

後天還有補考，但她根本沒心思去想。反正芸草早已把這學期的課本都翻過了一遍，輕鬆地理解了全部的內容。

她知道就等於我知道。

所以怎樣都好啦。

教室裡滿滿都是人，她心裡還住了另外兩個人，卻從來沒有一刻覺得自己這麼孤單過。

§

當常綠伴著曉楓一起走進動漫社的大門，黃昏的光線裡只開著一盞燈，麒麟學姊悠閒地坐著看書，意外地不是漫畫，而是一本貌似有點艱深的小說，光看封面跟書名完全不會讓人想翻開來一探究竟的那種。

「妳們沒去唱歌？」她表情有些驚訝。

曉楓一看麒麟學姊的臉，就覺得完蛋了。怎麼會有人能瞭解她面臨的荒謬困境呢？常綠也就算了，常綠不是普通人。但像學姊這種一看就是冷靜與常識之象徵的人，到底會以怎樣的表情看待這些聽起來像是瘋言瘋語的告白？

但她還是說了。

而且一開口就停不下來，像個被鑿洞的玻璃杯，剛開始水只是緩慢流洩，然後某個內在應力突然失衡，杯壁便整個碎了，灑得滿桌都是。

學姊只是一直以同樣的眼神望著她，不作任何判斷。

§

說完，曉楓低著頭，幾乎一句話也說不出。於是常綠就幫她問了。

「……所以，妳覺得呢？怎麼做比較好？」

麒麟學姊嗯一聲，罕見地露出為難的表情。她看看常綠，又看看曉楓，呼了口氣，雙手在膝上交疊。

「……那可真是辛苦妳了呢。」

不知為何，光是聽她這麼說，就讓曉楓有種想掉淚的衝動了。

「如果是常綠，我還會當她在開玩笑，說這設定不錯呢，寫篇故事吧，我可以考慮幫妳畫成漫畫。」她看著曉楓：「但妳才沒有這麼無聊。對吧？」

「過份耶！」常綠抗議：「我也不是那種人啊……」

學姊完全忽略常綠的抗議。「要給建議……我一時也想不到什麼有用的建議呢。我畢竟只是個動漫社社長，沒什麼驅魔抓鬼的本事。」

「但如果是我，不管他們要我做什麼，我都不會照做。」

曉楓與常綠同時咦了一聲。

「因為這讓我想到梅菲斯特啊……與惡魔的交易，一切珍貴美好的事物全都擺在眼前，只要付出靈魂就能得到。而無論剛開始感覺多好，結局都會很糟。」

「但飛雁他們聽起來不像那麼壞啊。」常綠插嘴。

「嗯，從另一個角度說，『與惡魔的交易』也可能是某種統治者刻意散播的思想工具。這樣就能輕易地把任何跟自己作對的美好事物打為惡魔，予以燒殺驅逐。」麒麟學姊歪頭：「但姑且不論這些。單就曉楓敍述的部分還有些疑慮，讓我無法信任他們……」

「我可以直接跟他們說話嗎？」

曉楓沒想到學姊會提這樣的要求，但也沒有拒絕的理由。

當飛雁出現在學姊眼前，曉楓從熟悉的第三人稱視角，看到學姊微微挺直了坐姿，神情也有所不同，就像面鏡子般呈現出自己身上的改變。

「在慈幼社的樂樂服務，你因為太喜歡小孩，忍不住就衝了出來。」學姊說。

「嗯，我上次碰到活的孩子時，男人還留著辮子呢。」飛雁應。

「在那時，曉楓跟芸草應該有嘗試過好幾次吧，從你那邊搶回主控權，但都沒有成功？」學姊說：「根據芸草的說法，因為你是元祖。元祖是什麼意思？」

「第一人。」

「進到這劍裡？」

「或者說是第一個長期使用這把劍的人。」

「所以後進的人都沒辦法跟你爭。元祖大人是有特權的？」

「說特權也……」

「因為現實就是芸草無法阻止你，對吧？難道你要說芸草只是在做戲？一切都是有計畫的行動？」

「不，讓妳跟常綠知道這件事，是在我們計畫之外的。」

「也對，你們本來連她的父親都想瞞。」

「大多數的劍主都會想要讓這件事保持秘密，而我們也希望如此。像這樣開誠布公地坐下來跟無關的人談論這件事，就我的印象裡，幾百年也未必有一次吧。」

「開誠布公很困擾你嗎？」

「其實不會。很困擾芸草倒是了。」

「為什麼不會困擾你？」

「因為我覺得這對曉楓是好的。」飛雁說：「雖然她沒說，我卻知道的，她積累了不少壓力。她漸漸善於去藏匿這些情緒，但愈是深藏，反而會愈糟。」

「你願意為了她好，負擔額外的風險，為什麼？」

「只是讓她的一些朋友知道？我以為這樣的風險是可以接受的。」

「為什麼你這麼在意她呢？」

「不是說過了嗎？她對我們而言太珍貴了。」

「但你卻可以在需要時強行奪過她的意識？我聽起來，曉楓存在與否其實根本不重要，是嗎？」

「對我很重要。」

「即使她妨礙到你想做的事？」

「只要是劍主真正的心願，永遠不會是妨礙。」

「那如果她真正的心願恰恰否定了你所有的存在價值呢？這樣你也能安然接受，就只是陪在她身邊？」學姊停了停：「或者，你會表面上同意，私底下就像在慈幼社的活動那樣，一個意外，唉呀！」

「我怎麼會這麼做呢？」

「但你可以吧？只要你想，曉楓的意願是可以被強行擺到一邊的，你難道沒想過嗎？」

「想過什麼？」

「為什麼不讓『意外』變成『常態』呢？你們何必還留著曉楓在那裡痛苦難過，為何不乾脆取而代之算了？」

「學、學姊……」常綠驚叫。

飛雁緩緩低下頭，突然笑了。

「不愧他們叫妳麒麟女王，妳確實像個一國一城之主呢。」飛雁說：「但，請放心吧。如果妳真的能瞭解我，就不會這麼想了。」

「我確實很想瞭解，應該說我們都是。」學姊換成翹另一隻腳。「包括曉楓在內。即使你們這段時間跟她比家人還親近，我猜她始終還是沒有瞭解過你。」

「她避之唯恐不及呢。」飛雁苦笑。

「這孩子就是這樣，很難跟別人真的熟。」學姊說話的樣子彷彿曉楓不在現場。「所以有些問題，我得幫她問清楚。」

「真的很感謝。若只有我跟她，大概磨上好多年，她還是不願意碰我一下，然後就這麼默默地崩潰掉了，我很擔心。」

兩人視線交錯，麒麟學姊仍是冷冷帶著威壓的神情，飛雁則是一貫樂天而平靜的模樣。

「所以你到底是什麼來歷？」

「我是，『墨家的鬼神』。」

第八章　鬼神之説

「墨家的鬼神……」學姊琢磨著這幾個字。
「妳現在大概都沒聽過了吧，墨家什麼的……關於我們的記載長期被那群儒者改寫、偽作、甚至抹殺。在我上次醒來時已經沒什麼人知道墨家，現在自然更少人知道了……」
「哪裡，我知道啊。提倡兼愛、非攻、節葬、節用等等的學派嘛。」
「妳知道？」飛雁激動了一下：「莫非妳父親是哪家哪派的博學鴻儒？」
「不用什麼博學鴻儒也會知道，都寫在歷史課本裡啊。」學姊說：「芸草沒跟你說？」
「芸草？」飛雁轉向內追問。曉楓聽見芸草在心裡關起門來哼著歌，想自己的心事。
「所以，現在的孩子都知道墨家？」飛雁一臉難以置信。
「不只課本，還有人把你們做成電腦遊戲耶。」常綠補充。「還有人把你們的故事拍成電影，找劉德華來演主角喔。」
「那電影不錯，但我還是喜歡原著漫畫。」學姊說。
「墨家的故事竟然還可以出漫畫？」
「別小看日本的漫畫家啊，幾乎什麼題材都可能被他們畫成漫畫。雖然最近號稱主流的傢伙愈來愈多只會畫些沒用的廢萌……」
「日本人跑來畫中國的故事？」飛雁難以置信。
「是啊，還畫得滿不錯的。」學姊說完，看看飛雁，「想看嗎？我可以借你啊。」
「請一定要借我看看。唉，這真是……」
瞧飛雁感動得眼淚都快掉下來，學姊用一種不忍心潑他冷水的表情說：「但，即使我們都知道墨家跟墨者，還是沒聽過什麼『墨家的鬼神』。」
「你們沒聽過是正常的。至少在我活著的時代，這本來就是秘密。」飛雁說：「而隨著墨家被儒家全面封殺，這秘密也愈藏愈深，先前還會有些武林中人知道我的來歷，到了這時代我就沒把握……更別說你們了。」

「至於所謂鬼神……我想先問問，你們對於墨家的思想瞭解多少？」

竟反問他們了。麒麟學姊與常綠表情都有點尷尬，好像歷史課本裡的人物突然站起來，問他們：「我講過什麼？」

「我記得的大概就是最基本的概念。墨家提倡兼相愛，要愛任何人沒有差別。同時反對所有的侵略行動，也就是非攻。只要每個人都愛別人、不侵略別人，世界上就不會有戰爭。基於上述理由，墨者會去幫人守城，拼上性命卻不取分文。其中最有名的就是墨子與公輸般的對決，用一場模擬戰阻止了現實的攻城戰爭。大概就這些吧……」

「那你們對這樣的人有什麼評價呢？」

「多半是太過理想主義……甚至常有人說墨家的思想太天真了。」學姊說：「墨家要求每個人樸實度日，去除一切過度的娛樂，過著像苦行僧的生活，還要愛別人勝過自己。普遍的評價是墨者對自己的要求太嚴，乃至不近人情。能做到的人確實很偉大，但不可能每個人都做到那樣。」

「呵，天真嗎？」飛雁微笑：「翟老師是有很多理想，但他絕不天真。天真的人能嚇倒那個公輸般？還有嗎？」

學姊搖頭，常綠也是。

「嗯，真想不到，即使被打壓這麼久，竟然還是留下了這些內容。雖然是有些誤會，但至少……」

「有趣的是，在近代考據出這些並寫在課本上的，就是你口中的『儒者』。」學姊說：「他們在現代多半被冠以『國學大師』之類的名號，也只剩這些人會牢牢記得每個古人講過什麼話，以及哪些話是不是真的被誰講的。」

「太意外了……過了幾千年，儒者也會來幫忙宣揚墨家之學？」飛雁喃喃自語：「也是，也是，雖然有些不可理喻，但儒家裡面也是有些好傢伙哪……翟老師也沒有真的討厭他們，只是喜歡跟他們辯論而已……」

「剛就想問了，翟老師，是指墨子？」常綠。

「是啊。」飛雁說：「墨家的徒眾通常尊稱他『子墨子』，就是墨子老師的意思，但他要我直呼他的名。」

「喔！關係匪淺喔。」常綠笑。

「他看得起我而已。」

「所以到底什麼是墨家的鬼神？」學姊問。

「這麼說好了。妳剛剛說苛求自己，那是沒錯，但那是墨者對自我的要求，翟老師從不覺得他可以要求全天下人都這麼做。只要少部份的人願意這麼做就可以了。如果上位者以夠嚴苛的標準要求自己，百姓打個七折八扣，也就過得去。當上位者不分等差地愛人民，人民不見得也能做到無等差地愛其他人，但必然會比較樂於去愛人。而當大家都『兼相愛』，便也會『交相利』。你幫我我幫你，天下太平。這是翟老師所謂天下最大的利益。」

「但所謂天下之大利，以天下的幅度去看是對的，縮到個人卻不然。人總有貪心，想得到比別人更多一些。即使跟他們講道理，有些會改，有些不會。有人就是只想拿很多，給的卻很少，這些小奸小惡也還罷了；還有些人非得把別人剝到一絲不剩，給他跪在地上還未必滿意。人的貪念可永無止盡。若考慮上述情形，翟老師的『兼相愛，交相利』就行不通了。因為受苦的永遠是那些『兼相愛』的人，他們給出一切，卻吃肥了別人，轉回來壓迫自己，那又怎麼會『交相利』

呢？」

麒麟、常綠點頭，確實如此。

「於是翟老師就說了，兼相愛、交相利不是什麼人的道理，而是天的道理。天樂於看見人們相互愛護、相互扶持，凡是這麼做的人，便會得到天佑。反之，如果不相互愛護，反而強奪、欺凌、壓榨，那就不合天的道理，就會受到天的懲罰。」

「這算什麼奇怪的……宗教？」常綠啞然。

「確實有人認為墨家帶有濃厚的宗教色彩，墨者怎麼會樂於為他人的利益犧牲性命呢？有些人便以『殉道者』的觀點去理解。」學姊說。

「喔，不對。如果你們說的宗教是我知道的那個意思，墨家絕對不是那個樣子。」飛雁說：「翟老師守城時，可從來沒求過一次神。如果城外有一群殺紅眼的軍團準備衝進來大肆殺掠，求任何神明都不會有用的。守住城門，守住城牆，己方有漏洞就補，敵方出現漏洞就雷霆一擊。只有絕對現實的思考能保住性命，也只有絕對現實的思考才能嚇得倒天才巧匠公輸般。因為翟老師讓他瞭解，只要他敢來肯定會慘敗而歸，最後落個被處死的下場。原因沒別的，就是我們戰法比他更好、使用的守城器械比他們更先進而已。而那些守城器械，其中有不少可都是翟老師親手設計的。」

「真的，在《軒轅劍》裡面也是這麼說，所以你們真的有機關人嗎？」常綠問，而學姊再次殘酷地忽略了常綠的問題。「史冊對於墨子的記載，也有提到他是個偉大的工程師。」

「那你們覺得一個偉大的工程師，會把他學說裡最重要的核心部分，交托給一個模糊不定的『天』來確保它能行得通嗎？」

學姊沉吟。

「這些說法，是說給百姓聽的。」飛雁說：「在我們那時，可沒有那麼方便的課本可以廣為發放，讓每個想讀書的人讀書啊。百姓多不明白什麼是『天下之大利』，要一個個解釋到讓他們懂又太困難。所以翟老師就給他們一個最簡單的說法、一個明確可行的原則：凡行善者必有天佑，凡行惡者便有天罰。」

「但所謂的『天』，他可不想託付給哪個看不見摸不著的神明或命運。他必須確保一切會被正確地執行，就像守城時下的每一道命令。」飛雁笑。

「所以，這就是鬼神的任務了。確保行善者的天佑，與行惡者的天罰。」學姊說：「類似的思想一直都有流傳下來，善有善報，惡有惡報，人在做天在看。你想說這樣的概念其實是源於墨子？」

「我不認為翟老師是起源，他只是找到了人類天性的某個傾向。如果後世的人沒有求善的傾向，這概念就不可能被流傳下來。」飛雁笑：「你們現在也還在用筷子，不是嗎？翟老師感嘆過，好的設計就該像這樣。最早的那雙筷子大概早已爛光了，但概念卻一直在。」

「那麼，這設計又該怎麼運作呢？每個鄉鎮鄰里派駐一個鬼神代表？」

「我們真正的人數其實很少，但會讓人感到無所不在。」飛雁說：「像剛才說過的，上行下效，風行草偃。糾正一些鄰里的小奸小惡幫不了多少人。但只要糾正一個大人物，他影響範圍所及之處就皆可受惠。」

「所謂糾正是指……殺掉他？」

「不只這個方法。」

「但這也是你們會考慮使用的方法。」

「沒其他辦法時，會考慮沒錯。」

「所以，你們名叫鬼神，其實該說是刺客。」學姊說。

「不，失敗的才叫刺客。」飛雁說。

「成功的，就叫天道。」

§

「天道……替天行道，口氣好大啊。」學姊笑了笑。「那你這墨家的鬼神，想拿二十一世紀的高中女生怎麼辦呢？你期待她會放棄自己穩定的生活，去跟你過那種墨家鬼神的日子？」

「不，墨家的鬼神飛雁，早在兩千多年前就死了。」飛雁說：「在這裡說話的，只是藉著曉楓與『無悔』產生共鳴，發出的回音而已。我已對墨家沒有義務，甚至墨家也早已不在。我沒什麼急著想做的事了。」

「是嗎？沒什麼急著想做的事，你天天又練什麼功呢？」

「做好準備。」飛雁說：「守好這座名為『曉楓』的城堡。」

「這就是你想做的事？」

「我也只會做這個了。」

「我要守好名叫『麒麟』的城堡，也不需要練什麼功夫啊。」

「妳確定嗎？」飛雁笑了笑。

「現代人習慣把那種事情交給警察。」

「你們就這麼相信警察？」

「總之，你不會去幹些鬼神的志業，用曉楓的身體成天去跟人打打殺殺？」

「妳好像覺得叫鬼神的都是喜歡打殺的人，這或許是大大的誤會了。」飛雁說：「鬼神之所以為鬼神，並不是他們特別喜歡跟人爭鬥什麼的。純粹只是因為他們聽得到而已。」

「聽得到什麼？」

「弱者求救的哭喊。」

學姊與常綠都沉默了。曉楓並不意外，這間房裡只有她明白飛雁在說什麼。

「當妳聽得到，而妳剛好可以做什麼，於是就動手了。如此而已。跟你們在捷運上讓個座、扶老太太過馬路，並沒有什麼差別。」

「不，差別可大了。我讓個座可不會被警察抓。」

「那如果警察不知道是妳呢？」

「一樣。只要犯了可能被警察抓的事，就是一輩子跟著的陰影。」學姊說：「不管怎樣，我不准你『動手』，除非是為了捍衛曉楓的人身安全。」

「那妳可以放心了。曉楓也跟我說過很類似的話，而我會聽她的。」

「無論在任何情況，都不動手？」

「我只會聽她的話。」飛雁沉穩地笑。

麒麟學姊往後一坐，輕輕嘆口氣。

「曉楓，聽到沒有？今後他要妳做任何怪事，不要答應就是了。讓自己完全當個普通人，那些行俠仗義什麼的鳥事，跟妳無關，對吧？」

「……謝謝學姊。」曉楓終於用自己的聲音說了話。

「妳自己小心點，我其實幫不上什麼忙，頂多就到這裡了。」

「不，妳已經做得非常、非常多了。我真的很慶幸有學姊在。」

「唉。」麒麟學姊有些煩躁地摘下眼鏡揉揉眉間，又拍拍臉頰。

「……我還是不相信你，飛雁。我不相信只要曉楓平安，對你就真的算是滿足了。」

「那麼，要讓妳相信也不會是一朝一夕之功。但不妨說說我的想法。」飛雁說：「如果這世界真像你們說的那麼好，自然沒有我出手的餘地，而我也沒有抱怨的理由，因為這可是翟老師盼了一輩子也看不到的風景啊！我會開心地看著，等曉楓老死了，就帶著這記憶前往下一個人生。這可是我能想到最美的夢了。」

「而如果這世界並沒有你們說的那麼好，那麼總有一天我會被逼著出手保護曉楓，早或晚而已。旅行這麼久了，也沒什麼非做不可的事情。甚至不用出手，我更開心。」

又是一陣長長的沉默。

「有人來了？」飛雁側頭：「這時間還有人來，真怪啊。」

「大概是警衛來趕我們走了。啊，真的聊太久啦。」麒麟學姊伸個懶腰，看看手錶。

「不，是認識的人喔。」飛雁。

「認識的？」

「奇偉學長。」飛雁對著現在才開始聽見明顯腳步聲的走廊。

「你怎麼……」學姊沒說完就停下來，等著看。

真的是奇偉。

「你不是去唱歌了嗎？」學姊問。

「走太快，忘了。」奇偉說著，從墮落區的小書櫃拉出一落輕小說。「今天不拿去還，會被扣錢啊。」

「你說謊。」飛雁輕快地說，一房間的人都看著他。

「你不是為了還小說才回來的。你的心跳，告訴我你在說謊。」

「我？心跳？妳在說什麼啊曉楓？妳看了什麼奇怪的漫畫嗎？」

「心跳得愈來愈快囉。你真不適合說謊啊。」飛雁湊上前，伸手抓他手腕，指尖還沒碰到，奇偉就像觸了電似的躲開。

「嗯？怪了。」學姊說。「可愛的學妹難得主動示好，為什麼要閃呢？是聽到了什麼不該聽到的事情嗎？」

「男、男女授受不親嘛啊哈哈……」奇偉話還沒說完，學姊就用鼻子哼了聲。

「其實是小綠告訴我的……妳有奇怪的武功——」

「我哪有！」常綠大叫。

「你一開始有去唱歌，但後來因為某些原因，折回來偷聽我們說話。」飛雁說。「只要打手機問問那些去唱歌的人，就知道了。」

「你動了什麼手腳？」學姊語氣平靜。「如果不說，相信飛雁有很多方法可以整治你。我其實也滿想見識一下，飛雁可以麻煩你嗎？」

「不要啊，千萬不要。」奇偉求饒。「別對我使用十大酷刑，我真的很抱歉啦。」

「動了什麼手腳？」學姊問。

「他可能不太好開口吧。」曉楓突然換了種口音，一種慵懶的、有點緩慢的語感，眼睛半睜半閉像睡眠不足。

「妳是芸草？」學姊問。

「是。」

「幸會。」學姊說：「所以妳已經知道答案了？」

「可能性滿單純的。」芸草說：「不會是偷窺鏡頭。第一，那可能超出他的預算範圍；第二，鏡頭在自動對焦時產生的輕微響音，無法在這麼小的房間裡逃過飛雁的耳朵；同理，他也不可能躲在聽得見我們講話的距離卻沒有被飛雁發現。既然如此，就只剩一種可能。」

她說著，突然傾身摘掉奇偉的耳機，一路順著線往下拉，拉出了他的智慧型手機。

「房間裡一定裝有被動式的竊聽設備，經由網路傳送聲音到他手機裡。只要查查這手機現正運行的 app 就知道是否為真。若是真的，只要逼他說出竊聽器在哪就好。」

她看看一屋子被嚇傻的人。「怎麼了？」

「飛雁說妳是天才，並沒有誇張呢……」學姊搖頭。

「好說。若沒我的事，我就先走了。改天聊。」

「等等，妳說他可能不好開口，這話是什麼意思？」

「他裝這竊聽設備，最初的用意是什麼呢？他可不知道我們會來找妳。在我們來之前，這房間裡有誰，誰就是他裝這設備想偷聽的人。」

芸草說完就又消失了，留下一屋子滿滿的沉默。

「天才少女啊。」奇偉試圖輕快地說。

「奇偉，你……」

「我說，妳誤會了，絕對不是妳想的——」

「竊聽器在哪？」學姊冷靜地問。奇偉表情糾結了一會，終於還是覺得回應這問題比較妥當。他探手進學姊身旁木頭課桌的抽屜，拿出一支舊手機。

「嗯，原來如此。簡單，但是漂亮。看到抽屜裡放隻手機，一般只會想說是誰忘了拿，不太可能會懷疑那是用來偷聽的嘛。你自己會寫程式去控制它？」

「不，網路上有人分享。我自己也有稍微修改一下就是了。」

「有這種心思，為什麼不去幹些更有意義的事呢？」學姊嘆口氣。「曉楓、常綠，妳們先回去吧。」

「……我有些事情要跟他談談。」

兩人不由得都答應一聲，背起書包離開了。直到踏出了校門，常綠才長吁口氣說：「有看到學姊臨走前的眼神嗎？真是，什麼叫做『殺意』啊……」

「但，只留下他們兩個沒問題嗎？如果奇偉學長被逼急了，惱羞成怒……」

「麒麟學姊可是空手道黑帶耶。」常綠驚訝地轉頭：「妳在動漫社出沒得比我還勤勞，沒有聽誰說過嗎？」

曉楓尷尬地呃了一聲。

——我倒不意外，她確實有些練武之人的影子、氣質與動作。飛雁說。

竟然還有飛雁的認證嗎？

「反正，下週再來看看奇偉學長斷了幾根骨頭。應該是不會出人命啦我想。」

——這時代也是有合法殺人的方法呢，不曉得麒麟她知不知道就是了。芸草說。

「芸草！」曉楓斥了一聲。

「芸草說了什麼？我也想聽。」

「不是什麼好話，算了吧。」

「別排擠我啦。」常綠嘟嘴，就這麼吵吵鬧鬧地回家去了。

第九章　當你聽到了哭喊……

在無盡的奔跑中，看到膩了的光景。
「你為什麼不救我呢？」
孩童被挖掉了眼睛，空洞的眼窩看著他。
「你為什麼不救我呢？」
女人身體被捅了好幾個洞，還未乾的淚水混血映著他的臉龐。
「你為什麼不救我呢？」
好心的大叔，頭顱就被插在木樁上，等他回來。
其實沒人在等他，沒人在求他。
他們都死了，不會再怪責他的。
他都知道。
被豢養的獸，只要明白自己不會被殺，就不會反抗。
即使眼睜睜地看著同類被屠，即使落淚，還是不會反抗。
人與被豢養的禽獸有差別嗎？
難道非得抓緊這種想要把那幫邪惡混蛋殺光的心情，
才能活得像個人嗎？

§

曉楓從惡夢裡驚醒，撫著汗溼的額，已是早晨。

「難得妳睡得這麼熟。」飛雁輕聲說：「可惜卻做惡夢。」

曉楓嗯了一聲。

「做了什麼夢呢？」

「你不知道？」

「妳對於隱藏心事很有天份。」飛雁說：「好像不惜一切也要把它做好，當妳下定決心不讓什麼東西被我們看到，我還真看不到。」

「原來我也有擅長的事情嗎？」曉楓微笑。「其實我沒有刻意隱藏，但我也不介意從你們眼前藏起來就是。」

「那就是妳打從心底深處想要這麼做吧。」飛雁說：「現代人有個說法叫潛意識，大概就是指這個了。但我習慣的說法是，妳的元神。」

曉楓嗯一聲，呆呆地看著前方。

「飛雁，為什麼我現在才遇到你呢？」她喃喃低語。

「嗯？」

「不對，應該說，幸好我現在才遇見你呢。」曉楓笑了笑。

「……不然，或許我真的會叫你去殺人。」

§

今天星期六，本來是不用上課的，但曉楓還是得去學校，因為要補考。

在捷運上，她注意到飛雁跟芸草都格外安靜，跟以往的消失又不一樣，他們還是在那，只是刻意不發一語。如果以正常的人際溝通而言，就是「欲言又止」吧。

——怎麼了？她問。

——先前一直沒機會說，我其實很抱歉，擅自動用妳的知識庫。芸草低聲說。

——那是我唯一存在的證明了。我本來是以為這對妳也有好處……

——嗯，那個啊。

曉楓想了想，突然笑了。

——我不介意了。

芸草頗為驚訝。

——所謂「淺則揭，深則厲」就像這樣吧。妳對我的改變又豈只是知識庫而已？

曉楓這麼說，芸草更困窘了。

——那是另一件我想跟妳道歉的事……

——不用了啦。

曉楓刻意打斷芸草的思緒。

——跟我不用這麼客氣，我知道妳是為我好。上次那樣對妳也不公平，其實是我該謝謝妳。

芸草與飛雁在曉楓的心裡面面相覷。飛雁是愉快的困惑，芸草則是煩惱的困惑。

——不管我讀多少本書，還是弄不懂妳在想什麼啊。

芸草這麼喃喃地丟下一句，就消失了。

——飛雁，芸草怎麼突然？

——這個嘛，她很擔心妳還是不願意好好考試。如果成績變差，妳父親可能會加強對妳的控制，也就可能會壓縮到我們的活動時間……

哈。曉楓不禁笑出聲，真像是芸草會有的想法。

——倒是妳，怎麼突然？飛雁問。

——這個嘛……我也不知道呢。或許就只是習慣你們了吧。

這念頭隨著「別再問啦」的想法一起在曉楓內心廣播，於是飛雁也安靜了下來，消失蹤影。

§

儘管說不介意了。在寫著考卷時，她還是得不斷告訴自己，「這不算作弊、我沒有作弊、那些知識都在我腦袋裡了、我沒有作弊……」

飛雁與芸草始終就在遠處靜靜看著。等一堂課考完，曉楓出去伸個懶腰呼吸新鮮空氣，芸草才說：「真抱歉，這學期的課本我一不小心就都看完了。等到下學期，妳就可以用自己的方式唸書，我絕不會多事。」

遠方又傳來琴聲，非常熟悉的那種，每次觸鍵都柔和如珠玉，串聯成思緒。

「連今天也來練習？」芸草說：「真勤奮呢……」

曉楓也覺得驚訝。王子彈起琴來感覺舉重若輕，但或許並不是那麼輕巧的。她突然覺得自己實在太輕鬆了點，練功有飛雁練，讀書有芸草讀。

「……芸草，能不能教我妳是怎麼唸書的呢？用的都是同個腦袋，效率怎麼會差這麼多？」

「也、也還好啦。」芸草雖然這麼說，開心的情緒卻立即傳遍了整個意識層，像等了幾輩子終於等到了個識貨的。「只是把正確的東西放到正確的位置，像收拾房間一樣，其實也沒什麼……」

她開始唧唧咕咕地講述自己的方法，曉楓看著校園的榕樹與灌木叢，偶爾應一聲，這種對話方式習慣後實在很輕鬆。她不用太專注去聽，反正芸草的每個想法都會經過她的腦中，就像她早已知道，只是一時記不起的內容。她可以一邊看著風景、聽著遠方的琴聲、還可以跟芸草應答，莫名地想起多核心運算之類的廣告詞。

「時間快到囉，這堂考完就能回去了。是嗎？」飛雁。

曉楓嗯了一聲，在這晴朗的週末只有自己一個人在走廊，卻像身旁圍滿了人。有飛雁，有芸草，有琴聲，有春陽撒在校園的花草閃耀出豐富的色層細節，還有涼涼的、映著陽光與露水的香氣。

明明還有一堂補考，卻有一種快睡著的慵懶感。監考老師或許也感受到她的異樣，叫她振作一點、警醒一點，補考可不是輕鬆的事情，分數要打折的。

就是打折才好。對曉楓而言，這讓她更能心安理得地面對眼前空白的考卷。

§

只花不到一半的時間，曉楓就完成了試卷。假裝檢查幾遍，心中很明白其實無此必要。飛雁每晚的練功或許對於專注力也有幫助，在寫考卷的同時曉楓心中就跑過了好幾次檢查，像剛剛的多核心運算，無須刻意把自己壓在某件事情上，只是凝神、觀察與應對，很自然地便同時完成多件事情，比如寫題與檢查。她考慮了一下要不要故意寫錯幾題，然後覺得實在太矯情，作罷。又撐了十五分鐘，覺得實在沒啥意義，就交了卷。出來。

琴聲不知何時已經停了，或許王子也回去了吧。

她才這麼想，突然一陣噁心的感覺襲來，就像那天聽見遠方廁所裡的欺凌；只是，那個叫痛的聲音……是她認識的人。

曉楓覺得自己背上寒毛都豎了起來，彷彿連頭髮也整個往上衝。她迅速轉身，看到遠處校門旁的車棚陰影裡，五個人圍著一個人，遠遠看起來好像在鬧著玩，但絕不是那麼回事。敵意、惡意的心跳，與驚懼的喘息，清清楚楚地傳進她耳中。

——又是他們？芸草問。

——同一批人。飛雁答。

——上次他們欺負的也是王子？

——不。如果是他，我不會瞞曉楓的。飛雁答。

曉楓僵在原地。

——曉楓，要我接手嗎？

曉楓才勉強點個頭，飛雁瞬間切換到主控位置。曉楓感覺身體的每一粒細胞都被調動了起來，五感極度敏銳，原本最沒有增益感的觸覺與味覺也突然變得鮮明，嘗得到敵意、惡意與危機的苦澀，觸得到空氣分子輕輕飛撞上皮膚再被彈開的壓力，清晰宛如可見。

——曉楓，時機剛好，教妳一些基本的應用吧。想聽到他們在那麼遠的地方說什麼嗎？

曉楓腦中閃過了上次在教室裡，耳旁像有一根透明管子，伸到那些咬耳朵的女生嘴邊。

——不，不要管子。管子太浪費了。飛雁說。

——只要一根「弦」就行了。音質會差一些，但要聽清楚已是綽綽有餘。

飛雁捻個劍訣，曉楓感到原本無序飛撞的空氣分子，在劍訣豎起的食中二指前被凝成了某種不像空氣的東西，像某種膠狀的實體，卻又比膠更有流動性。

——就這麼轉啊轉地，把空氣絞扭成弦。

飛雁的劍訣開始以手腕為軸心繞圈，凝成膠狀的空氣被兩指夾起了一絲，隨劍訣纏繞，像絲被紡成線，再被纏繞上線軸。耳膜開始有些脹痛感，這絞扭的動作似乎改變了些許周圍的氣壓。飛雁的動作在曉楓眼中還是帶著游刃有餘的輕鬆，但她也明白不用催飛雁快點，因為整個世界都會慢下來等他。

不良少年們的一句話也還沒說完，飛雁已製好了一綑無形的空氣之弦，劍訣揮出，氣弦拋揚過去，一路從曉楓所在的三樓走廊延伸至事發現場，分散成幾股，黏在每一個不良少年的背上。

「我真的……沒有錢……」王子的聲音沿著弦端傳來，囁嚅而躊躇。

「你說沒有就沒有喔。那我們怎麼辦？這麼辛苦，放假還跑來找你，你要不要付我們加班費？」

「我很抱歉……」

「說抱歉就有用，那還要警察幹嘛？」一個金髮帶頭的冷笑著，旁邊的跟班像這笑話很好笑似的大笑開來。「聽好，我們可是為你好耶。你老爸欠錢不還，是會被抓去關的。你希望老爸被關嗎？」

「但我也……」

「你老爸其實還是有辦法，只是他不用而已。只要他用了，就能解決我們的問題，我們就不會來找你了。不是很好嗎？你到底有沒有跟他說清楚？」

「我有……」

「你有說他還不聽？他把你的話當屁就是了？」

「我真的有說。」

「或許你說得還不夠清楚，他覺得你不是認真的。」金髮的帶頭說完，轉頭問跟班們。「怎麼辦？要怎樣才能讓他老爸覺得他是認真的呢？」

「一根手指吧？或者兩根？」矮個子跟班建議。

「千萬不要，什麼都可以……」王子的聲音突然變大聲了。另一個跟班嘟囔一聲，手肘把他撞到牆上，下臂壓著喉嚨。「你大聲三小，大聲有用喔，大聲我們會怕是不是？你他媽俗辣。早知道你只會放屁了，幹。」

「女人說不要就是要，我看這娘砲也差不多，折了啦，讓他爽翻天。」滿臉青春痘的跟班三號說。

「什麼都可以，就是什麼都沒用。千萬不要的，才有用。」金髮懶懶地說：「我們給過你機會，你不當回事，我們有什麼辦法？」

——曉楓？飛雁問。

沒問要幹嘛，但意思清楚明瞭。曉楓腦海閃過麒麟學姊的聲音。

「今後他要妳做任何怪事，不要答應就是了……」

讓自己完全當個普通人，普通人是聽不到這些，也看不到這些的。普通人不會去管。普通人即使看到了，也只會去叫老師，叫警察。

王子的手被壓在水泥牆上，那矮個子跟班伸手握住他的右小指，輕巧地笑著：「反正你很厲害嘛，少根手指應該也可以吧。」

飛雁只是沉默著，劍訣舉在眼前，如儲滿千萬鈞的水壩即將崩裂。

——有辦法讓我不被牽扯進去嗎？曉楓確認。

——我沒辦法保證你。只能盡力而為。飛雁答。

曉楓一咬牙。

——動手。

飛雁的劍訣揮下。

與其說是揮下，不如說是「彈撥」。

連到各個不良少年身上的無形氣弦能傳的可不只是聲音而已。那是一股無法被任何材料科學或流體力學定義的怪異狀態。當飛雁像撥吉他似地撥動其中一道弦，曉楓便清楚地感到撥動的力道沿著弦一路傳播過去，但那力道可不是撥吉他可比擬。走廊的水泥護牆剛好擋在飛雁揮動指尖軌跡的尾端，就有指甲大小的一片混凝土像豆腐似地削下來、飄落在走廊上。飛雁連撥五記，就見五道勁力沿著氣弦狂奔而去，五小片混凝土飄落在走廊地面。

然後是五個混混同時跌落在車棚的地上，活像演著斷了線的木偶，數好一二三一起摔倒那般整齊。

王子一臉不可思議，根本不知道發生了什麼事。而即使他四處張望，也不可能看到任何能解答他的東西。

因為曉楓早已不在原處。在看見氣勁命中的瞬間乾脆地轉身，走後門離開了學校。

§

——我動手了。

曉楓一走出後門就開始跑，跑到自覺比較安全的地方才停下來，雖然沒有喘氣的必要，還是習慣地喘了幾下，拍拍胸口。

「比想像中要……簡單嘛？」

「像今天這樣的場面，是輕易便可收拾。」飛雁同意。

「今天這樣……」

「問題是，永遠不只有今天啊。」飛雁苦笑。

「只要有第一次，就會有第二次。打跑他們，改天他們就會用別的方式找回場子……」芸草翻白眼。「幾千年來，玩不膩的……」

「第二次以後我就不管了。」曉楓說。

飛雁跟芸草都笑了。

「王子又不是笨蛋。他知道自己很危險，應該會對外求助的。」曉楓說。

「老師？還是警察？」芸草笑問：「他要去找誰？誰能保護他呢？」

「這兩個都可以。」

「可以護他多久？一天？還是一星期？」

曉楓答不上來。

「答案是連一秒都沒有。妳所以為的保護，其實根本不存在。」芸草說。

「現存的所有制度，都只會懲罰造成傷害的人，對於被傷害的人卻早已於事無補。而且據我瞭解，現行法律對一定歲數以下的人懲罰格外寬鬆。他們要折斷他手指，只要願意承擔這行為所需要付出的一點代價——記過或停學——那就根本沒有任何力量能擋住他們。」

「怎麼可能沒有力量擋得住他們呢？法律、校規……」

「妳以為法律是用來保護人的嗎？」芸草笑：「錯了，法律是為了彰顯權力者的治權。如果不懲罰罪人，社會就會動盪，百姓對權力者的信賴就會減弱，因此權力者必須懲罰罪人以維護自己的權威。雖然也可能間接保護到百姓，卻不是它最初的目的。這兩者是有微妙差異的。」

「我不懂。」曉楓說。

「國法是為了維持國家這系統而存在，校規則是為了維持學校這系統而存在。妳或許以為這些被人造出來的系統應該對人友善，或者人的價值應該高於系統本身；但其實沒有任何系統天生就對人友善，天生就會低下頭來，保護人們、照顧人們。權力者為了取得百姓支持往往會如此巧言哄騙；但事實就是極少看見系統為了人而做出犧牲，反倒是為了維持系統而犧牲人的例子，隨處可見……」

芸草還未說完，飛雁就插了話：「這正是『分別』所造成的問題。因為大家仍在分別你我、分別親疏遠近，乃至也分別出系統與人的利益矛盾。若能兼相愛，樂其所樂、苦其所苦，這種系統與人之間的矛盾根本就不會發生。」

芸草嗤道：「把你那套墨家理論收起來吧，兩千年前就證明過行不通了。」

「才沒有證明過行不通呢。翟老師說過，或許他有生之年無法見到，但天下人都能理解墨家思想的時代終將到來——」

「好了，停，讓我靜一下。」曉楓蹲下，抱頭。

短暫安靜。

「總之，下次我不管了。」

曉楓說完，站起來，一路跑到捷運站，跳上車。一下車又開始跑，還差點撞到賣北方麵餅的老大叔，就這麼逃了回家。

§

又作惡夢了。

一進入那場景就知道是惡夢，但還是無能為力，像被強迫收看一部討厭的電影，無法改變劇情，甚至無法閉上眼睛。

一個花花綠綠的大房間，夕陽拉得很長很長從落地窗射入，映出窗格長條十字的陰影。曉楓「知道」這就是她國中的教室。日本綜藝節目的特別來賓跑過去，是她熟悉的同學；沒拉拉鍊的老師上臺講課，然後跳起了踢踏舞。

「楓姊姊。」常綠果然也在。「輔導室老師可以解決你的問題唷。」

轉眼到了輔導室，佈置像麥當勞的兒童遊樂場，彩色球池裡遊玩的全都是大人，記不得名字，看不清長相，但曉楓喊他們「老師」。

「妳要原諒他們。」最大的那個男人摸著她的頭，曉楓抬頭，只看到背光的頭部輪廓。「他們不懂事，妳要原諒他們。」

「為什麼？」她反問。

那男人湊近，突然變成幸純老師的臉：「如果不這樣，妳就不合群唷。」溫柔地笑著。

「不，我不要。你們又有誰跟我站在同一邊，跟我同一群？」

燈光突然全暗，然後麒麟學姊從黑暗裡走出，打亮一盞動漫社的閱讀燈。她靜謐的嘴角漸漸裂開如爬蟲類，長出了尾巴。

「嘿，聽啊聽啊。」變成蜥蜴的學姊大聲笑叫：「這個白痴竟然說她被什麼奇怪的幽靈附身了，還以為真的有人會相信她耶。」

「太鬼扯了。」「到底是怎樣，腦袋壞掉了嗎？」「哎，不要碰我，妳手上有病毒。」「白痴的病毒，摸到會爛掉喔。」

人群全都包圍過來，高中同學、小學同學、奇偉學長、麒麟學姊、慈幼社的小朋友，異口同聲地指著她，哈哈大笑。偶爾伸出手，推她，伸出腳，絆她。曉楓無論怎樣也逃不開，到哪裡都是這群人，她被關在嘲笑推擠的監獄裡。

「要不要，」飛雁突然站在她面前，怪的是卻以常綠的面孔出現：「我把他們全都殺光？」

「這樣就不會再有人傷害妳了，我會守住名為曉楓的這座城堡。」

「那就殺掉。」曉楓大叫。「全都殺掉。」

飛雁放出了幾道氣勁，那群包圍者像紙娃娃一樣被撕碎驅離，卻以更噁心的方式融接成一隻多眼多手多頭的巨大怪物，無數張嘴巴激烈喊叫著，永無止盡，咒罵的漩渦變成污泥，曉楓被許多隻手抓下去，一直往下沉、沉、沉……

沉至泥底，就是空曠，以及墜落。

然後甦醒。

§

「又作惡夢了？」飛雁。

醒來，仍是午夜。

「是你們的時間呢。」曉楓說。「我不繼續睡的話，你們會不會很困擾？」

飛雁笑了一聲，像這是個不值得回答的笨問題。「想聊聊？」他問。

曉楓沉默了好一會。

「不，算了。」她又把膝蓋縮起來，把臉埋進去。「我覺得自己好糟糕。」

飛雁等著。

「我根本就不相信任何人，從一開始就是。」曉楓喃喃自語。「如果她們根本就不相信該怎麼辦呢……如果她……」

「這是妳惡夢的源頭？」飛雁有些驚訝。曉楓呀了一聲，頭始終沒抬起來過。

「我竟然在夢裡叫你殺了他們。」她輕聲說：「全都，殺掉。我還記得這句。」

沉默。

「如果我真的叫你，你會做嗎？」

沉默。

「你會做嗎？」

「我不認為這是妳真正想問的問題。」飛雁終於開口了。

「你又知道我在想什麼？」

「我知道妳是誰。」

曉楓沉默好一會，笑了：「那我可真希望你告訴我啊……」

「妳不是那種人。」

飛雁的聲音篤定到又讓曉楓感到不悅了，但她已經疲於為這種小節發火。

「有沒有什麼不作惡夢的方法？」她最後只說。

「是有的。」飛雁答：「交給我？」

曉楓才一點頭，感覺就睡落下去。那是另一種沉落感，不是剛剛的污泥漩渦，而是清澈的水，隨手一撥便能魚游。曉楓游了幾下，突然發現從指尖划過的不是水，而是新鮮的風，滿含初夏的草木氣味。

她就這麼飛翔著，完全失去時間感，因為只存在「此刻」而無過去與未來，當曉楓轉頭看向夢裡的陽光，就這麼睜眼醒了過來。

她起身，惡夢的侵襲感已全然退去。空氣乾爽而溫暖，像個過於輕悄的擁抱。

§

「所謂的氣通經絡，翻譯成現代的說法，就是一種以意念全面掌握肉體的練習。」芸草曾如是說。

而曉楓愈來愈能體會這種「全面掌握」的驚人可能。當飛雁用了安定心神的功法，那些負面情感就像被封進了一個密封性極佳的袋子裡，可暫時被棄置在旁。曉楓曾聽說憂鬱症是體內與情感相關的激素分泌失調，但她無法喜歡這種宛如切換開關的調整，彷彿憂鬱跟恐懼都在瞬間被強制中止了。若能做到這種地步，人類的感受是當真存在嗎？抑或只是體內多種激素調節下產生的錯覺？

她也難免會想，如果袋子不小心被戳破，在袋裡發酵的煩惡感是否會再次以更撲天蓋地的形勢全面淹開？若只有自己倒還好，但難免會遇到可能會戳開袋子的高危險群……

「楓姊姊——」

曉楓看到常綠時，忍不住微微一顫。

「今天慈幼社又有活動喔，社長說非我們去不可。妳可以嗎？」

曉楓毫不猶豫地同意，不用立刻面對麒麟學姊讓她鬆了口氣。直到去的路上才突然想起上次「舉高高」的事件，又有些緊張起來。

結果小朋友簡直是把她當偶像般崇拜。

「楓姊姊，可以教我們功夫嗎？」小胖子變成最熱絡的那個。「我覺得妳比我哥還強耶，就算是他，想做到你那動作也會喘，背後還有點抽筋……」

「給我等一下，我有准你們叫她楓姊姊嗎？楓姊姊是我專用的耶。」常綠說。

「跟班就安靜一點啦。」小胖子一說，立刻被常綠施以雙拳轉頭之刑。但類似小胖子的問題就像海一樣淹來。「可以教教我們嗎？」無數閃亮亮的眼睛。

——我來應付？飛雁問，曉楓同意，飛雁就開心地接手了。

「那就先從紮馬步開始吧。」飛雁豪邁地雙腳開至略寬於肩，腳尖內收，就這麼以絕對不適合制服裙裝的動作擺出了標準馬步。常綠急忙偷偷提醒她小心曝光，飛雁隨意用手壓了壓裙擺，而後雙手平舉至胸前呈抱球狀。

「就這個姿勢，持續半時辰……一小時。」

有樣學樣的小朋友頓時啊得超大聲。飛雁雙眼一瞪：「啊什麼？不是要學功夫嗎？你們以為不用任何努力就能變強？」

隨即又換回溫柔的語氣：「別擔心，光是這麼站當然很無聊，我這就教你們可以站很久的方法——」

「等等！這樣不行啊。」在角落歇著的學校老師突然現身了。「不能罰他們半蹲，就算他們再不乖，妳也是跟我說，讓我去管他們啊。」

「這不是罰半蹲！」、「這是學功夫啊！老師！」小朋友的聲音此起彼落。

「但，但是……」老師為難地把飛雁拉到旁邊。「如果被家長看到不知道會出什麼事，我們也會很困擾的……」

「好吧，那就不紮馬步。」飛雁乾脆地放棄。「如果紮馬步看起來像在罰你們，那我們去跑步好了。有誰想跟我——」

「我我我！」小朋友一哄而上。還沒跑出教室，老師又擋在前頭：「不能跑操場啊。」

「連跑步都不行？」

老師表情糾結得像從來沒看過這種精力太過充沛的體育系女孩，但仍試圖用冷靜的語氣跟飛雁解釋：「除非是體育課，有專業的體育老師帶領，否則不能叫他們做這樣的事。家長也會抗議的。」

「不能站，也不能跑啊……」飛雁也有點為難了。

——我來？芸草說。

「好吧，老師說得也有道理。」芸草溫柔地說：「她也是怕你們受傷。何況，如果太早就開始練功夫的話，一個不小心，可能會長不高喔。」

「就跟小綠姊姊一樣嗎？」一個小女生發問。

「就像她這樣。」芸草點頭。班上的小男生都「矮額」了一聲。

「矮額個頭啦！」常綠怒。

「要練功夫就可能長不高，長不高就不能當林書豪跟林志玲喔，你們想冒這風險嗎？」

小朋友們都露出了為難的表情。

「若是不想，我們就做些輕鬆的鍛鍊好了。」芸草坐了下來。「頭腦的鍛鍊。」

小朋友們抗議：「我們不想再上課了啦。」

「這可不是上課哪。」芸草說：「這都是我，或者我朋友親身經歷過的事情，那可真是恐怖啊。要是膽子比較小的同學還是趕快寫你們的作業，不要聽比較好。」

這麼一說，最不想坐下的小朋友也坐定了，等著聽芸草要賣什麼膏藥。

——我還是不覺得讓他們跑一跑會傷到哪裡。他們坐了一天還不夠嗎？而且妳也很清楚我是不會教那種會傷到他們筋骨的馬步站樁法吧？練功夫會長不高又是從何說起？

芸草完全不理會飛雁的抱怨。眼看來服務的「失控高中生」突然變得講理，老師也露出欣慰的笑容。

§

結果芸草講了一個接一個的鬼故事，直到服務時間結束。芸草那清冷、有些慵懶的語音，搭配黃昏入夜的校園與漸涼的夜風效果超好。要驚叫有驚叫，要倒抽口氣有倒抽口氣。好的講者與捧場的聽眾，幾乎不覺時間流過。

當曉楓切換著「飛雁」與「芸草」的視角，看到的世界也會有微妙的差別，就像戴上了不同的眼鏡看同個房間。飛雁是散漫地對整體環境均等看待，若無異狀，就不會對任何人事物施以過多的關注，簡省力量，準備隨時應付突發狀況；芸草則彷彿把整間教室都標上象限與格線，從左到右，從遠至近，每個人事物的細節都在她眼中，無時無刻都在研究，像眼前的每個東西都藏著了不起的道理。

曉楓感到在芸草的觀察中不斷有訊息被接收，卻無法解讀，因為實在太過瑣碎。她有點能理解為何飛雁不愛翻看芸草的思緒，寧可有問題才去問她。剛開始還好，十分鐘後開始覺得胸口有些煩惡，不得不與芸草拉開點距離，她那部分的意識彷彿一直在喃喃自語：「喔，原來如此，是這樣啊，我懂了。」在她講故事的同時還運轉著這麼多思考，曉楓從高處俯瞰這怪異的風景，伴隨一陣陣極輕微，像在唸書的頭痛，想說或許讓飛雁去跑操場還舒服點，她更喜歡看那些花草與樹。

疲累的家長們漸漸出現把孩子接走。原本被擠在外圈的孩子也樂於靠近「厲害的曉楓姊姊」，更凸顯了外圍角落、那些對她沒啥興趣的孩子。其中有個瘦弱、戴著眼鏡的矮小男孩默默地看著自己的書。曉楓感到芸草其實很想跟他一起看看那本書，卻因為無法中斷講故事而有點遺憾。那些閃亮亮的崇拜眼神則進不了芸草的視線裡，那都是「太好理解」的東西。有個塌鼻子的小女生感覺幾乎要抱上來了，要不是小胖子擋著，她就想邊握著曉楓的手邊聽故事，像那隻手就是她現在最想要的東西，直到被一臉疲憊的父親接走才依依不捨地離開。而小胖子等老師和同學都走得差不多了，一臉興奮地說：「我們來練功吧。」

——好喔！飛雁興奮地跳起來，立刻被芸草喝止，又乖乖坐回去。

芸草還不用想辦法安撫小胖子，他哥哥就來接他了，原本以為會長得像小胖子放大後，亦即胖虎的大型版；結果竟然意外地很瘦很清秀，驟眼看去簡直像個高中生文藝青年。

「抱歉，我父母今天太忙，只有我能來接他。有點事，就來晚了。」

常綠在旁低聲說了句，「說好的遺傳呢？這不科學啊。」曉楓噗嗤一聲，才發現芸草不知何時已將控制權還了回來。趕忙說些話矇混過去。慈幼社社長遠遠喊聲辛苦了，快跑到兩人身邊時腳下一絆，險些五體投地；曉楓想也不想，在將倒未倒的那瞬間伸手幫他穩住重心。社長錯愕地看了她五秒才道謝，表情突然興奮了起來。

「聽小朋友說，妳好像會什麼，功夫？」社長問。

「哪可能啊？」常綠大笑：「唬他們的，你也相信。」

「也是……」社長跟著乾笑。「這年頭，誰還練功夫呢？」

——有喔，那個小胖子的哥哥，踩的就是八極拳的步法。

飛雁冷不防地這麼說。

——騙人的吧？哪來這麼多練過功夫的人啊？曉楓想。

——騙妳我有什麼好處？練功夫的人可沒有妳想的這麼少。你父親不是喜歡去一間北方麵餅店？那裡的老大叔也是練八極。妳會看，就能看出他們倆的站姿含有相似的功架，當然功力的深淺是不可同日而語了……

——當妳「會看」，就看得出截然不同的世界。古代練武之人講手眼身法步，所謂「眼法」就含有「看出對方門道」的意思。而如何才能看出？就得自己用功去學了。曉楓妳知道為什麼在臺灣練八極的人這麼多嗎？……

曉楓邊聽飛雁跟芸草閒聊，邊跟著常綠去搭車。一走出社長能聽見的距離，常綠就問：「那個，想跑步的是飛雁，說故事的是芸草，對不對？」

曉楓點頭。

「我愈來愈能分辨他們了。」常綠滿意地笑了笑。「其實很簡單呢。」

剛聽常綠對社長說「唬他們的」時，曉楓明知道常綠想幹嘛，卻仍揪心了一下，等聽到剛才這幾句才略微舒心。常綠連這也敏銳地捉住了，投來個疑問眼神。

「沒事啦。」曉楓說。

「我什麼都還沒問呢。」常綠壞笑：「有什麼煩惱，就說說看吧？處理這類瑣事，可是『跟班』的責任呢。」

曉楓呃了一聲。「不用把那些小鬼頭的話放心上吧。」

「我不會在意啦。雖然是不爽被他們講，但早就說好了，有事就是一起面對吧？」

曉楓轉頭，看著車流。

然後開始說起了那個夢。

§

常綠聽完也沒辦法給什麼切實的建議，只是懊惱自己去找學姊的建議或許是莽撞了點，曉楓反而還得安慰她。此外就是再三保證無論如何她都會站在曉楓這邊。關於這點，曉楓倒沒有太意外，卻也沒太期待。在談心時說的話都是漂亮的，而常綠向來擅長讓場面漂亮。

等回到家，喘口氣，芸草才說：「想聽我的意見嗎？」

「我今天不想再談這件事了。」曉楓倒在沙發上，看著天花板。意外的是才坐了一會，心情就明顯好轉。

「飛雁，你又偷偷動手了嗎？」她問。

「沒什麼『偷偷』的吧？從早上開始運轉的功法，是不會輕易就停止的。」飛雁答。

「雖然我是習慣用程式來比喻氣對人體的作用，但人腦與電腦還是有差別。」芸草說：「設定好一個動作，它就會持續做下去。任何改變都與其它許多層面緊密連結，很難像關掉一個電腦程式一樣說關就關。」

「這感覺真糟。」曉楓低聲抱怨。

「會嗎？但切離負面情緒對你的生活品質無害吧？這是飛雁在戰鬥中自然養成的心法：盡可能降低恐懼、憂鬱等因素的干擾，卻不是像藥物那樣痲痹自己；而是精準地察覺困境，同時又不被其所困，這樣才能讓身心維持在最理想的狀態，無論做判斷或應對皆然。」

曉楓又嘆口氣，卻開始覺得連嘆氣都有些無謂了。當坐一會就不覺得累的時候，想停留在憂鬱陰沉的雲霧裡真的很難。

「……沒辦法立刻停止這麼正向的功法嗎？」

「那就得看妳的心了。」飛雁答：「如果妳的心持續傾向於跟這改變對抗，那麼兩三天之後就會自然失效了。」

「就像硬逼自己運動或節食的人經常持續不了幾週，如果不是身心都統合往同個目標，就不可能達到什麼真正的改變。」芸草說：「如果妳堅持要立刻中止，也不是沒有辦法，但就會有些副作用。就像剛才說的，任何改變都不會是單一的，而是跟其它許多層面相關聯。對一個層面過度施力，就一定會在其他層面造成震盪與漣漪。」

「副作用比如？」

「短暫的暈眩、輕微視覺障礙、記憶障礙、味覺障礙……乃至末梢神經痲痹之類的都有可能發生。但只是這種程度的震盪不會超過一個晚上，最多睡一覺之後就會恢復正常。」

「不用聽芸草講得那麼可怕。頂多就是有點難過，持續一兩個時辰而已，別擔心。」

飛雁的安慰之意極為真誠，但聽他講「頂多就是有點難過」，不知為何比芸草的說明感覺還要可怕。

「……算了，就讓它自然去吧。」曉楓做出決定，突然覺得輕鬆起來，腦袋立刻給予了正向的反饋訊息。這也是所謂的戰士心法？彷彿所有撲天蓋地的問題都能被凝縮打包，只待耐下性子一一擊破。

「好吧，芸草，妳剛剛說，對我的夢有意見？」

§

「先說結論，我不認為妳的解讀是正確的。」芸草說。

「連解夢妳也略懂？」曉楓失笑。

「只要道理明晰，就沒什麼無法理解的問題。」芸草說：「雖然不確定妳對於夢有什麼想像，或許妳也相信夢具有某種預言或神秘學的性質，但我更相信的是：夢是大腦將發生於現實的眾多無意識碎塊與意識產生關聯的處理過程。看起來很無厘頭，是因為它同時試著用各種方式重新組建、確認所謂的記憶與思考。我們所瞥見的夢境就像流水的閃光，有時碰巧排成有意義的圖樣，更多時候沒什麼道理。如果單純去分析這些流光的碎片映像，就很容易陷入錯誤的迴圈。」

「芸草，妳是在講中文嗎？」飛雁說。

「那就用一種笨蛋也聽得懂的方式講吧。」芸草無奈地說：「大腦的思考是河水，現實發生的事情是石頭。剛發生的事件就像剛丟進河裡的石頭，河水會用各種方式沖刷它，讓它被安置在適合的位置：跟同一群石頭放一起，而這些過程都是在睡眠裡完成的。事後留下的夢境記憶只是河面映出的閃光，單去分析這些閃光的圖樣其實意義不大。與茶葉占卜之類的準確度不會差太多。」

「我好像有點懂妳的意思。但這樣不就什麼都不能確定了嗎？」飛雁說。

「只看浮面的訊息當然什麼都不能確定，因為那都是稍縱即逝的獸足鳥跡；但有個東西卻是確定的，那就是河底的石頭——過往的諸多事件累積成的趨勢，決定了河水的流向。」芸草說：「而水面的流光也會跟河底產生關聯，雖然是間接的關聯，卻可能藉此推知河底長什麼樣子，以及為什麼這些新掉進去的石頭會被沖到這裡。」

「我認為：水面的夢境流光，與河底的事件石頭之間，應該是以一種隱喻的方式相互關聯。」

芸草好像認為這已經相當明確而簡單地講完了。曉楓搔搔頭，察覺飛雁那邊傳來的情緒也充滿問號，略感安心。

「妳說，隱喻？」飛雁勉強抓個關鍵字問。

「有些夢的動機是很明確的。被激起性衝動就會做春夢，感到恐懼就會做惡夢。這類純生理反應的夢境很容易理解其動機，卻不容易解釋其細節：比如為什麼現實裡激起性衝動的對象是A，在夢中發生關係的對象卻是B；或者為什麼恐懼的是事業失敗，卻夢到松鼠啃咬房子或淹沒在大批溼冷的爬蟲裡。這些都是隱喻。每個人都有自己的符號體系與它們連結的意義，彼此的符號體系會相互借用，但細節又可能大相逕庭。就連我們都未必能分析自己的夢境，因為一般人也不太會仔細地釐清每個符號對自己的象徵意義……」

「但反過來說，如果某個人的所有符號與象徵意義的連結都被詳細地記載在一本書上，要分析他的夢境也就並非不可能的事情。」芸草說。

「問題是，根本就不會有那本書吧。」飛雁說：「若想完整地概括一個人對於全世界的理解與想像，那就幾乎等於一整部專屬於他的百科全書了。」

「『在描繪一個詩人時，你總會發現一個博物學家』。」芸草微笑：「而事實上，在面對夢境時，每個人都有成為博物學家的潛力。」

「說了半天，妳還是無法解決問題嘛。」

「對你而言，讀一頁書就只代表了一頁知識而已嗎？」芸草皺眉：「要去冒險前，非得讀完整套百科全書才能出門？哀哉，舉一隅不以三隅反，則不復也。」

「抱歉，妳請繼續。」飛雁舉手投降。

芸草又哼了飛雁一聲。「……夢境與現實的事件是以隱喻的方式相互連接。有些隱喻很好理解，只要轉換一層意義即可對應；但面對特殊狀況時，就會變得複雜。」

「比如，創傷的記憶。」

芸草這句話，彷彿在曉楓耳裡敲響了鐘。

「如果回憶太痛苦，乃至大腦覺得觸發這部分會導致不良後果，就會自動繞過以避免傷害。大腦是個很聰明，但一點都不嚴謹的組織。它很擅長解決問題，但它所謂的解決，經常是『不讓問題冒出來』就行。原本的符號不能用，怎麼辦呢？它就會隨意抓一個性質類似，卻不那麼有傷害性的符號做出因應。於是夢裡具有傷害性的關鍵符號全都被抽換掉，導致第二重的意義翻轉。如果第二重翻轉仍然擋不住，還可能會出現第三重乃至第四重翻轉。愈是纖細、容易受傷的心靈，其夢境經常愈複雜難解，就是這個原因。當翻轉過太多次，殘留的線索往往已經少到難以用邏輯分析。問題的根源被混雜在一堆複雜難解的加密文本裡，無法被辨識，無法被解決，只會愈滾愈大。所以容易受傷的人常常會隨著時間變得更容易受傷，陷入惡性循環，旁人也難援手。」

「如果無法解決……該怎麼辦？」曉楓喃喃地說。

「簡單地說，只要捨棄掉那些多餘的加密文本就可以了。但如果能這麼輕易就捨棄掉，也不會那麼容易受傷了吧。」芸草說：「最終，他們會認為捨棄生命比捨棄文本容易。因為那些無限複製的加密文本就等於他們的世界。但，不是的。」

「不是的？」

「不是的。」芸草說。

「世界很大很大，人很小很小。」飛雁說：「只要妳想往前跑，誰能攔得住妳？」

「難得飛雁聽懂了，真令人欣慰。」芸草說：「因為不安，人會編織很多繭，並將其稱為世界。所謂的加密文本就是這種玩意。你要說那是真的也行，假的也罷，世間一切也不過是虛幻而短暫的流光。但只是坐在原處注視這個事實，也完全無助於讓自己過得更好。如果坐在原處無法解決問題，往前走就行了。」

「即使往前走，會有答案在等著？」

「在一次又一次的旅程中，答案也只是次要的。」芸草說：「從這裡走到那裡，以自己的方式走過去。所謂生存，需要什麼證明？不就是這個而已。」

「不就是這個而已。」曉楓重複。沉默良久。

§

「……所以我的夢境是？」

「妳的夢境算好理解的，僅僅兩層而已。」芸草說：「有明確的脈絡可循，再把表面符號全都抽換成低傷害性的、剛進入生活圈的人群。當妳夢到麒麟學姊，那並不是真的學姊，只是作為一種讓妳沒那麼不舒服的代表而已。妳的大腦察覺喚醒某張臉孔會立即造成傷害，所以學姊的符號就被抓來替代了。幸純老師之類的也是同理，其本身並非造成焦慮的根源，而是他們身上存在有某些性質，讓妳的大腦會將其與『焦慮的根源』分為同類。」

「那……」

「問題在於這群讓妳的大腦『不願意想起來』的人是誰呢？依照現有線索，也能做出些判斷。」芸草說：「妳國中時大概發生過什麼不太好的事情吧。涉及霸凌、傷害、背叛……我應該不用說太多，妳知道我的意思。」

曉楓臉色發白。

「中了嗎？」芸草問。

「妳真的沒有偷看答案？」曉楓勉強笑了笑。

「我不用偷看答案。說過只要道理明晰，就沒什麼無法理解的問題。」芸草說：「如果曾發生過會讓妳大腦自動迴避的重傷害，妳的夢境卻依然保持如此單純的狀態，那或許可說妳是個堅強的人吧。雖然還沒到頭腦太簡單以致無堅不摧的程度，但至少與太過細緻複雜、因而脆弱易受傷這類是無緣的。」

「……真不知道妳是在安慰我還是在取笑我。」曉楓笑。

「姑且就當作是在安慰妳吧。」芸草難得笑了笑，那笑聲細微得幾不可辨。「這是好的跡象。」

第十章　不公平

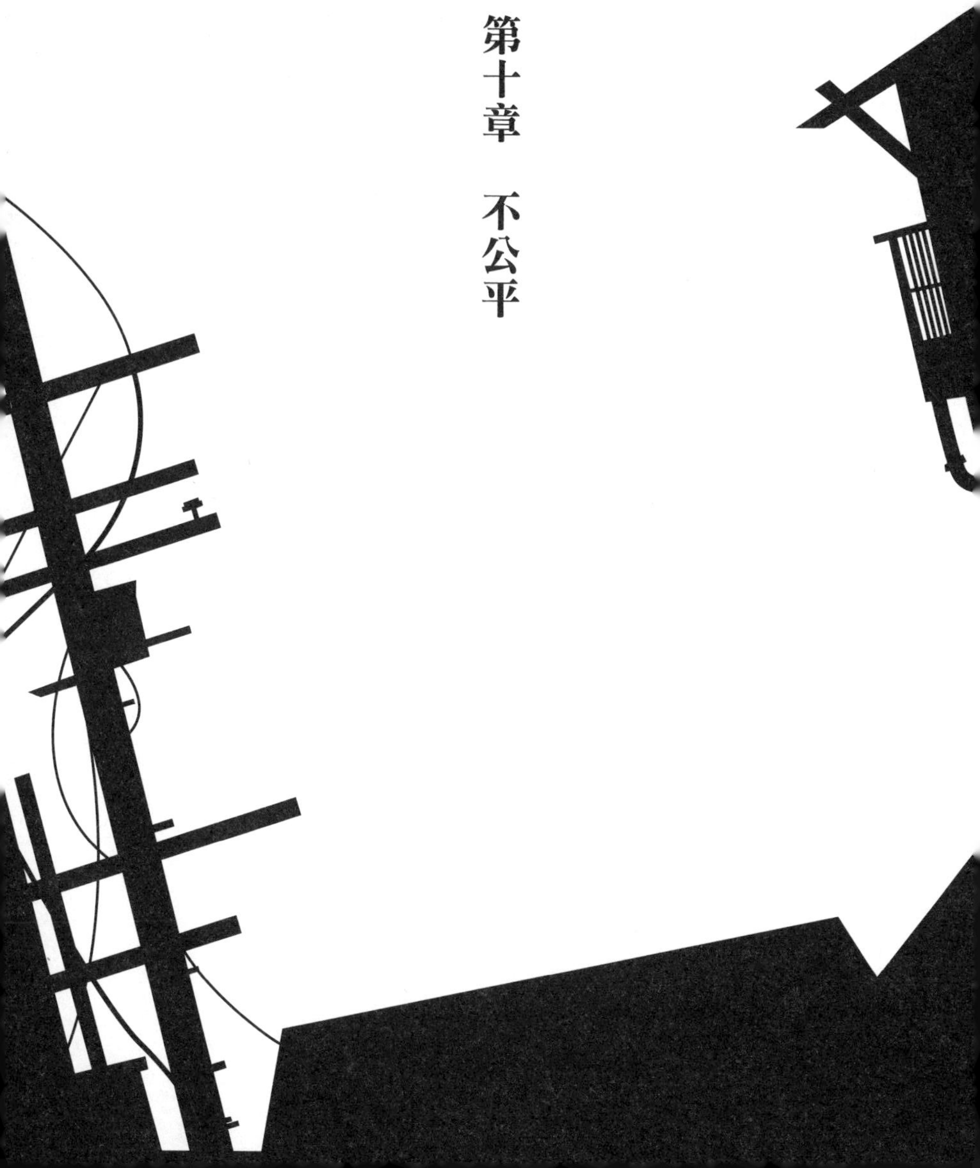

「住手。」

第一人稱視角，第三人稱地旁觀這標準霸凌場景。
幾個人圍著一個人，其貌不揚的小女生。
其貌不揚是罪，講話結巴是罪，
洗得微黃的制服，略嫌遲鈍的腦袋，罪名多不勝數。

如果不欺負她，彷彿就標示了自己跟她一樣。
所以要嘲笑她、推打她。
從她身上竊取優越感，以便標示出有別於低劣族群的差異。

「住手！」

這全都讓曉楓感到噁心。
竊取的行為，兩面的行為。
無聊的從眾行為。
必須阻止這一切。她自認應該是有這力量的。

「這是不對的。別再這樣對她了。」

夜行：風神鳴響
Day Dreaming

她錯了。她尚未明白惡的本質。
所謂的惡，跟情緒一樣，跟想法一樣，跟流水一樣，
不可能立刻蒸發，世界上並沒有這麼強的陽光。
沒什麼道理的霸凌行為，所需要的也不多。

一隻與眾不同的替罪羊即可。

她確實成功地轉移了注意力，付出了自己作為代價。
也還罷了。

當她看著那憨憨的小女生，在眾人慫恿下把自己的書包倒光，
一邊用那無邪的笑意取得大家的認同，
那畫面無限拉遠，
像處於黑暗漫長甬道的另一端。

她突然明白了，這世界的光，只是大量黑暗之間的短暫插曲而已。

§

曉楓在淚水裡醒來。

——這是好的跡象。

心頭莫名閃過了芸草昨晚的話語。一點都不溫柔、近乎粗暴的安慰法。但很有效。當她說那不是你的錯時，可以確定她真的這麼想。因為如果她認為你有錯，也會毫不客氣地說你有錯。

如果真有好的淚水，這或許是其中一種。曉楓感覺昨天的憂悶被洗得乾淨。

「昨晚作了好夢嗎？」飛雁的聲音輕輕劃過耳際。

「不，是惡夢。」曉楓笑：「但睡得很好。」

§

「楓姊姊，昨晚我很——仔細地想過了。無論接下來怎麼演變，從麒麟學姊值得信賴、有點值得信賴、有點不值得信賴、完全不值得信賴，無論哪一種發展，我都有辦法可以治她。所以不用擔心——」

「妳是想要治誰啊？」麒麟學姊冷不防從後面走過，常綠整個跳起來。

「如果是擔心我，那大可不必費心。妳不是我唯一見過的奇人異事，應該也不會是最後一個。」麒麟學姊靠近曉楓：「我目前還算相信妳。以此為前提，也會做些安排。今天記得要來社辦啊。」

說完就走了，走之前想到什麼，轉頭：「對了。常綠，鋼琴社的人有事找妳。」

§

「王子不能來幫忙成果發表會了？」常綠驚訝地重複。

「是的，我今天早上才接到他的手機，真的很抱歉……」鋼琴社社長，講話輕輕柔柔的雙馬尾女孩，一臉歉意。

「他有說為什麼嗎？」

「沒有耶。他只說：『幫我跟她講，抱歉。』就掛了電話。」

「怎麼會……好歹解釋一下嘛。這樣要我怎麼跟吉他社的人說啊？」

「這……真的很對不起，我可以跟妳一起去道歉……」

「別在意，這不是妳的問題啊。」等震驚稍停，常綠就恢復對鋼琴社專用的氣質口吻：「我知道了，我會去說的，謝謝妳告訴我。」

一轉進走廊，常綠就抱頭：「怎麼辦啦楓姊姊，怎麼會突然發生這種事啦？妳可以陪我一起去嗎？不用跟我一起挨罵，我只是不想一個人去……」

曉楓沒有回答，她非常擔心，是自己知道的那個原因。

§

「王安治同學的地址？我不能隨便給你喔。」王子的班級導師說：「他只是感冒請假而已，不用太擔心啦。」

曉楓略鬆了口氣。又一想，那只是他這麼跟老師說而已。

「是像漫畫一樣帶禮物去探病嗎？年輕真好啊。」班導師哈哈大笑：「妳是他鋼琴社的學妹？如果是，鋼琴社那邊可能有他的地址喔。」

——離開吧。芸草說。

——多待無益。飛雁同意。

——那麼，該怎麼辦？

——妳要快的方法，還是慢的方法？飛雁問，同時徵詢芸草意見。

——快的可以。芸草確認。

——那就快的方法。曉楓說。

——總之先離開吧。飛雁說。

曉楓轉頭走了幾步，右手突然舉起來，以快得看不清楚的動作一揮，氣勁到處，王子班導師桌上的不鏽鋼杯應聲滾落，撞地發出哐噹巨響，水潑撒一地，還濺濕了老師的褲腳。

曉楓發自內心地尖叫一聲，愣愣地看著王子的班導師哎叫。

——沒事，我已經確認過了，茶水是溫的，濺到也不會燙傷。芸草冷靜地說。

——接下來，趁他去拿抹布、洗杯子時，那本藍色的資料夾、咖啡色的資料夾、米色的資料夾，拿走，離開。趁現在大家的目光都在老師身上。

曉楓的心臟狂跳，身體卻出奇平靜，像片影子飄過去，不出一點聲地拿了三個資料夾，離開老師辦公室。走到樓梯間，心臟只有跳得更厲害。

——冷靜點，深呼吸。芸草提醒。

——這到底要怎麼冷靜啦。

——不快點做完，只會更糟。根據刪去法，學生的地址一定在這三本資料夾其中一本。妳只需要三十秒即可確認。快點。

找到第二本就找到了。曉楓正在找手機準備照下來，芸草說不必，她已經記下來了。

——很好，立刻送回去。像送作業一樣若無其事地進去。

曉楓照做，又是如幽魂般飄進老師辦公室，才把資料夾放回原來位置，遠遠看到王子的班導師又是邊嘆氣邊走過來，心裡一驚。

——我現在還在這裡，太不自然了啦！

——桌上有衛生紙，抽起兩張，擦地上的水。

曉楓照做，衛生紙迅速泡爛，她拿去丟的同時，與王子的班導師打個照面。

「哎，妳用衛生紙這樣擦也沒用啦。」他又笑了。「真是個好孩子，我心領了。妳快回去上課。」

§

曉楓一邊把王子地址輸入 Google map，一邊手指還在抖。

「接下來呢？該怎麼去？」

「妳要快的方法，還是慢的方法？」飛雁問。

「……快的方法是立刻裝病請假嗎？」曉楓。

「妳學得很快嘛。」飛雁笑。

「不要再教壞我了啦。」
「那妳要等到放學？也可以啦。」
「……不。」不知為何，曉楓完全無法待在這裡，就只是等待。
「就這學期而言，缺這個下午的課確實不會對妳造成可觀測的差別。」芸草說。
「如果裝病對妳太難，可以叫芸草去。她那要死不活的樣子，誰也不會懷疑她是裝病。」飛雁笑。芸草完全懶得理會飛雁。
「不，我去就可以了。」
曉楓這麼說，飛雁也收起嬉笑，點了點頭。
結果老師爽快地同意了。
「妳補考考得很好喔，以這種成績，考補考實在太可惜了。是因為太認真唸書所以生病嗎？書要唸，身體也要顧啊……」
曉楓只能乾笑，去保健室報到。一等阿姨轉開視線，她就悄無聲息地翻越窗戶，依芸草的指示，飛雁主控的動作，避開所有人眼與電子眼，開始飛奔。
真氣充盈在體內流動，曉楓以不可能被捕捉的速度縱躍挪騰於公寓與大樓間。那些超越人體極限的飛躍動作本身並不累，曉楓卻感覺身體沉重。每個老師友善的眼神與對待都讓她感到心慌。只是想略略脫逸常軌，做些不妨礙任何人的事情，為何竟如此困難，需要欺騙、麻煩到這麼多人？
「代價……」
就算是「慢的方法」，大概也是等老師下班後摸進辦公室裡偷看資料吧；要不就是去問鋼琴社社長，如果社長不知道，甚至要問遍每個可能知道的社員。但這也只是把代價轉換成另一種形式：別人的側目、常綠的不解、或是溜進下班後的老師辦公室被當成竊賊的風險。生活彷彿鋪好了無數條隱形的軌道，只要稍微脫離，就會發出刺耳的尖響。

「為什麼代價這麼沉重呢？」

飛雁並非一直維持極速飛奔；而是不斷配速，跑一段走一段，名符其實的「奔走」。儘管如此仍是快得嚇人，抵達時總覺得難以置信，一看手機竟然只用了不到十分鐘，比等公車……不，可能比搭計程車還要快。

「走直線當然快囉。只比飛慢一點啊。」飛雁還是喘也不喘，像個熟練至極的駕駛。

王子住在三樓，曉楓腳下兩層樓的位置。芸草詳細確認了一下周邊安全，就翻到窗邊，瞥眼窺探。

王子躺在床上，像在睡覺。天氣不冷，全身被子卻蓋得嚴實。

——怎麼辦？曉楓問。

——偷偷打開窗戶，繞進去囉……

飛雁還沒說完，就閉了嘴。已無需多言。

王子翻過身來，放上枕頭的右手整隻密匝地包滿了白紗布，紗布的小指部份，有打石膏固定的痕跡。

曉楓一個晃神，險些從三樓外牆摔下去。

§

來的時候身體很沉，回去時卻變得輕飄無比。

「妳剛剛的殺意好強烈呢。」飛雁說：「雖然只是眨眼不到的時間，但連我也差點被妳奪走控制權。這表示妳果然很有天份哪。」

曉楓根本沒在聽。眼前看到的完全就是打石膏的手指。如此細薄的一堵牆，封阻了後續所有可能。

——妳所以為的保護，其實根本不存在。

在飛雁的控制下，神不知鬼不覺地翻回保健室的床上。阿姨已在五分鐘前發現她失蹤，見她又躺回床上時大驚小怪了好一會；而飛雁語氣肯定地搪塞著保健室阿姨：她去上廁所前確實有跟阿姨說過啊，沒聽到？真奇怪呢……

曉楓根本沒在聽。

「妳在想什麼？」飛雁問。

「你應該知道吧？」

「老實說，現在妳那一塊除了濃濃的黑霧，我什麼都看不到。」飛雁說：「這情況好、也不好。只要妳懂得控制這力量，專注在一點上——」

「你覺得我該對那些人做什麼？」曉楓問。

飛雁不用問曉楓的「那些人」是誰。

「如果是今天，什麼都不做。」

飛雁說完，悠閒地看著曉楓那塊意識的黑霧變成濃濃烏雲，還打著重重雷電向他湧來；又補了一句：「總之，先弄清楚狀況再說。」

「狀況還不夠清楚？」曉楓的話語從牙縫裡一字一字咬出來：「他們毀了他。因為某些亂七八糟的原因……」

「而且妳見死不救，所以現在非常後悔。」飛雁簡潔地說。

這句話輕易地擊潰了曉楓。

「妳想對他們做什麼呢？他們折他一支手指，你就折他們兩支？還是把他們的手剁下來才夠償還？」飛雁說：「妳現在就像隻驚嚇過度的貓，只想抓咬所有靠近你的東西，但這樣對任何事情都毫無幫助。」

「……你說得對。」曉楓垂下頭。「……但，我還能做什麼？」

「那就先從弄清楚我們能做什麼開始。」飛雁笑了笑。「今天必須簡省力氣。如果妳還想救王子，目前最重要的問題就不是該找誰算帳了。」

飛雁的思緒多有保留，曉楓也無法突破那層淡霧。

「現在也不好說，畢竟救人永遠比殺人要困難許多……總之等到放學吧。不差這幾小時的時間。」

§

「楓姊姊，去找……」常綠一見曉楓轉過頭來的表情，就說不下去了。

「常綠，不好意思，我今天有急事，不能去動漫社了。」

「怎麼這樣？學姊……」

「請幫我跟她說聲對不起，抱歉。」曉楓說完就走，常綠愣在原地，喊了聲：「哪有這樣的啦——」

曉楓真心覺得抱歉。又是個代價。只要脫逸常軌，就會有數不清的代價要付。但她此刻實在沒辦法乖乖待在軌道上。包裡手機響了，是常綠吧，她等它停，在心中又默默說了聲對不起。

「有兩個時機，一是放學後立刻去，二是等深夜才過去。」芸草說：「一般比較常見的選擇是後者，但就今天而言，未必適合。」

「為什麼？」

「他大白天蒙頭睡，表示晚上都睡不著吧？那麼夜間行動的優勢就消失了。」芸草說：「再說那件事是很累的。若狀況比想像中更糟，深夜反而難辦，因為現代的夜晚太亮了。」

曉楓並未細想芸草話裡的含義，反正她本來也不打算等到深夜再去。

「但麒麟學姊的約——」飛雁還未說完，芸草就打斷：「權衡之下，那已是比較能接受的犧牲了。再去道歉就行。」

「也是。」飛雁並無堅持之意。

沒再飛簷走壁，普通地搭了公車過去，但最後仍是翻窗進房。王子還在睡。

「真能睡呢。」飛雁感嘆。

「下午看他就是剛睡著不久，照這麼算，至少還有一兩個小時好睡。」芸草說。

曉楓看著王子的臉，雙眼緊閉著，像要逃到什麼異次元世界，再不想回來。

「但他會回來的。」芸草輕聲說：「會被逼著回來，夢總是要醒的。所以我們得在這之前做好迎接他的準備。曉楓，我需要妳看著傷處。」

曉楓看著那纏裹了白紗布的手，又轉開視線。

「……如果妳做不到，就交給我吧。」芸草說。「飛雁，你來還是我來？」

「這方面，妳比我更擅長吧。」

芸草也沒客氣，就接過了控制權，先伸出手指輕輕碰了王子頭側，曉楓透過芸草的思緒明白那是讓他暫時安穩昏睡的穴位，然後仔細地看著傷處，伸手與其相碰，一股細細的真氣就浸入了紗布裡。曉楓的意識是轉頭不看的，芸草的訊息卻仍流過她腦中，有一種看見背後景色的奇異感受。

無數訊息在芸草的腦區交流、分析、對話。飛雁等著，曉楓也是。

「……有救。」

飛雁在曉楓心裡歡呼，跳起來翻個筋斗。曉楓有點不解，但總之聽起來不像壞事。

「果然是外行人的打法。筋絡雖被打斷，但沒有真的斷到七零八落無法復原。觀其下手方式，可見打的人也只是在逞強，打下去時自己的手都在抖，以致一擊造成兩個斷點，但都不深。」芸草喃喃自語：「幸好，這傷還沒超過三天，應該才一天多……傷者強烈的不安，迫使身體的修復機制像無頭蒼蠅般全速運轉，已有組織異常增生的跡象。清除異常組織或許比治療傷口更費工夫。如果再晚幾天，就更困難了……」

「芸草，時間寶貴，別再診斷了吧。」飛雁建議。

「我在整理思緒。理不清，道就不明啊。」芸草說：「也罷，大致明白了，飛雁你負責提供穩定的真氣，細部工作交給我。」

曉楓感到全身洋然地暖起來，背後感覺像曬著最舒服的那種太陽，彷彿有光透過身體，在飛雁的導引下凝聚到每根指尖，飄飄欲仙，隨時都可以這樣睡著。

「動手吧。」

在觸到王子手指同時，曉楓不可思議地聽見了樂音，就這麼從白紗布的縫隙流瀉出來。諸多不同層面的細節接連不斷流出，有鋼琴間舊舊帶有灰塵的空氣味，有汗，有悶熱，還有不是很夠力的冷氣轟響。

甚至有影像。曉楓眼前閃過了一個畫面，王子穿著正式演出服，在後臺暗處，似已演奏結束，掌聲未歇。他左手掌心握住右手手指，就以這奇特的方式合在胸前，向某種面貌不明的神明道謝。

「我就只剩這個了。」她聽到他輕聲這麼說。「唯一不可退讓的，就只有這個。」

「小心。」芸草突然警告，隨即一大片暗紅色之海淹過視界，耳邊有人尖叫，口中嚐到鹹味，像咬破嘴唇。

「進入傷處的核心了。」芸草說：「這些創傷的記憶量雖少，但很新，也很鮮明。」

「妳說這是記憶？」曉楓邊說，邊驚訝地發現自己的右手小指也開始微微作痛。「記憶不是存在腦中的嗎？」

「妳都聽得見我們了，還認為記憶『只會』存在腦中嗎？」飛雁笑：「如果今天妳喪失了對所有人事的記憶，難道就不會走路了嗎？不曾有過明明是第一次做某件事情或碰到某個東西，卻莫名地，就是知道該怎麼做才是對的嗎？」

曉楓當然有過這樣的經驗，最深刻的印象就是與神劍「無悔」的初逢。

「記憶可以存在很多地方。日積月累地苦練，那些練習的記憶就會存在相連的每一束肌肉裡。妳說過的每句話都存在妳的聲帶與舌尖。甚至說誇張點，每根髮絲都記得每次的梳理與每一絲拂過髮稍的風，問題只是那些太過瑣碎的記憶能否被解讀出來而已……」芸草說。

又是轟一聲，一大堆亂七八糟的聲音與影像襲來，訕笑、敵意、慘叫、太接近的嘴巴裡噴出的臭氣……

「日積月累的記憶像陳放多年的醇酒。而這些，就只是廉價的辣醬而已。」飛雁苦笑。「清除這些，讓它『忘掉』吧。芸草。」

「早就在做了。你那邊也要穩住啊。」

身體的熱度愈來愈高，流過指尖的真氣，在曉楓的眼中很自然以「光」來理解。她看見指尖愈來愈亮，卻也同時明白那並不是誰都看得見的光，因為房間裡的黑暗並未被照亮。那神秘幽微的光不斷滲入傷處，一次清除一點。比想像中還要艱巨，簡直像把那根手指放大成整個房間，芸草把那光線當油漆，慢慢漆滿整個房間的牆，擋掉一切不想要的裂痕與雜質。

時間感變得非常混亂。曉楓覺得簡直像在這裡待了一整天，完全迷失在這無光的房裡。直到芸草說了聲好，把手抽離傷處略略休息，曉楓才驚訝地發現僅僅過了一小時。

「芸草，妳太強了。」飛雁邊檢視成果，邊讚賞：「我就做不到這麼細緻，簡直巧奪天工。」

「好說。」芸草深深吐了口氣，首次傳來了疲累的訊息。「抹除掉傷害記憶，已完成了三分之一。你們還行嗎？」

飛雁當然說可以，曉楓雖很想大叫「才三分之一!?」，但終究也只能點點頭。

「那就繼續。」

§

那過程簡直可怕。

無聊到可怕。

翻弄每一絲被擾亂的肌肉纖維，讓每一小塊被打斷或打歪的筋骨回歸原位再彌補缺漏，是大量重複又極需專注力的工作。過程中雖有些附存在組織上的記憶被閱讀，但就像一串被按下無限次重播的隨機影像，看久了就知道只有哪些情節。剛開始覺得有趣，然後是無趣，然後覺得有些痛苦。

更慘的是遇到芸草一開始診斷時所說的「異常增生組織」，就像拿著鈍鈍的鐮刀割草，費勁地一束束清除。整個修復過程大致就上述的兩步驟不斷重複，超級麻煩，又十分無聊。即使曉楓想轉頭看些比較有趣的東西，奈何自己身體的雙眼緊緊盯著傷處，也不能像芸草跟小朋友說故事時那樣擁有寬廣的俯瞰視角，或許是因為大部份真氣都被調去做這份工作了。曉楓若不想盯著那隻手，就只能看著「眼角餘光」所及的部分發呆。

「妳要睡一下嗎？交給我們就行。」飛雁說。

曉楓搖頭。她做不到這種事。

等芸草終於說了聲好，曉楓還來不及感嘆折磨結束，芸草就接著說：「最後一步。」

曉楓真的要很努力才能不嘆氣。

「現在傷已治好，傷處也已忘記曾受過傷。」芸草說：「但他的大腦還記得。如果大腦對受傷的認知過於強烈，輕則干擾療效，重則完全回到原來的狀態，甚至可能更糟。」

曉楓眼前閃過了王子的手指本來好了，又像竹筷子一樣瞬間啪嘰折斷的畫面。

「所以那部分的記憶也要做處理。」芸草將手按上王子的頭。「可能會導致一些副作用，就像昨天跟妳說的那樣……但我想那是可以接受的代價，嗯？」

「哪有我們累得半死，他卻半點代價都不用付的道理？」飛雁說：「不用跟他客氣了。」

曉楓當然也只能點頭。

「那就來囉。」

入侵大腦的感受又與接觸肢體時截然不同。複雜的三度空間資訊如海樣淹來，附帶各種各樣的氣味與聲音細節，曉楓一時感覺頭暈欲吐，又不能閉上眼睛。

「金髮。」芸草說：「砸斷。傷害。痛。破滅……」

隨著她唸出一串關鍵字，某些記憶的礁石開始漸漸浮起。

「應該就這些了吧。有沒有遺漏？」芸草問。

「妳都用了二十幾個關鍵字當『咒語』來概括，應該很全面了。」飛雁說。

「我想也是，那就去了。」芸草說著雙掌一拍，那些礁石就被融成了一座島。曉楓隨著飛雁與芸草飛身踏足島上，恰恰是那個記憶現場重演。兩個混混負責壓住他，金髮老大舉起鐵鎚。

「消失。」芸草下令。

所有畫面開始崩解、融碎、回到記憶之海裡。

「妳會不會有點太粗暴了？」飛雁笑。

「要是還像手指那樣精細地處理，我擔心曉楓會撐不住這樣的消耗。」芸草說：「反正重點是手指，大腦還剩一點碎片也無妨，就算那些碎片在未來集結起來，變成惡夢的種子也無妨。只要『這幾天』不要想到，對治療就不會構成妨礙。」

飛雁點頭同意，曉楓則是似懂非懂地聽。

整座記憶島嶼碎光後，大部份被記憶之海重新淹沒，卻仍留下些許尷尬的空白，讓畫面變得很虛假，像沒有做好的電腦修圖。

「我最愛這種空白了。」飛雁笑：「曉楓，想讓王子永遠記住妳嗎？在這裡留下妳的聲音或氣息，他這輩子就再也忘不了妳了。」

「別教壞小孩。」芸草咳了一聲。「雖然我是做得到。」

「不，我才不用他記得我。」曉楓搖頭。

「妳費了這麼多代價，卻不在意他完全不知道這件事是妳做的？」飛雁問。

「我又不是……為了要他記得我才這麼做的。」

飛雁哎了一聲，與芸草對看一眼，會意地笑了笑。

「那麼妳天生就已經明白，所謂的俠客是怎麼回事了呢。」飛雁說。「能遇到像妳這樣的劍主，我也覺得很榮幸……」

「所以，留必要的訊息就行了吧？」芸草說著，手上浮現了三顆光球。

「你的手指完全沒問題。若有任何人說你手指受傷了，都不要相信他。」說完，第一顆光球亮了。

「等你醒來，立刻去彈鋼琴。在這個禮拜內，要當成像準備比賽一樣地努力練習。不管誰阻止你，都不要理他。」說完，第二顆光球亮了。

「明天，你要去找鋼琴社社長，說你能參加吉他社的聯合公演了。很抱歉造成了困擾，但你現在已經沒事了。」說完，第三顆光球亮了。

「我還漏了什麼？」芸草問。飛雁不置可否，曉楓聳聳肩。

「那就去吧！」

三朵光球自動尋到了記憶之海的空白，融進去，化成海的一部分。除了仍有微光閃爍，就跟其他海面沒有差別。

「完成了。回去吧。」

回到黑暗的房間，三人同心一體地倒在椅背上，長長舒了口氣，話也說不出來。

「……芸草。」飛雁勉強擠出聲音：「現在幾點？」

「看手機。」芸草虛弱地說。

「手機……竟然放得那麼遠，真是失策。曉楓，麻煩妳去拿來好嗎？」

「你以為我比你更有力氣？」曉楓說，突然笑了。三人就這麼笑了好一陣。又等了五分鐘，才終於拿得起手機，確認總共花了三小時才完成所有工作。

「飛雁，儘快讓我們恢復吧。至少到可以走路的程度。」芸草說。

「沒問題，只要能坐得起來，手舉得起來，就可以順利點了。」

飛雁說著，又擺出平日的練功姿勢，凝神靜定，努力調動自身的精氣調養。芸草與曉楓就在旁有一搭沒一搭地聊天。

「要恢復又需要三小時嗎？」曉楓問。

「這要看妳定義的『恢復』是什麼意思了。」芸草邊說，邊畫了條曲線，一開始平緩，過一個轉折點後急速上揚，再過個轉折點又趨平緩。她指著第一個轉折點，說：「我們現在是在這裡。」

「若只是恢復到差不多的狀態，是很快的。專心去做，大概三十分鐘左右就可以恢復到七、八成的程度。」芸草順著曲線畫，指到第二個轉折點：「但剩下這兩成就比較麻煩，要練好幾天，才能真正恢復過來。」

「好幾天啊……」

「而打斷手指，只是一眨眼間的事。」芸草說，「真不公平，嗯？」

曉楓同意。

「這也是『道理』的一部分。」芸草說完，心思就飄走了。或該說，她也在用她習慣的方法幫自己恢復。

∞

這回時間倒是過得很快。曉楓發現自己又處在一種可以任意飄浮的狀態了，而且隨著時間，能飄浮的範圍似乎有變大。莫非這也跟飛雁調理的狀態有關聯？

「那樣直覺的理解也沒錯呢。」芸草突然開口：「大概到妳能飄到門口那邊左右，就算基本恢復，我們也可以離開了吧。」

曉楓從書架離開，往房間門飄去，大概還剩三步的距離，有一面透明的軟牆擋著。伸手去推，牆就隨手後退，但手愈伸直，受到的阻力愈大，一鬆手，牆又被彈回了原處。曉楓又試了幾次，覺得有些好玩。

「這面牆可以被撞破嗎？」她問。

「是有辦法。」芸草說：「但現在不建議這麼做。如果繼續浪費真氣，我們就得更晚才能——」

兩人的對話突然被強制中止，抓回了曉楓的體內。

「飛雁？」曉楓問。

「有人要回來了。」飛雁答。「已來不及從大門離開。」

芸草停了一下，說：「照現在的恢復狀況，也還不能飛簷走壁呢……」

「勉強還能試試——」

「太危險了。」芸草的語氣毫無考慮的餘地。飛雁也沒想反駁，只說：「那，妳有什麼打算？」

「先開燈，趁他進大門之前。」芸草邊說，就邊動作了。開燈，然後從王子的書架上隨便抽了本書放在腿上。

「芸草，昏睡的穴道……」飛雁提醒。

「不急著解。」芸草說著，大門就被打開了。那人進來脫了鞋，顯然立刻注意到王子房間的門縫下透出亮光，步履蹣跚地走來，敲了敲房間門，然後打開。

「咦？妳是……」

「伯母您好。」芸草有禮貌地說：「我是安治學長鋼琴社的學妹，叫小芸。代表社團同學來探望他的。」

「呀，妳好妳好。他……」王子的母親嘆口氣：「他睡著啦。睡著也好……」

「一不小心就待太晚了，真不好意思。」芸草笑了笑。「那麼，我也該回去了。」

說著湊近王子的臉，像在觀察他氣色，不動聲色地解開穴道。王子的呼吸微妙地改變了節奏。

「是嗎？這麼麻煩妳也真是不好意思……」王子母親一路跟到了大門口。「妳是……他的女朋友？」

芸草竟然咯咯地發出一串嬌羞的笑聲，說：「才不是呢。王安治學長是個眼裡只有鋼琴的人啊。」

「也是。」王子母親欣慰地笑了笑，隨即又露出神傷的表情。

王子母親把曉楓一路送下了樓梯，曉楓對這動作略感突兀，隨即理解了她為什麼這麼做。王子家的公寓鐵門被紅色噴漆噴滿了威脅與辱罵的字句。王子母親徒勞無功地想轉移她的注意，下樓時像要用那小小身體盡可能遮擋噴漆的痕跡，曉楓也只好假裝沒看見，正常地跟她話別。

「真是辛苦她了。」飛雁嘆。

「是啊，累得連我們怎麼會穿了鞋子進門都沒發現呢。」芸草說。

「我們是不是要快點離開？」曉楓說：「如果被她發現了任何不對，追出來……」

「如果可以快點，我也很想。」飛雁說：「但我們剩的力氣大概就只能這樣慢慢走了，連跑也跑不動。」

「不用擔心。」芸草說：「王子快醒了，等他醒了……」

遠處房間裡，王子醒來，只覺得頭部陣陣抽痛，煩悶欲嘔，全身都不對勁。但轉眼看到包滿繃帶的手，就瞬間忘記了所有不對勁。

「這是什麼東西啊？」

他拆掉繃帶、剪開石膏的舉動可嚇壞了母親，兩人拉拉扯扯了好一陣，王子終於成功地拆掉了所有包裹。

「妳看！哪裡有傷？不是好好的嗎？」他展示著正常凹屈、看來毫無問題的右手小指，然後去浴室洗手。

「我要練習了。」

音樂從指尖流瀉出來，一點雜音也沒有。母親呆呆地跌坐在地板上，百思不得其解。

「安治，你那個鋼琴社的學妹，叫小芸的……」

「鋼琴社哪有什麼叫小芸的學妹？」王子說話同時手指仍不停，像少一分鐘練習都很嚴重。

「咦？但不是你讓她進來……她是代表社團來探望你的……」

「他們幹嘛來探望我？為什麼要來探望我？」

王子母親從沒搞懂過在這絕望到底的環境，怎會生出這微小卻又巨大的奇蹟？王子多少也有感到些不對勁，但對他而言，這點納悶完全不影響練習。只要能跟眼前的八十八顆琴鍵相處，他可以排除任何外在世界干擾，只讓音樂流動，便能塑造對他而言更加真實的世界。

琴音也追上了遠處的曉楓。

「聽起來很順利呢。」飛雁笑。

「現在還有公車實在太好了。如果是以前，可能就要露宿了呢。」芸草說。

曉楓只微笑著聽他們交談，三人就這麼踏著月光與路燈，一路返家。

第十一章　只要一次

這世間是否有邪惡成癮？
或者正義成癮？

「以天道之名，不准侵略這座城。」

墨者與將軍，
藍縷布衣與閃亮盔甲。
周圍，血肉與骸骨山積。

「……你知不知道你已經害我死了多少人。」

「無論多慘重，都不會讓不義的行為變得合於天理。」

「那你是要我就這麼回去？」將軍冷笑一聲：「跟我的劍說吧。」

「或者你可以回去告訴你的國君，入侵他國之不義，天罰已在眼前。
但若你就這麼回去，他日換你們被侵略，墨者也必定會為你們效死命。」

將軍沉默了，事實上，他已無一兵一卒在手。
而墨者也死得只剩眼前這個，身上武器只剩雙拳。

只要拾奪下這個，其餘都不足懼。

即使此刻，將軍仍在計算著。
一天路程以外的援軍，
手上的劍，墨者的拳。

微薄但確實存在的優勢。

於是他大喝一聲，人與劍，勢若瘋虎地撲去。
墨者依舊雙拳凝握胸前，狀如磐岩。

總會有個生死勝敗的。
劍揮去，血噴灑。
一人站著，一人倒下。

但在遙遠山崖上的飛雁眼中，
甚至難辨遠處的兩點孰為將軍，孰為墨者。
就只是兩個人類在相互慘殺而已。

§

曉楓一早起來，昨夜的夢並沒有留下太深的殘跡。天才曚亮。然後發現自己正背靠著一根極粗的樹幹，在最壯的分枝上打坐。

「這是怎麼回事啊!?」

「妳醒了?」飛雁說：「哎，我才稍一晃神，就被妳順勢接過去。妳真的愈來愈厲害了。」

「為什麼會在這裡?昨晚不是好好地回家了嗎?」

「有些事情，在水泥建物裡做會很麻煩。」飛雁搔頭。「芸草，我有點忙。妳解釋。」

「就像先前說的，強行改變，會在其他許多層面造成震盪與漣漪。」芸草說：「昨天的療傷，就是費了極大工夫逆轉一個既成事實。妥善地運用真氣確實可以做到這一點。但那些被強行『拔除』的傷害，妳覺得會跑到哪裡?」

曉楓雖然對真氣運行的原理不甚了解，聽芸草的語氣也能猜到。「……我身上?」

「是的。真氣流進傷處，沖刷掉『傷害』的訊息，再回流到妳的身體。在治傷時，妳有沒有感到有些不對勁?」

曉楓確實有感到右手小指，與王子受傷相同的位置，在治傷時隱隱作痛。

「當然也能轉嫁到王子身上的其他地方，但後果難料。他不懂該怎麼處理，天曉得這些傷害會流到哪去、以什麼方式呈現，所以只好由我們一體承受了。」芸草說：「昨晚會那麼難受，有部分就是因為還得設法壓抑這些傷害不要即時發作。現在已大致恢復狀態，又借了這棵老樹一點氣，終於能把病氣一次清掉了。」

飛雁把手壓在主幹上。

「溫柔點，力道要放對。」芸草提醒。

「放心。這部分，我比妳更擅長。」飛雁笑了笑。隨即一聲短喝。數百年的老樹劇烈地震了一下。枝上正生長繁盛的葉片紛然落下，轉瞬入冬。

「抱歉了，真的很謝謝您。」飛雁撫過樹幹：「現在借的份，來年春天加倍奉還。」

「這樣就沒事了？」曉楓問。

「妳自己試試如何？」飛雁說著，就把控制權丟還曉楓。「閉上眼，深呼吸。」

曉楓照做，一股說不出的舒坦隨著這口氣蔓延全身，毫無窒礙地流到每個肢體末梢，與昨夜煩惡洶湧的胸口完全不可同日而語。

「想想如果這玩意在妳家放出來會怎樣。」飛雁笑：「會瞬間少面牆壁吧？」

「儘管如此，還是很麻煩，竟累得讓我們在樹上待了這麼久。萬一曉楓父親查房，就糟透了。」芸草說：「真是的，應該在王子腦袋裡留下個『你未來一定要成為偉大的演奏家，如果做不到，就殺了你。』之類的訊息才對……」

飛雁正待回話，突然察覺有個晨起運動的阿伯正目瞪口呆地看著這裡，肩上的毛巾掉落在地，而他完全沒有想要撿。趕忙跟曉楓打聲招呼，轉眼從阿伯面前消失蹤影，幾個起落就離開了這林間步道，飛入灰濛一片的城市裡。

§

幸而曉楓父親沒有來查房。看芸草查看她設置的「防父親機關」並滿意地笑了聲，曉楓只覺得要是芸草哪天變壞了，肯定是超難抓的智慧型罪犯。

即使不用應付父親，麻煩也已經夠多了。
「常……」
常綠完全無視曉楓的招呼，走過去。
——現在是在演哪齣？飛雁苦笑。
芸草沉默不語，顯然對此完全不感興趣。
——需要我幫……
——不用了，飛雁你應該不太懂女孩子心。曉楓表示。
——雖然是沒錯，但妳的心裡有另一個聲音在說，其實妳也沒啥把握呢。
偷聽別人心聲也太詐了吧？曉楓嘆了口氣。應該說，懂歸懂，也不一定知道該怎麼辦。
——也可以說，危機就是轉機吧。
——飛雁你的正向思考已經氾濫成災了啦。而且你到底要怎麼轉、轉到哪去啊？
——比如說，直接上前給她一個擁抱，一邊輕聲細語地解釋……
——你以前都是這麼騙女孩子的？
——從來沒試過呢！飛雁爽快地說。
——但，或許換成是妳效果會很好也說不定。
——別再給我出餿主意了。
最後飛雁還是沒提出什麼好主意，曉楓也沒想到該怎麼做。結果到了中午，常綠就自己來找曉楓了。
「妳昨天做了什麼對吧？」常綠依然面泛寒霜。「王子剛剛突然親自來跟我道歉，說是可以上臺了。」

曉楓有點措手不及，只得含混地點頭。

「妳還是不願意告訴我發生了什麼事？」

「如果等到今天下午，到動漫社，我就詳細地解釋給妳聽。」曉楓的嘴巴突然自己動了。「抱歉，這是最簡單的方法。」

「你是……飛雁？」常綠問。

「真厲害，妳說分得出來，是真的呢。」飛雁以一種輕緩溫柔的語調說：「如果妳堅持現在就要聽，我也可以講兩遍，就只是麻煩了點……」

「不用了。」常綠意外地好講話。「那就下課時，你來找我？」

「可以。」飛雁颯爽地點點頭。常綠臉色有點怪異，卻仍轉身走了。

——飛雁，你……

——抱歉，我覺得這樣比較快。

——你真的不擅長騙女孩子？

——我剛剛說的，都是真的啊？

——最可怕的是飛雁老是說真話，然後結果就會很糟。

芸草突然插了一句，然後又飄走了。留下無言以對的兩人。

§

儘管飛雁說自己的承諾要自己收拾，放學後到了動漫社，開口解釋的人還是曉楓。

曉楓從不覺得自己算是善於言辭，但這陣子成天被迫與飛雁與芸草對話，總覺得跟學姊與常緣解釋也變得容易了。簡要地講完，卻覺得傳遞效果比以往說話的經驗都好。一直說到今早在樹上醒來的段落，曉楓喘口氣，麒麟學姊與常綠也跟著稍微鬆懈了姿勢。

「楓姊姊還真的是魔法少女呢……就連用魔法治傷的情節都出現了。」

「不，這應該算是經典的武俠情節，運功療傷吧。」學姊說：「雖然意外地相當科學，但——」

「這到底哪裡科學了？一點也不科學啊。」常綠打斷。

「我是說，這其中的學問顯然自成一個體系，而在這體系內，這些看似不可思議的效果都是合理的。只要明白道理，條件俱足，就能應用。」學姊說：「這是在現今常見的魔法與科學以外的第三個體系。這可真是有趣呢……」

「學姊想把它改編成漫畫嗎？」

「我考慮看看。」學姊的表情並沒很認真。「而永遠的好問題是……接下來，該怎麼辦？」

「接下來？王子好了，不就結案了嗎？」

「他有從此過著幸福快樂的日子嗎？」學姊說：「真正的問題並沒有被解決吧？他為什麼會被打斷手指？難道今後他每被打斷一次，你們就要這麼玩一次？」

「不太可能。」常綠搖頭：「光聽都覺得很累。而且如果每次都要洗一次王子的腦，我看他腦袋遲早會燒壞。」

「所以說，這會是個惡性的循環。」學姊的表情嚴肅：「妳已經被扯進王子的事件了。不要再自欺欺人說今後不管，因為事實上妳就是已經管了。管了這次，就有下次。妳必定會被逼著徹底解決這問題。而無論是否真能『徹底解決』，都會造成另一個效果：就是妳將會距離所謂的日常生活愈來愈遠。」

「對於這樣的發展，會開心的，大概只有那些附在妳身上的幽靈吧。」

「學姊妳真的很不相信飛雁跟芸草耶。」

「沒有理由讓我相信他們啊。」學姊說：「這發展實在太剛好了，妳要說是巧合也罷，命運也罷，對他們未免也太有利了。」

「但那些討債的不良少年，總不會是他們請來的吧。」對於常綠的反駁，學姊只是不置可否地點點頭。

「曉楓，妳到底想怎麼做呢？」

面對學姊的質疑，曉楓只略略遲疑，隨即堅定地說：「我要解決這件事。」

那瞬間，學姊的表情幾乎稱得上憐憫，雖然只一閃而逝。她點點頭說：「妳確定就好。那麼，接下來的問題是……」

常綠說：「說到這，學姊，他今天還沒來呢。」

「他今天有事，不過沒關係——」

「誰說我有事。」奇偉學長從陰暗的角落轉出來：「這種鬼鬼祟祟的討論，怎麼能少了我呢？」

「……你不是說今晚有補習？」

「幸好我防患未然，做好了應對任何突發事件的準備。不用跟我解釋什麼，我已經完全進入狀況了！」

「也就是說，你又偷聽了對吧？」學姊一拍他的肩膀，隨即意外地，竟不是甩耳光也不是空手道的正拳攻擊，而是關節技，一眨眼就把奇偉的右手反扭。「上次說過了，如果再犯就要拿這隻不安分的手怎樣？」

奇偉一邊連聲叫痛，一邊說：「別這樣，妳還需要我的技術力。扭斷我的手，技術力就沒了喔！」

「也對，一個宅宅如果連技術也沒有，幾乎找不到生存的價值。」學姊說：「但如果是幫不上忙的技術，要如何戴罪立功？」

「沒問題的！不就是要做些秘密行動嘛。我可是超擅長這個的！」

「暫時相信你。」學姊這才放開他的手，轉頭對曉楓說：「比起威脅他不能說出去，我覺得這樣更有效率。他既然莫名其妙被牽扯進這件事，就利……我是說就把他納進來吧。」

「我聽到了，你剛剛想說『利用』對不對？天地良心啊。為什麼全世界的正妹都只會把宅宅當工具人？……」奇偉的詠嘆被麒麟學姊無情地打斷：「總之，若有什麼不該流出去的話語流出去，在這裡的幾個人怎麼看，都是他嫌疑最大。有什麼事情發生，不用客氣啊。」

「這絕對是歧視、是侮辱。若說這裡誰的口風最緊，那必定是宅宅為了守護自己心愛的角色，那就即使死也會守住秘密。」奇偉說著，突然轉向曉楓：「我非常看好妳喔，《魔法少女小圈圈》裡我最喜歡的也是用劍的那個，為了喜歡的男人而犧牲實在太萌了，而且還被——」

「你都說自己進入狀況了，對吧？」學姊說：「那就說說看吧，對於目前的現況，你的看法。」

§

「總之，我認為戰鬥服裝是必要的。」奇偉深思熟慮後，說出這句話。

「奇偉，你做事需要指甲嗎？」麒麟學姊輕快地說。

「不，不要拔我指甲。我是很認真的。」奇偉說：「既然已有像飛雁這樣鬼神般的感官與行動力，在情報面我們能幫的忙其實很有限，在戰鬥面就更不可能幫忙；所以我能想到的第一個可行性是『後勤補給』，也就是裝備。」

「裝備？」常綠說：「有什麼裝備強得過『神劍』無悔？」

——妳不是說過那把劍沒有比廚房裡的菜刀危險多少？

飛雁冷冷的私語讓曉楓差點笑出來。

「『神劍無悔』或許真的劍如其名，是個千載難逢的神裝；問題是，這可是現實世界啊。」奇偉說：「有聽過宮本武藏嗎？武藏面對群戰時不會一開始就拔出自己的佩刀，而是先搶敵人的刀來用，因為真實世界的武裝是會耗損、砍一砍就會鈍掉的。拿神劍去戰鬥，就像拿故宮文物去亂揮一樣不合理。」

曉楓感到飛雁突然靜了下來，就連芸草也開始聽了。

「所以，神劍或許最好是隨身攜帶，但不該是第一時間拔出來迎敵的武器。說句不客氣的話：我並不認為現代高科技的冶金成果會比古劍差，甚至很可能更好。因為古代人沒辦法像現代人這樣，從合金比例到工序，從金屬分子層級分析多種配方與製程、比較優劣，再挑其中最好的作為標準製程大量複製。做不到這點的古代人，就只能遵循一些經驗法則，產出品質落差很大的鐵器，其中難得造得比較好的就是神劍了。神劍碰上那些粗製濫造的鐵器當然是削鐵如泥，但我並不覺得它跟現代的高級戰鬥用刀相比，還能那麼輕鬆。」

「所以，比較合理的配置應該是一個劍鞘『組』，以神劍無悔為核心，同時盡可能多帶幾把戰鬥用的刀劍，應該要把刀劍視為消耗品比較合理。當可以消耗的都壞光了，才輪到神劍出場。而一旦神劍出場，心裡也應該亮起紅燈。就像下象棋，主帥身旁若沒有仕相保護，距離Game over也不遠了。」

說完，房裡一片安靜。

「原來，學長真的不只是個變態而已呢……」常綠悄聲說。

「『不只是』是怎樣!?我本來就是個正直的好青年……」

「聽起來有些複雜，但他說得有道理。」學姊說：「曉楓，你們覺得如何？」

——我來回答？飛雁詢問，曉楓同意。

「奇偉學長講得很有意思。說到奪取兵器之法，本是墨者的入門技巧之一——」

「你是飛雁？」奇偉臉色怪怪的：「被一個古人叫學長，實在有點……」

「那就叫你奇偉吧。」飛雁點頭：「你說得沒錯。兵器會耗損，看成消耗品是正確的。與我同類的靈魂多半也會採取類似的策略。因為兵器可能會隨著時間朽爛，有些甚至早已失去了作為兵器的功能；但只要靈魂還在，就仍可能會遇到他們的劍主。而戰鬥的選擇很多，未必非得用無法替代的那一把上陣不可……」

「但『神劍無悔』一直以來，都是在第一線與敵人交鋒。」飛雁笑了笑。「而這麼做卻還能撐到與你們見面，自有其道理。」

「是什麼樣的道理？」

「用劍之道，本在了悟生死。」飛雁說：「我們其實沒有想要這把劍流浪到永遠。如果它斷了，就只是斷了而已。」

「斷了，你們不就完了？」

「完了，有很多種意思。就像活著也有很多種意思。」飛雁說：「這把劍一直在前線與敵交鋒，活到了現在；倒是有不少待在安全處的兵器，就這麼默默鏽爛掉了。你覺得是什麼道理？」

「你是想說，與其怯懦地呆在原處，不如勇於追求危險，反而能得到安全？」學姊問。

「倒也不用刻意去追求危險。若是危險的時代，危險自己會來找你。」飛雁說。「而若真的來了，也不用太過憂慮，就是正面應對而已。」

「逃跑難道不算個選項？」

「如果逃得掉，確實是相當好的選項。」飛雁笑：「如果逃得掉的話。」

「身為男人，總會有不能逃的時候吧。我很能瞭解這種感覺。」奇偉說。

「不，我覺得你完全沒聽懂他在說什麼。」常綠說。

學姊不理會奇偉與常綠怒目相視，說：「你說這把劍能撐到現在自有其道理。總不會是這種精神面的道理吧？」

「這可不只是精神面的道理。」飛雁說：「危險就像火焰，每次迎來危險就是一次鍛造的過程。若是木造的或草紮的，或許一燒就成了灰；但如果是鐵打的，善用每次的火焰就可能讓你更堅固，更銳利。」

「沒有人是鐵打的吧？」學姊笑。

「這要看妳希望自己變成什麼樣子了。希望自己是草，就是草。希望是木，就會是木。但即使是鐵，若不加鍛造，還是可能會被火焰燒壞。」飛雁說：「但只要擁有意志，人永遠可以將自己變成鐵，甚至鍛造成劍。」

「就像你那樣？」

「我只是其中一個。」飛雁說。「神劍『無悔』經歷過漫長的戰鬥歲月，鍛造過無數像劍一般銳利的靈魂……」

「我知道，你們有很多很多個。連你也不知道有幾個。」

「我是不知道有幾個，但大致可分成三個派別。」飛雁說：「『風神劍』、『雷神劍』與『無神劍』。這三把神劍的影子共同支撐了『無悔』，讓它度過漫長的戰鬥歲月，非但不鏽不蝕，反而更加鋒利。」

§

「『風神劍』什麼的，聽起來實在……有點*中二啊。」奇偉感嘆。

「中二？」飛雁疑問，隨即曉楓在心中給了解答。「喔，聽起來很像什麼少年漫畫的大絕招嗎？但會這麼叫倒不是為了聽起來厲害，而是有其規則。」

「還有命名法則？」

「風神劍的『神』並不是指什麼信仰或神明，而是標示一種境界。進入神境的劍技，將會似劍而非劍。若能跨越用劍的常理，不再拘泥於刺擊砍削等招式，自然也能大大降低兵器的耗損。我擅長的是風，所以叫『風神劍』。」

「風神劍是什麼樣子？露一手好不好？」奇偉大為興奮。

「這……武學又不是雜耍。」飛雁抱歉地一笑：「兵者不祥。能夠不動手，最好就不要動手比較理想。」

「都到了這一步，別再說什麼兵者不祥啦。你以為我們會輕易放過你嗎？」常綠眼睛也閃亮亮的。

「但一動手，肯定會有東西要糟……我會被曉楓罵的。」飛雁十分為難。

「你就儘管來，不用怕打壞，反正社辦裡沒什麼貴重東西。」奇偉宣布。

「要是打壞了什麼，就要奇偉你來賠？」學姊冷冷地說：「……但，我倒也有點想見識一下，只要在合理的範圍內。」

「看吧看吧，社長都下令了！」奇偉跟常綠都快要跳起拜火舞了。

「……畢竟另一方面而言，如果不清楚你的實力，也不知道該做出什麼樣的對策啊。」麒麟學姊說：「別忘了，現代人普遍的常識是劍打不過槍。如果你無法顛覆這常識，幾乎就可以下結論：反正王子這件事是管不得的。小混混也就算了，一旦戳出流氓，大家只得回家洗洗睡了。那還不如一開始就別插手。」

「流氓？」常綠問：「哪來的流氓？」

「妳以為學校裡的混混會沒事去找王子的麻煩？他們打斷他手指，只是因為看他帥嗎？」學姊說：「聽起來不像吧。我倒覺得他們只是被找來的。因為從他父母那榨不出油，只得從王子這裡施加壓力，看能不能逼他父母去做什麼事。」

——跟我想的一樣。芸草突然丟出一句。

「曉楓，妳面對的可能就是這樣的敵人啊，暴力討債集團，不知往上會牽到多大尾的，但肯定是黑道。」學姊說：「妳所謂的『徹底解決』可不會只是去把那群小混混暴打一頓，威脅他們不能再對王子動手，就算完結了啊。像他們這樣的小卒子要多少有多少。即使妳能護得王子的手指沒斷，家毀人亡照樣彈不了琴。妳覺得該怎麼解決？」

——分析得很精準啊。曉楓感到芸草那邊浮現了些許惺惺相惜之情。而學姊的話在腦中繞愈多圈，就像吸了愈多水的海綿貼上心臟，沉重、溼冷的感受在胸口蔓延。

「我……」

「開始明白，自己剛才說出了多麼不得了的話嗎？」學姊說：「妳說要徹底解決，但解決的代價妳真的付得起嗎？」

一時間，房裡的所有人都看著曉楓。那眼神幾乎讓她無法承受。

——王子到底是妳的什麼人呢？

多少都帶著這樣的問號。而比任何人更清楚狀況的常綠，那微張的嘴幾乎就像要說出：「放棄吧，沒人會怪妳的。」再怎麼說，她除了王子名叫王安治，會彈琴且彈得很好之外，什麼也不知道啊！他假日會穿什麼便服、做什麼休閒，就連那樣的畫面都無法想像……

憑什麼是這樣的人？

憑什麼是自己。

——「如果逃得掉，確實是相當好的選項。」

——「如果逃得掉的話。」

曉楓第一次深刻地感覺到無知是種幸福，無能也是。當你知道了，當你可以做些什麼，就再也回不到那種「逃得掉」的狀態了。

「我想，」曉楓聲音很小，卻很確定。「先確認一下，自己能做到什麼。」

這話彷彿極輕的一記雷聲，常綠深吸口氣，連奇偉也斂起笑容。而麒麟學姊的表情倒沒太大變化，只點點頭說：「那麼……」

§

在學姊的堅持下，終究是離開社辦，到了操場。近乎落下的太陽，不開燈的操場已徹底空蕩。

「你要展演『風神劍』，手上沒有劍可以嗎？」

「沒問題。手上有劍當然會讓威力倍增，但即使沒有劍，基本的型仍不會受影響。」

飛雁劍訣指出，曉楓再次感受到指尖前段的空氣開始凝聚成某種不定型的實體。那顯然是不可見的，因為曉楓此時敏銳到極點的五官能精確地捕捉到身旁的幾個人即使睜大眼睛，依然什麼也沒看見，就連最細微的反應都沒有。

「詳細原理要解釋太累了……姑且這麼說吧：所謂邁入神境，是將人的一切磨練到極致，天賦與長年累積的技藝混合，轉化成一種專屬於他的結晶——就像你們所說的鑽石。」飛雁說：「而對我而言，與風起感應是極正常的，我難以解釋為何如此，但就是從小對這種變化極為敏銳。我猜天氣，從來沒有錯過。風會告訴我很多東西，包括怎麼跳、怎麼跑，如何才能成為『地上的飛雁』……」

飛雁說著，輕鬆地繞著他們小跑幾圈，曉楓又感到時間變慢，慢動作的奇偉與常綠表情極為驚訝，他們的交頭接耳傳入曉楓耳裡甚至有輕微的都卜勒效應產生，讓她不易解讀話語內容，因為聲音不只放慢，還會隨著她接近與遠離微妙地改變音頻高低。直到飛雁放緩，她才聽清楚奇偉是在對常綠說：「那是殘像嗎？那是殘像吧!?」

「當速度超過了眼睛能捕捉的程度，就會產生殘留影像……」學姊推推眼鏡：「但突然看到漫畫裡的技巧出現在眼前，也實在是太有趣的體驗……」

「我小時候一直以為自己很會跑，是因為懂得『順風而行』的道理。只要一直讓風推著自己，就像長了翅膀，感覺自己不是用雙腳走，而是在飛，可以就這麼一路飛得很遠很遠，直到吃飯睡覺才需要休息。」飛雁微笑：「狀態好時，甚至能不吃飯不睡覺。那真是絕妙的感受，跑到最後，會像與天地萬化融為一體，世間一切都在支持我的飛行。那種時刻，不論經歷過幾次都數得出來，記得清楚。」

「我剛開始還不知道那時的自己已初步接觸了『道理』。我以為只是順風而行，實際上並沒有那麼簡單。我確實不會硬逼自己與風對抗，但在順風而行的同時，卻又能自由自在地去我想去的地方，那只有一種解釋：我是順著風，而風也會跟著我。當我想去哪裡，風就會隨著我的意志，排出一條道路。」

「這……實在……太玄了吧。」奇偉說。

「用說的或許很玄，但不妨用感受的。想一下你最擅長的事，想一下，當你做著那件事，任意雕塑出自己喜歡的世界時，那絕妙的自由。當你順著那感受飛翔，早已在不自覺間身處在『道理』之中。」飛雁笑說：「當然，那只是開始。剛開始『道理』會慷慨地展演自己，甚至主動擁抱你；但隨著時間過去，你跟它應該愈熟，卻彷彿離它愈遠，只得鑽研更多技藝以求更接近它；而鑽研得愈深，反而愈是迷失在技藝裡，背道而馳。曾有好長一段時間，我覺得自己再也無法像以前那樣奔跑了。」

夕陽的最後一絲餘暉也消失在天際，只剩遠處路燈的微光。

「直到某天，突然間，我又回到了『道理』中，豁然開朗。我終於明白了自己的『神』在哪，而只要不放棄它，我就會一直走在正確的路上。」飛雁低語：「我明白了極端的自由反而是更大的牢籠，而修行則是藉著放棄部分虛假的自由去尋找真正的自由。我尋到了，修行卻沒有抵達終點，因為真正的自由就像道理般永無止盡，你只能活在其中，與其共存。」

「我再次找到了自己的風。而『風神劍』的雛形，也是從那天開始奠定。」

∞

「所以，風神劍是什麼呢？」

「你們都像曉楓一樣看過武俠小說，多少也聽過『劈空劍』或『劈空拳』吧？」

學姊點頭，奇偉跟常綠搖頭。

「簡單講，當勁力夠強，就能迫使風壓變成你的武器。」飛雁沉身坐馬，右拳往前一揮，五公尺外的奇偉突然跳起來。「真的有耶。好像有顆氣球丟到我臉上，又彈開了。」

「楓姊姊，我也要我也要！」常綠跟著跳。

「我剛剛那樣是還沒使勁，但即使真使勁了，效果也不會很大。」飛雁說：「頂多就是把氣球變成硬一點的球，會讓你暈一陣，卻很難真的靠風壓傷到你。若要說效果——」

飛雁下個眨眼就出現在奇偉面前，手刀在他鼻子前不到五公分。

「這樣豈不是快得多？」

奇偉抖了一下。

「因此，劈空拳或劈空劍多是用來練習，一拳隔空滅掉幾根蠟燭，藉此判定拳勁高低；要不就是像剛剛那樣唬弄人，表演效果挺不錯。但若真是高手對陣，多半用不上這招。是有聽過有些人拿這招來突出奇兵，打亂對手步調並藉此取勝，但終究也只是奇兵……」

「說到底，有那空閒去打空氣，不如拿去打人。」學姊說。

「這話非常正確，任何有基本武學素養的人都會這麼想。硬逼著風聽命於你是一種可觀的浪費。如果多花三倍的勁，傳過去卻剩不到一倍，就不划算了。」飛雁說。

「但如果，風不是被硬逼著聽命於你，反倒是樂意幫助你呢？」

說著劍訣指出，曉楓又感到那無形的「氣之弦」被丟擲出去，它才繞上十五公尺外的可移動式籃球架，飛雁就彈撥了那道氣弦，一道細細的風裂響迅捷無倫地沿著氣弦傳去，哐噹一聲命中籃球架的支柱，整座籃球架明顯地左右晃了一下，咚咚有聲。

「就像這樣，若風樂意幫助你，就可能達到近乎『完美的劈空』。從這裡發出多少勁，那邊就收到多少勁。距離、不是、問題。」說著，五道氣弦一一撤出，飛雁劍訣撥處，便是五道勁力發去，分五個方向擊中籃球架，讓它像爛醉如泥般左右晃舞、搖搖欲倒，乃至常綠快要驚叫出聲時，又是一道氣勁擊在絕妙的點，讓籃球架「碰哐」一聲轟響，又坐回原處。

「若有『完美的劈空』，就不再只是出人意外的奇兵，而是紮實的武技了。」飛雁說：「而且，相當難防。」

「這不可能防吧。等聽到風裂聲，再想躲就來不及了。」奇偉說：「真是，外表看起來只不過是236+P的小招，搬到真實世界竟然是大絕等級……」

「236+P？」飛雁疑問，這次連曉楓也不知道那是什麼意思。

「就是格鬥遊戲的小氣功按法，搖桿往下前轉四分之一圈按輕拳……不重要。」奇偉興奮地說：「那你有『真正的』大絕嗎？」

「真正的大絕？」飛雁再次困擾。

「就是那種非常華麗的，一次幾十道劍氣放出去，像機關槍一樣霹哩啪拉，即使對手按『防禦』也會被打到沒血的大．絕．招啊！」

「但如果我放一道出去，對方就倒了，為什麼要放幾十道？」

「那如果第一道碰巧被對方閃過呢？」

「那就再放一道。」

奇偉呃了一聲，好像覺得飛雁很難溝通。飛雁碰巧也是類似的表情。

「行了，奇偉。真實的打鬥不是打來帥的。太多無謂的動作只會浪費體力，更會增加被反擊的風險啊。」麒麟學姊說：「能用一招放倒敵人，就不用第二招。風神劍很明顯是為此而設計的劍技。」

「說得一點都沒錯。」飛雁感激地笑了。

「雖說如此，也實在不像劍技了。」學姊說：「即使你說拿了劍會大幅增加威力，但這不拿劍似乎也可以……」

「不，若沒有無悔劍，風神劍就稱不上完成。」飛雁說：「我說過，三把神劍都是從『無悔』這把劍拉出的影子。因『無悔』而生，也完成於『無悔』。」

「『無悔』這把劍到底有什麼特別？」

「劍不在這裡，也不好說呢。」飛雁笑。「只能說……它是最不適合當兵器的一把劍。當初被造出來時，就不是以那樣的心情去造的。但諷刺的是正因如此，它才能做到其它兵器做不到的事，承受得住其他兵器受不了的激烈劍技、戰鬥與漫長光陰。流轉多年，『無悔』已成了最接近那終極問題的答案。」

「終極的問題？」

「什麼是『天下無雙的一劍』。」飛雁答。「風神劍、雷神劍乃至無神劍，都是對這個劍客的終極問題提出的解答。風神劍是最早出現，或許也因此距離正確答案最遠；但它反而意外地最適合這時代。」

「天下無雙的一劍……」奇偉喃喃自語。「是說，無敵？」

「無敵只是其中一種面向而已。」飛雁說：「要說無敵，三把神劍可說是不分軒輊。但要無悔，那就難了。」

§

曉楓回到家裡。突然好想把無悔劍拔出來看看。

「總之，下次要記得把劍帶來。」奇偉說：「不看看那把劍，我也不太確定該怎麼做。不管你同不同意，我都會試著開發先前跟你說的東西。現在手上沒有實際的東西也不好講，但我只要做出來，你一看就會明白那有多好用。」

「非常感謝你。」飛雁笑：「你讓我想起墨家守城器械部裡的熟手工匠呢。如果你覺得這樣好，就萬事拜託了。」

奇偉愣了一下。

「奇偉學長你的臉怎麼紅起來了？」常綠說：「哎，不行唷，雖然外表是楓姊姊，內在可是個墨家的大叔啊。」

「少囉唆。」奇偉別過頭去。

曉楓取出「無悔劍」，拔劍出鞘，手感似乎比印象裡更輕巧了。她學飛雁左手捏劍訣，輕輕撫過劍身，又草率地挽個不成形的劍花，將劍前指。感覺劍柄像粘在手上成了右手臂的延伸，有種妙不可言的一體感。

——這把劍裡藏了「天下無雙之一劍」的秘密？

「戰鬥服裝也得思考一下。」奇偉背靠著動漫社的椅子，鉛筆在紙上塗塗抹抹。「雖然做不到像蝙蝠俠那種高科技防彈鎧甲，至少像蜘蛛人那種遮掩身分的設計是基本要的……」

「奇偉學長怎麼滿腦子都是超級英雄啊？」常綠說。

「啊不然妳是想設計成魔法少女風？」奇偉說：「我個人是滿樂見啦，但蝴蝶結啦緞帶啦澎澎裙什麼的配件太多，光換衣服就要換個十分鐘實在太不實際。現實世界可沒有那種喊一聲『變身』就可以一秒變身的科技啊。」

「但我真想看楓姊姊扮魔法少女耶。」常綠眼睛閃亮亮：「楓姊姊我們下次一起出團吧。妳還有真劍耶！不出團太可惜了。」

「認真點啊，你們兩個。」麒麟學姊說：「回到戰鬥服裝。遮掩身分是必須的。」

「要能遮掩身分、好動、又能穿在制服底下，這樣才能隨時拉開衣服、面具一戴就可以——」

「奇偉你不要再蜘蛛人了啦！認真一點！」

又一團混亂，學姊看看今天大概是無法得出什麼有意義的結果，無奈地下個不算結論的結論：等看看後續有沒有更完善的計劃，才好決定是否要插手此事。

「不要急著亂來。」她慎重地告誡曉楓：「明白嗎？只要一次，一次的失敗就是後患無窮。這事就會像個幽魂纏上妳，再也擺脫不了。」

曉楓點頭，不會有人比她更清楚了。甚至也不需要失敗，只要一次的介入，就是無法預料的後果。她已踏到了軌道外，並且看到了待在軌道上永遠看不到的陌生景色。說不害怕，是騙人的。

但即使如此，看到眼前這幾個人相互吐槽胡鬧，她還是會想笑。不全是因為好笑而笑，而是一種不容易定義的感受。

那是一種她許久未曾經歷過的感受。就像此刻手握著「無悔」，劍尖前指，指頭與劍柄的熟悉觸感，像無聲地說著，他們確實屬於彼此。

註＊

中二——「中二病」的略稱，從日本傳過來的網路流行用語。中二是「中學（臺灣的國中）二年級」的縮寫。中二病意指在那個年紀（約十四歲）特有的心理狀態。可能指涉的層面很廣：比如覺得自己不被理解、大人好骯髒、世界好複雜，或為了確立自己的特異個性而刻意去做些後來會羞於承認的事情等等，大致融合了人們對那段青澀歲月的負面想像。也因而沒有個明確的定義，當見到誰做了什麼很幼稚又不ＯＫ的行徑，可能就會有人說他「好中二」、「中二病患者」。

第十二章　劍出無悔

永遠不退流行的二元對立。

「老爹，這劍根本不能用啊。」

劍客大叔與老鐵匠，一人瞪著，一人笑著。

「你不是很愛吹，飛花折葉到你手上都可以是兵器？」

「就算您是墨家最好的鐵匠，還是難免有失敗作品。」

壞人臉的大叔哼了一聲。

「邯鄲難得的好鐵就這麼被您打成了把廢劍，快看看該怎麼把它修一下吧。」

「我倒是覺得，窮我一生也再難打出這樣的一把劍了。」

老鐵匠笑著，表情極為滿足。

「你知道這劍叫什麼名字嗎？」

「這劍的名字只是個笑話。真帶它上戰場，我會後悔得不得了吧。」

「即使是現任『勾芒』的你，還是無法使用這把劍……

看來它比我想的更成功呢。」

被稱為勾芒的大叔，表情像覺得老鐵匠瘋了。

「我只負責打造我認為最好的劍，卻不負責用劍。」

老鐵匠說著，把劍又推回勾芒眼前。

「你是用劍的，你告訴我該怎麼用它。」

「這玩意根本不能說是劍。它只是有開鋒的……鐵片！」

勾芒怒道：「當然，樹枝石頭我也能拿來戰鬥。但……」

「如果你不知道該怎麼用，或許它的主人就不該是你。」

老鐵匠說：「它跟你合不來，或許跟你認識的某個人合得來，你想得到可能是誰嗎？」

§

最近曉楓都感覺莫名地疲累。雖不至於影響生活，但就是有點提不起勁。

「是因為治療王子真的耗太多了嗎？」她問飛雁。

「不，那部分我已經補回來了。」飛雁說：「是芸草吧。」

「芸草？」

從那天的討論後，芸草就開始閉關了。幾乎沒有出來講過話。

「在妳睡著時，她很認真地在查找資料。」飛雁說：「而妳醒著時，她就在沉思，幾乎沒休息過。」

「有那麼多東西好想？不是說她對這時代已經理解得差不多了？」

「她只說，局面變得與先前的假設完全不同，所以要重新思考策略了。」飛雁嘆口氣：「她就是這個性，等她想講話時，自然就會回來。」

「你倒是很輕鬆？」曉楓笑。

「我？」飛雁說：「我向來覺得要活很簡單，做好該做的事情就行。聰明人愛去想，就讓他們去想。我要考慮的只有一件事。」

「什麼事？」

「那人是否值得信賴。」

§

曉楓的戰鬥服裝始終沒有好提案。奇偉的提案都太走超級英雄風格，被常綠與麒麟學姊一秒打槍；而常綠的提案又太魔法少女而被奇偉譏笑不實際，兩人險些為此大打出手。最後連學姊都被拖了下來，她一邊抱怨「我很忙耶，暑假的 CWT 差不多要開始準備了……」一邊卻仍構思了幾個版本。

「這是……類似《銃夢》裡凱麗穿的戰鬥服裝？」奇偉說：「全身黑緊身衣確實是很好動啦……但要好穿又實用，質料就要講究，價錢會有點驚人呢。」

「是嗎？我只負責設計，不負責預算。」麒麟學姊又拿出一張紙。「那這個如何？」

「這設計感……原型是參照《攻殼機動隊》的草薙素子吧？」奇偉搔頭：「同樣，好是好，但要做到可以實戰，也是貴得嚇人。」

「真煩人，說到底，我們就是一群沒錢的學生啊。」學姊嘆口氣：「也罷，我也想過類似的問題，所以設下了底限，這版本應該在西門町都買得到了吧？」

「黑色排汗上衣、迷彩長褲、戰鬥腰包……類似玩生存遊戲的裝備嗎？」奇偉說：「可以。可行性高，預算可接受，應該是目前最好的版本。」

「但一點都不可愛。」常綠哭喪著臉。

「大小姐，這可不是出 cosplay 團啊。妳以為真實的戰鬥可以像魔法少女那樣用愛與勇氣打倒敵人？念一串可愛的咒語就能放出閃光拯救世界？」奇偉誇張地嘆口氣：「『功能性』這三個字會不會寫？不具有功能性的東西根本就不該出現在戰場——」

「但我也覺得這提案不夠好。」學姊說著，把紙一折。

「怎麼連妳也……」

「說穿了，這些提案都只是已存在原型的劣化版。」學姊說：「若缺乏獨創性與魅力，會讓我完全喪失繼續往前跟進的動機。」
「麒麟大姊頭，這可不是漫畫耶……」
「不管漫畫還是現實，我就只知道一種生存方式。」麒麟決絕地說：「覺得有趣，就去做。如果任意放寬標準，連無趣的事也勉強做做，我的人生就會失去方向。」
奇偉的表情彷彿已經不知道該怎麼跟眼前這兩個人溝通。
「但我不是說這整件事不有趣。拯救未來可能成為演奏家的少年的手指，這件事本身是有點意思。但要我接著往下想，目前還缺了點動力……」學姊說著，又拿起小說：「總之，好的設定是不會那麼容易跑出來的，我得花點時間……」
可惜學姊接下來就沒有時間了。（自稱是）麒麟學姊第一助手的亦真學姊氣勢洶洶地跑來，顯然再也受不了學姊多日來老是打發她早點走，更看不慣她身旁新形成的「曉楓、常綠、奇偉」小圈圈；就以討論今年 CWT 擺攤作品為由，把學姊整週的時間都訂走了。
而學姊一離開，進度就接近停滯。奇偉繼續去開發他的神奇劍鞘，常綠則試著告訴曉楓一大堆她打聽到的情報。
「聽說那金髮老大的背後是有黑道沒錯。」常綠悄聲說。「聽說是一個叫『天理會』的新興組織哪。」
——天理？天的道理？飛雁被勾起興趣了。
——真有趣，我倒真想跟他聊聊什麼叫天理。
——我想你們的話題大概不會有交集。墨者的「天」跟他們的「天」肯定不會是同一個天啊。
——但天就只有一個哪，飛雁笑：如果不共戴天……
「楓姊姊？」常綠喊了聲。

「呀，謝謝妳告訴我。」

常綠好像很想說什麼，但終究沒有說出口。她仍一如往常地把曉楓拉去所有她參加的社團活動。吉他社正緊鑼密鼓地準備期末成果發表，她看到王子也在那裡，但完全沒有交談。只是遠遠看著他與合作的吉他社社長討論表演細節，聽說是鋼琴、吉他加上人聲。

「妳想學吉他嗎？」突然有個男社員來搭訕。

「不，我只是陪常綠來的。」她微笑。

「這樣啊……」他似乎比曉楓大一歲，表情陽光而熱情。「來都來了，要不要試著彈彈看？今天剛好人不多。」

「不，我……」

——吉他耶。飛雁又開始閃亮亮地興奮。

——你不是要說，你除了喜歡小孩子，還喜歡樂器吧？

——這些東西，誰不喜歡呢？

——你該不會要告訴我，你彈過吧？

——這種新玩意當然是沒有……但以前有彈過類似的，相信不會差太多。

曉楓考慮一下，看看常綠還在熱烈地跟王子與社長討論。左右無事，她也有點好奇古人彈起吉他到底會怎樣。

——也罷，讓你玩一下囉？別太誇張啊。

飛雁歡呼一聲，就接過了學長遞來的吉他。雙手捧古琴似地仔細研究，左手抓著琴頸，試著撥一下弦。

「不是這樣彈啦。」那學長坐在椅子上，抱著吉他，擺出個瀟灑的姿勢。「基本的音階是……」

隨著學長彈出Do、Re、Mi，曉楓注意到飛雁以一種與芸草截然不同的方式在運用他的腦區。當芸草專注時，絕大多數的工作量在大腦與五官，而頸部以下幾乎是多餘，頂多需要手指來翻書；但飛雁動用的並不只是大腦，而是連著全身相關的肌肉一起調動起來，彷彿讓身體也幫助記憶。當學長彈過一遍音階，他已把每個細微動作看得清楚，同時在身體建構起整套運動法則，這個叫Do、這個叫Re、這個叫Mi……手指的按法、手腕與手臂細微的連動、乃至手腦之間的連結，建立、重複確認、加強連結；然後試著打破既有順序，讓自己想彈到什麼音手指就能擺到正確的位置。並沒有真的彈出來，只是幾個細微動作確認自己做得到，就跳到下一步。

學長彈一遍音階的時間，已足夠飛雁將上述流程跑個三、四遍。擺出可愛的笑容請學長再示範一次，學長也樂意重新彈一次音階，飛雁藉此再次確認、細修掉初次建立模式的小錯誤，並強化正確模式的記憶。當學長彈完兩遍音階，飛雁點點頭，就照著彈過了一遍。

學長整個呆掉了。

「妳……是有學過嗎？」

「沒有喔。」飛雁笑了笑：「因為學長你教得好嘛。」

「是嗎……」學長乾笑了幾聲，對這種異常狀況有點不知所措。通常光是音階就可以讓新手痛苦個幾天，而老手也才有表現耐心與技術的空間嘛。但飛雁真誠的笑容讓他完全無法質疑眼前這女孩子可能在說謊，只能說……

「妳真有天份呢。」他又笑了幾聲，這回自然了些：「妳有學過其他樂器吧，難怪手指這麼靈活。嗯，那我們就來試試幾個基本的和弦。」

從《歡樂年華》開始，飛雁重複上述步驟，學長彈過一次，他就跟著彈過了一次，學長再次傻眼。不死心地換了首更進階的曲子，然後再一首、再一首，直到第四首飛雁才開始面露難色，

夜行：風神鳴響
Day Dreaming

讓學長略略鬆了口氣。這首已是他會彈的曲子裡前幾難的了。

「你們在幹什麼？」常綠終於發現異狀，叉著腰跑來關切，看到飛雁，表情略略一愣，然後說：「佑文學長，請不要隨便搭訕我的楓姊姊好嗎？」

佑文還沒來得及答話，飛雁就輕輕說了聲「好」，然後把剛剛那首曲子一音不差地彈過一次。佑文與常綠同時傻眼。

「小綠，這……這個天才妳是從哪找來的？」佑文學長連聲音都發顫了。「她說這是她第一次彈吉他，是真的嗎？還是唬我的？」

常綠還來不及回話，飛雁就開始喃喃自語：「這曲子好聽歸好聽，但想要彈出味道來可不容易啊。技巧太過繁雜，光是想彈對每個音就很難了，而且它描繪的似乎是我無法進入的風景……」「我喜歡的果然還是比較簡單輕鬆的曲子呢。」飛雁說著輕輕撥弦，配著幾個新學到的和弦，開始低吟淺唱。

「前路迢迢，夜幕漫長
　善惡無盡，黎明無期
　誰言天理，何謂正義
　拔劍而行，無悔而已……」

常綠一時看呆了，由著他唱了幾句，這才喊了聲：「楓姊姊！」

曉楓突然驚醒，剛剛與飛雁的思緒過於緊密地接觸，讓她彷彿醒著進入了無邊的夢境。那低沉悠揚的歌聲，是飛雁千年的旅行，也是她自己。無數場景就這麼像一長卷看不盡的畫般飛速掠過，她想看得更仔細點，怎麼看也不夠。當她被常綠喚醒，有一種睡到一半被強制搖醒的不悅感，一時還想再掉回去那個有點悲傷、卻又無限吸引人的夢境……

然後突然發現情況糟了。她最不想要的就是引人注目，而吉他社裡的每個人都在看她，目瞪口呆。

吉他社社長與王子對望一眼，點點頭。

「找到 vocal 了。」

§

「也就是說，」學姊撫著額頭：「我不在的時候發生了這麼多事啊……」

「真不能掉以輕心。」常綠哼了聲：「飛雁根本是個會走路的發電機。」

當晚無論飛雁怎麼道歉，曉楓都不原諒他。「再也不借給你了！」她大叫。而芸草繼續閉關，這點程度的異常顯然還無法讓她出手。真正可怕的事發生在第二天。即使昨天已非常明確地拒絕了邀請，吉他社社長與王子還是跑到曉楓的班上去找她，掀起了不小的騷動。

「我希望妳無論如何，多考慮一下。」吉他社社長說：「妳是那種不上臺太可惜的人，若是妳來當 vocal，我跟他會很樂意為妳伴奏。」

「如果沒有妳，這表演就不算完成。」王子同意。「而那會很遺憾的，畢竟我們在那時都已經看見了可能呈現的完美演出。如果妳能同意幫我們一把，就再感激不過了。」

在旁圍觀的眾人只差沒大喊「答應他吧」，曉楓頭痛死了，到底怎麼會演變成這種場面!?最後還是常綠跳出來，勉強把事情在沒結論的狀態下圓過去。

「本校音樂性社團的兩大偶像聯袂邀請，可真是大事呢。」學姊苦笑。「曉楓，妳怎麼看？」

「當然拒絕。」曉楓斷然說。「那又不是我唱的。我根本就不會唱歌。」

「也是……」學姊說：「即使不考慮這件事，妳也有夠多事情好煩了。」

——而如果不想太煩惱，就得權衡全局的利弊得失，才能選出一條最不會後悔的路。

「芸草!?」曉楓驚訝地說：「妳終於出關了?」

——是啊，這件事給妳排山倒海的壓力，就像成天在我的門外大喊大叫。再說，飛雁說妳不想聽他講話，只好找我出來。

曉楓一時心中浮現了複雜的情緒，但比較明顯的還是感激。

「如果妳不介意，可以直接讓芸草說說話嗎?」學姊說。

「我也想聽呢。」常綠。

「……那好吧。」曉楓同意後，芸草慢吞吞地說：「單就這件事情，只會有兩種解法。第一種解法比較麻煩，但副作用較少；第二種解法則比較輕鬆，但會牽出另一個問題，可說雖然避掉了眼前的問題，就長遠來看卻只是把問題繼續往後推遲……」

她看看學姊跟常綠，說：「抱歉，我稍微調整成『與人對話』的模式。」

說著像一休和尚般，雙手食指在頭側轉了轉。

「首先得遺憾地說，直接拒絕並不是好解法。」芸草說：「這會導致龐大的負面效果。在今天這場面之後，如果曉楓依舊說不，只會引發兩人支持者的強烈憤怒，在可見的未來，日子都會很難過。」

芸草說著，突然惟妙惟肖地變了幾種聲音：「『她以為她是誰啊?有點才華了不起嗎?』、『憑什麼不是吉他社的社員，卻可以去社辦裡踢館，踢完館之後又說不合作，哪有這麼不要臉的人啊?』、『她根本就有陰謀吧?只是去那邊釣帥哥，以為引人注目了就可以拿翹嗎?』……」

「大致如此。」芸草說：「肯定會被這樣大量地攻擊，持續好幾個月的時間。曉楓能否忍受是一回事，常綠聽了肯定會忍不住跳出來保護曉楓，於是會連常綠一起淪陷，變成炮火攻擊的目標。甚至動漫社也可能被牽連進去，如果學姊妳也想做什麼事情……」

「所以，拒絕不算是好的解法。」芸草說著，看了看沉默的眾人。

「那……」常綠吶吶地說。

「只能接受了。」芸草說：「若不想被大水弄翻船隻，最好的方式就是順勢而行。所謂可接受的解法，只有『答應，然後上臺』與『答應，然後不上臺』兩種。」

「答應了，當然就要上臺吧？」常綠說：「答應然後不上臺是怎樣？是說先撐過眼前，之後再裝病躲過嗎？」

「當然不是。那會比直接拒絕更糟，而且很沒格調。」芸草說：「先說『答應，然後上臺』好了，有簡單與複雜兩種做法。簡單的做法是直接叫飛雁去收拾他捅下的簍子，這對曉楓而言非常省時省力，副作用極低；複雜的做法則是曉楓去唱歌，這會比較辛苦，但後續的效果會更理想。」

「哪可能要一個不唱歌的人突然唱得跟飛雁一樣好啊？」常綠叫。

「正常情況是不可能。但我們現在討論的應該算是異常情況。」芸草說：「該怎麼做都已經存在飛雁的腦中，亦即曉楓的腦中。當飛雁教導曉楓，那可不能跟任何一種教學形式的效率相比。好老師經常恨不得把腦中的知識全都『倒給』學生，而曉楓的狀況就類似這樣，該有的、該會的都已經在她腦中了，她只是要設法想起來而已。」

「就長遠來看，這對曉楓是有好處的。一法通，萬法通。這樣的練習有助於讓她掌握我跟飛雁的能力，也能更早成為可以獨當一面的劍主。」

「利用歌唱教學來練功，這種練功形式還真是前所未見……」學姊喃喃說。「但，讓她更加掌握了，真的是好事嗎？」

「是好或壞就很難定義了，隨著事態推演定義都可能不同。我只能跟你們說每一種做法會導致的後果。」芸草說：「而無論是採用哪一種做法，要做就要成功。早上那件事情同時也讓很多人等著看曉楓上臺會怎麼出糗，這是人性嗜血的一面。既然如此，也只能憑實力去跟他們對決了。」

「對決……」

「雙方以某種形式相互抗衡，硬碰硬地決出勝負，這就是對決。作者寫一本書，就是與讀者的對決。歌手唱一首歌，就是與聽眾的對決。當然也有偷吃步的方法，但只擋得了一時，未來還是得付出代價。長遠來看，就是這麼回事。」

「所以，無論飛雁唱，或曉楓唱，都是同一場勝負。」芸草總結：「而要打，就要贏。明知是輸卻仍開打，沒有比這更可悲的了。」

又是一陣沉默。學姊開口：「那麼，答應，然後不上臺的做法……」

「短期來看，是很簡單的。」芸草說：「那些打斷王子手指的不良少年大概十分納悶，為什麼他現在還是活蹦亂跳呢？而等他們想清楚驚訝也於事無補，遲早會再去找一次王子，把未完成的事情做完。」

「我想，在吉他社的期末成發之前，發生的機率很高。」芸草說：「而對策也很簡單，我們只要袖手旁觀，讓事情再發生一次，就行了。」

常綠倒抽一口氣，學姊表情凝重。

「王子手指被打斷，成發自然也上不了臺，演出就此不了了之。曉楓的事件會被這風暴掩蓋，被眾人遺忘，而後續所有的負面效果，都由那些不良少年承擔。」芸草說：「事後，我們再去醫一次他的手指，雖然麻煩又無聊，也不是做不到。這事就這麼結了。」

「這不算結了，只是把狀況又拗回現在這樣。」學姊說：「所以妳才會說，雖是避過了眼前的問題，長遠來看，卻只是把問題往後推遲……」

「嗯。這小小的突發事件與王子的家庭問題相互牽扯，終究會連到一個根本的大問題，就是我們到底要不要救他。」芸草說：「他的手指斷不斷，只是病徵而非病灶。光是救那根手指，並無法真正解決任何問題。兩條路已經很明確地擺在眼前：要救，我們就要做些事，後續發表會由誰上臺只是不太重要的細節；不救，我們就等著看，事情自然會變得一團亂。而如果他手指又被打斷，要我說的話，救不救的差別也不大了。反正根本的大問題不解決，他遲早也是彈不了琴的。」

「所以要就徹底解決，要不就袖手旁觀。」學姊說：「……很殘酷，但確實如此。我猜妳閉關的這些日子，就是為了想『徹底解決』的方案？」

「跟妳交談，實在比跟大多數人交談要輕鬆多了。」芸草笑。

「那就說說看吧。『做法』，與『後果』。」

芸草點頭。又開始用雙手食指繞著頭側轉圈。

§

「……要徹底解決這件事，或許沒有輕鬆簡單的做法。」芸草說：「需要的前置作業很多，會很麻煩，可能會有點危險，更重要的是它一定會對現在的曉楓產生衝擊。」

「這不是一早就警告過她了？」學姊說。

「知道是一回事。當一切攤在眼前，又是另一回事。」芸草說：「我不打算動用任何話術，讓你們覺得這是輕巧可行的事。我根本覺得這整件事是個爛污。王子的死活對我沒差，但對曉楓而言可能有差，作為她的住客我有義務要幫她。至少讓她明白我看到的局面……」

「任何有計劃的惡行，就像病症，都不是憑空出現的。它必然有原因，有其背後脈絡，而最後的犯罪行動不過是『病發』了而已。單純壓抑行為本身並無法解決任何問題，而只會換一種形式發作而已。」芸草說。

「其中最難根除的，莫過於『組織犯罪』。」

「就像學姊所說，不良少年打斷王子手指，光是去把不良少年收拾一頓無法解決問題。因為不良少年背後有人指使，就是暴力討債集團的流氓。」芸草說著，開始在白紙上畫脈絡表：「如果把最底層的不良少年強行壓抑，只會戳出背後的流氓出來解決問題。小流氓上面有大流氓，大流氓上面有更大的，比如會長或堂主，堂主上面有組織的核心幹部，核心幹部上面還有幫主以及大老。一路牽絲攀藤上去，你會發現自己面對的不是少少幾個人，而是整個組織。」

「而即使只是想護著王子、不准誰去動他家，也會一層一層地往上驚動。就像打遊戲，小頭目打完換中頭目，中頭目打完換大頭目。但遊戲裡人命不值錢，歹戲拖棚也無妨；換成現實，如此層層驚動再來被動應對可說是最差的策略。因為永遠只能等對方打過來之後才能打回去，打來打去變成一團爛泥，在過程裡一堆相關或無關的人會被牽連，或傷或死，最後等其中一方打累了或死光了才能結束。這種爛戲，也是永遠演不膩的……」

「所以，妳該不會想說直接斬首行動，把幫主之類的給拔了？」學姊沉思。

「擒王策在這種狀況下是沒用的。因為這只是極小規模的衝突，圍繞著僅僅一個家庭的幸福打轉的事。王子父母能欠黑道多少錢？幾百萬？幾千萬？數字再嚇人，最初也可能只是少少的本金，再用高利貸滾出的虛數暴利。單只是這家的債務，對黑幫而言根本只是零頭。用不法手段，這點虧空隨便都賺得回來。」

「根本的問題在於『威信』。王子的家庭只是成百上千頭羊中的其中一頭，但如果一頭羊造反成功，就可能會有第二頭。他們擔心的是這個。羊的恐懼就是狼的績效。他們也是上班族，只是製造的商品是恐懼與暴力。」

「所以……妳打算怎麼做呢？」學姊問。

「如果問題是威信，那就簡單了。」芸草說：「跳過那些身不由己的基層員工，直接去找有決策權的層級談，要他下令把這事搓掉。既不涉及恩怨，僅僅是生意，只要大頭講話，底下的人也就照辦。」

「妳說得可真簡單。妳剛好認識某個大頭？」

「以前會比較簡單。上回『無悔』醒來時，還有人知道『墨家的鬼神』，也還會給個面子。這種小事件，光靠飛雁的羽翼就護得住。」芸草說：「但時至今日，我猜『墨家的鬼神』大概沒這麼容易行得通。這也是最大的困難點。」

「也就是說，要重建起招牌與旗幟了。」她沉聲說。

「妳該不是要在這片臺灣的江湖開山立派，再請三大幫會給你面子吧？」

「『墨家的鬼神』從來沒有派別。他們單打獨鬥。」芸草說：「而他們行動的準則，也只有墨家最傳統的精神：你幫我，我幫你。你不去侵犯人，當你被人侵犯時我也會救你。」

「那如果對方不信呢？」

「就劍下見真章。」芸草說：「所謂的威信，就是這麼來的。」

「我有點好奇，像飛雁這種墨家的鬼神，在墨家滅亡之後仍以幽魂形態存在的，到底有幾個？」

「聽說本來有三個還四個吧……」芸草說：「他自己也記不清楚，但從我有記憶以來，飛雁就已成了孤雁。」

§

「這耗損率，有點驚人啊。」學姊嘆。

「這種生存之道確實很難長壽。」芸草說：「幸好，飛雁通常會遵從劍主的意願，如果劍主不想，他也可以徹底不管。別說王子的手指，就算王子一家都在他眼前被殺，他也不會產生太強烈的情緒反應吧。畢竟比這更慘的事他看多了……在漫長的旅途中，我們只能貫徹一種方式去活。以飛雁來說，出不出劍都無所謂，但劍出了，就不後悔。他只管這個，也只想這個。」

「把自身活成了劍的男人嗎……」學姊喃喃自語。「還真有這種生物啊。」

「所以，芸草妳說很麻煩，是指要去找那些大頭談判，還要建立威信什麼的嗎？」常綠說。

「如果只是這樣，也不算太麻煩。但這只是開始而已。」

常綠瞪大眼睛。

「就算找到決策者，要怎麼跟他說呢？『那個王家，有個兒子叫王安治的，不准動他們』？」芸草搖頭：「最困難的是如何隱蔽自己的行蹤。當你帶著明確的目的下手干涉了，卻期望對方不會順著這目的回溯到你，哪有這麼簡單？不用太聰明也能順藤摸瓜地鎖定王子身邊的人，一個一個排除，直到找到曉楓為止。黑道是做得到的，甚至可以說他們非常擅長這種事。」

「超級英雄戴個面具就能全身而退，但漫畫還是跟真實世界有差啊……」常綠嘆。

「不，超級英雄能全身而退，是因為他們打擊的犯罪都跟自身沒直接相關，自然也無法順著人際關係網找到他……」學姊說著突然停了，看了芸草一眼。

「不會吧？」她低聲說。

芸草點了點頭。

「妳難道想說，為了隱蔽行蹤，曉楓必須先成為真正的超級英雄？」

「這說法不太精確，不過大致沒錯。」芸草說：「原理很簡單，愈多煙幕彈追起來就會愈困難。當嫌疑的人數超過能追查的極限，無法鎖定一個有限範圍，就只能放棄，成為懸案。」

「我想，在處理王子的事件之前先放三個煙幕彈，最後再補個煙幕彈關門，應該就可行了。」芸草補充。「當眾人追查前三個而疲於奔命時，就不會注意到第四個才是我們真正的目的。最後那個則是用來以防萬一。一個系列事件，得到最多關注的往往是開頭跟結尾，然後是第二起、第三起依序遞減，所以將王子的事件放倒數第二個最不會受到關注。這是人類的思考慣性。」

「妳為了處理王子這件事，竟然還要引發另外四起無關的事件？」

「是的。」芸草笑了笑：「知道為什麼我會說『很麻煩』了吧？」

§

「這實在……」學姊搖頭。「實在不可能……」

「只要有方法，實力足夠執行，就沒什麼不可能。」芸草說：「也不是第一次做了，雖然在這時代會麻煩點……」

「這根本已經超越了幫個小忙的範圍，這是要曉楓整個跨入江湖了。」學姊說：「沒有任何正常人會這麼做。如果是為了什麼至親也就算了……」

「所以才說是爛污。」芸草說：「我也打從心底認為不值得。扯進這種麻煩會害我看書的時間變少，甚至可能危及我這次的活動時間。王子很可憐，但也只是眾多可憐人中的一個而已。若只是看一個救一個，我個人是沒啥興趣……」

「真的沒有更簡單的方法？……治療王子時，不是有消除過他的受傷記憶，不能讓那些討債集團都忘了有這件事嗎？」常綠問。

「我說，妳是打算洗幾十個人的腦啊？」芸草說：「姑且不提有多累了，那也不是這麼方便的技巧啊。比如，我就很難讓妳單單忘了怎麼走到學校或忘了麒麟學姊，除非不顧後果地把與其關聯的機制全都毀掉。大腦可不像電腦那麼方便，按個刪除就能清空而無副作用。對王子能順利，首先那是極為突兀的異常事件，再來那也符合他內心的深切願望，沒人真的想抱著傷痛而活。而即使條件俱足，還是會有殘渣，可能在未來產生無法預期的後果……」

「呃，我腦袋不好啦……」常綠挫敗地說：「但，就不能先簡單地走一步算一步嗎？先把那些人教訓一頓再說，之後再看狀況怎樣……」

「說過了，光是那麼做也沒有用。」芸草耐心地說：「那其實是最糟的一種做法。我剛剛已解釋過，換個方式講好了。所有事情都有它的表面成本與隱藏成本。去把那些不良少年教訓一頓就是典型的表面成本很低、但會帶來大量的後續代價：比如會有人來找回場子，而那些人肯定比不良少年更不擇手段；比如一路延燒下去，最後可能會驚動到某個無法預期的人，引發更嚴重的後果。這些都是隱藏成本。妳現在看不到，但它一定會發生。世上沒什麼奇蹟或巧合，有的只是道理。」

「而妳認為，因為未來可能會支付大量的隱藏成本，不如現在就先選擇那條會付出大量表面成本的路？這樣真的有比較好嗎？」學姊質疑。

「若能將可見的債務有計畫地提前攤還付清，通常都會好很多。」芸草說：「世間的萬事是否成立，都可以看成債務與代價的償還。當念頭啟動的同時，就開始產生了必須償還的債務……」

「比如夢想。學姊妳喜歡畫畫，這件事給妳愉悅與滿足。當妳對自己產生了更多期待的同時，也產生了債務。要償還這『夢想債務』，就要付出大量可見與不可見的代價……直到債務償清，妳才能真正擁有『畫得更好』的夢想。而這個過程，妳覺得是現在開始比較好？還是等妳三十歲才開始比較好？」

「事實上，妳會發現愈晚開始，只會讓代價愈高。這世界給予十七歲少女與三十歲女人的機會是截然不同的。把一個十七歲的夢想推遲到三十歲，除了原本應付的代價之外，還會產生可觀的利息，比如可自由支配的時間變少，比如感性被日常消磨殆盡，以致年輕時看來很簡單的東西變得如此困難。當妳付不出那些利息，夢想的債務當然就破滅了。即使妳付得出那些利息，太慘烈的付出也可能會讓本來美好的夢想變得恐怖……」

「這世界真是殘酷……」常綠感嘆。

「人才講殘酷。世界從來沒有殘酷或溫柔，只有持續運行。」芸草說：「推動世界的是道理，推動人類的則是欲望。一念而起，即成無量之劫。從基本的食與色到更深層的欲望，比如愛、夢想、更好的生活、更正確的世道……愈深層的欲望必然會伴隨愈深重的代價，而深層的破滅也會造成近乎毀滅性的痛苦。所以愈早進行準備愈好。要打或者要逃，一開始就要想好了。最討厭的莫過於要打不打、要逃不逃，就這麼耗著，被徵收了慘痛的利息，卻什麼都沒得到。每次看到這種人，我就會很煩躁。」

「若是如此，這世界上八成以上的人都會讓妳煩躁。」學姊說。

「所以我才看書，不看人。」芸草說。
「所以現在也是一樣。要打，或者要逃，選一個。」學姊說。
「是的。曉楓？」
曉楓突然又被推上前，「嗯」了一聲。
「妳怎麼想？接下來該怎麼走，全看妳的一句話。」學姊問。
「我……」
曉楓滿腦子只有爆炸的聲音。
別開玩笑了。打，或者逃。幫他活，或者看他死。不是變成超級英雄，就是當個陰險而懦弱的小人。為什麼只有如此極端的兩個選項留給她？為什麼就不能當個有點好又不會太好的人，為何要救個人就非得自己跳進火坑。
「我……」
就算救了人，又怎麼樣？無數灰暗的記憶湧上心頭，被嘲笑，被踢打，書包被倒光，課本被亂畫。她救過的那人從來沒有感謝她，從來沒有一點表達。
「我……」
「別再逼她了。這哪裡是現在就可以決定的事情？」常綠站在曉楓面前。
「我……不想逃。」
曉楓說著，好像自己也被自己說出的話嚇了一跳。常綠動作凍結，學姊沉默不語，芸草在心中煩躁地嘆了口氣。
「我，可以不想逃嗎？」她又說了一遍。「我……並不想當英雄，但……」
「所以妳是說……」

「我想看看自己能做到什麼。芸草她既然都說有具體做法了……我想聽聽看，應該也沒壞處吧？」

「到底為什麼……」

「就是，覺得事情不該是這樣吧。」曉楓試著笑，表情卻感覺像要哭了。

奇偉突然從外頭搖搖晃晃地進來，在曉楓面前單膝跪下，顫抖地捧住她的手。

「妳太讓我感動了。我一定會幫助妳。」他宣示：「余誓以至誠，必將賭上全身全靈守護曉楓。若違此誓者，願將我歷年所有的收藏拿去資源回收。男子漢楊奇偉，謹此立誓。」

曉楓一時嚇到來不及思考，第一個反應竟不是抽回手，而是一拳打上奇偉右臉，然後才驚醒道歉。常綠喃喃地說了聲：「蘿莉控……」

「奇偉，你賭上全身全靈也沒用的。她守護的是另一個男人，又不是你。」麒麟學姊簡要的一句話將奇偉瞬間石化。她看著曉楓，欲言又止，最後只伸手搓揉一下曉楓頭髮，輕輕拍了下她的頭，嘆口氣：

「真是個小瘋子……」

§

「無論如何，人是到齊了。」

對再度偷聽的奇偉使用勒頸之刑懲戒後，麒麟學姊說：「芸草，說說看妳的計劃吧。」

「所需的大致已經齊備。」芸草說：「還有些不足之處，大家一起想想。」

她大約花了兩小時仔細說明了每個環節，中間因為時間太晚被警衛趕出校，又跑到附近的麥當勞邊吃薯條邊講，還把紙盒跟薯條擺成陣形以利講解。

「這實在是有點天才……」奇偉感嘆：「妳這個古人，也太跟得上時代了吧？」

「跟不跟得上時代，跟古不古人沒什麼關係。」芸草說：「古代人與現代人主要是差在科技跟環境，但人性……從古到今都沒有比較好，也沒有比較差。」

「這計劃就我看來已經滿完整的了。妳說的不足之處在哪？」學姊問。

「一些執行細節。」芸草慢呑呑地說：「我懶得想，也還沒有時間想，但出錯的話會很糟，所以需要好主意。」

「比如戰鬥服裝？」奇偉問。

「類似那些……」

「我有主意。」奇偉閃亮亮地說。

「別再浪費時間了！」、「別再給我蜘蛛人了！」常綠與學姊同步呵斥。

「這次不是老梗，這 idea 是進化後的版本呢！」奇偉開始講他的想法。講完一片死寂。

「給點意見啊。」他懇求。

「……有點微妙。」學姊說。

「有點變態，很像學長會提的主意。」常綠說。

「但，算是有可行性。」芸草說。「前提是要如何弄到那麼多不同的——」

「來源沒問題，我有認識的朋友。」奇偉說完，又被常綠罵了聲「變態」。

「那就值得考慮了。」芸草說。「這策略確實有其優勢。無論是執行面或成本面……」

「雖然不想承認，但這主意滿有趣的。」學姊說。

「你們怎麼一個一個都……」常綠難以置信。「楓姊姊，妳也說句話啊。」

「我……沒意見喔。」曉楓說。

「連妳也……」常綠一臉被背叛的表情，但曉楓其實沒太多心思想戰鬥服裝。光是前面將近四個小時的作戰策略就塞滿腦袋，衣服可能是她最不在意的一塊，只要別太誇張就行。

「那就這麼決定了。常綠，要麻煩妳犧牲一下喔。」奇偉輕快地說。

「我不要！」

第十三章　寧靜亂世

星月無光。
是厚雲遮擋，抑或，是累到已經無力看清？

光頭大叔喘口氣，斜倚著石頭，望著無星無月的夜空。
他的心思仍澄明有力，雙眼卻只想閉上。
從齊國跑到這裡，七天七夜，只吃少少的餅配水，
即使有功夫在身，即使是他，也撐不住。

但眼前還有三晝夜的路程要趕。

過去的七晝夜，與將來的三晝夜……每天都像死一次，又活一次。
他早已習慣這種壓迫感，強行鑽過那道生死間的狹縫。
他每每跟弟子打趣，就是因此才會早早禿頂。
該長的頭髮不長，沒用的鬍鬚倒是茂盛。
年輕的弟子笑了，
舊的弟子也笑，但笑得保留。

他們知道老師年輕時可是很帥的。

當他向弟子講述道理，與儒者論辯時，

夜行：風神鳴響
Day Dreaming

且不提他的道理明晰、言談銳利似劍，
光是看他的樣子，聽他的聲音，
就會想要相信他、跟隨他。

儘管歲月催磨，他又對自己如此苛求，
此刻的大叔已超越了美醜，
就像高溫噴發後又冷凝的黑曜。
即使蓬頭垢面，短褐穿結，
光是站在那裡便像座神像，令人不敢逼視。

但現在，神像卻倒在無光的草原上，
望著無星無月的夜空，
嘆了口長長的氣。

嘆氣是多餘的。善於內功者應該將那口氣深深吸入，
鼓動筋絡、活絡血脈、積蓄元氣。
但他累得就連氣也吸不進去。

即使有功夫在身，也是沒用的。
如此沒日沒夜的長距離奔跑，除非是天賦異稟之人……

「老師您休息夠了嗎？」
蓬頭垢面的小子突然出現了。
「前方的路我都探清楚了，沒問題，可以一路跑到郢。」
光頭大叔笑了笑，想說一聲做得好，張開口卻沒聲音。
「好燙。」小子摸了摸他的手，驚叫。
大叔就連點頭的力氣也沒了。
小子有點靜不下來，邊跳著邊想辦法。
任務失敗了。
這任務從一開始就不順利，原本不可能只剩他跟大叔的。
當初從齊國出發時裝備齊全，有馬，有人，
結果半途被伏擊，一路失散至此，只剩他跟大叔仍在趕路。
小子跑了出去，非得要動起來，他才能思考。
遭伏擊時，大叔被箭擦傷。
箭上有毒，雖是立刻逼出了毒血，也敷了藥，
但接連七晝夜的奔跑，殘餘的毒藥就挑在此刻反撲。
他立刻依照墨家的教導找到草藥，內服外敷。

大叔的呼吸漸漸平穩，體溫也降了下來，但……

太陽升起，任務卻已陷入一片黑暗。

除非……除非……

小子背著陽光，背起大叔，
祈禱著，風啊，幫助我吧，別在此時背棄我。

然後開始拔腿狂奔。

§

開始行動之後，便利商店變成了某種可怕的地方，還有早上的捷運。

「直擊！制服癖扮裝變態現身！」擺在便利店門口醒目處的某水果日報。

「蒙面怪客！真面目是男？是女？」捷運報。

「現代義賊!?廖添丁再世?」快餐店的新聞跑馬燈。

「也太蠢了，義賊？」芸草喃喃自語：「有偷東西才叫義賊啊……下這標題的人，文字也太不精準了吧。」

曉楓默默地低頭吃飯，刻意不看螢幕。

∞

確定要動手之後，芸草就更苛求地檢視整體戰略，其間細節修過無數次，足足改了三版才底定。每有更新，她會跟曉楓回報，曉楓就點頭說好。等芸草終於滿意了，說：「那麼，按照計劃一步一步進行囉？」

當曉楓一點頭，整個世界就過於飛快地轉了起來。

要重建起招牌與旗幟，首先得打亮超級英雄「神劍飛雁」的名號。

「漫無目的地打擊犯罪是不行的。要限縮在最少的步數內達到目的，每一步就都要很有效果才行。」

所以芸草的第一步選的是綠林幫，號稱勢力遍佈全臺灣，在政商、金融、媒體、演藝圈的關係都很良好。

「既然有媒體掛鉤，這一步踩下去就可能會引來媒體報導。」芸草說。

「難道不是剛好相反，消息會被壓下來嗎？」學姊問。

「正常是會壓下來，如果他們自認有辦法處理。」芸草說：「所以必須確保他們明白，這是靠他們自己絕對處理不來的狀況，自然就會換一種方式處理。」

「一定要弄得這麼亂？」

「愈亂，愈安全。」芸草說。

於是飛雁單槍匹馬地殺進綠林幫位於高雄某個大堂口，與堂主對坐喝了兩小時的茶。這密室對談的內容並沒有對外曝光，因為辦公室外頭看門的小弟都被打得東倒西歪、在最初的三十秒就全體失去意識。等後續被叫來的支援人力趕到並闖進辦公室時，神秘人物早已不見蹤影。

「他們肯定會先從實際面，比如幫派尋仇開始推想，所以接下來要打破他們種種不正確的猜想。」

接下來是五都幫，該幫與綠林幫有宿怨，雖然近年走和解而互不侵犯路線，一旦綠林幫發生什麼事，五都幫肯定是頭號被懷疑的對象，所以成為芸草規劃的下一個戰略目標。模式改變，臺中的某大堂主在應酬後的凌晨遭到突襲，現場只留下昏迷不醒的小弟與車門打開的黑色賓士轎車。二十四小時之後，該堂主神情恍惚地回到住處，對小弟禁口不言，只走進辦公室打了通電話，說要緊急召開中常會。

「一旦所有想得到的可能都被證明錯誤，他們才會真正明白：有個常識外的存在已然入侵了他們的領域。」

大約在綠林幫與五都幫開啟了極罕見的聯合高層會議同時，第三大勢力的真理盟也發生異常事件：位在桃園某分會長的住宅被蒙面的神秘客入侵。與先前不同的是這回外頭站崗的小弟完全沒察覺屋裡已發生異變。當他們接到老大手機時，神秘客早已結束了約莫一個半小時的拜訪並從容離去。只留下一屋子臉色灰敗的大人，還有被逗得很開心的孩子。

所有入侵事件都只留下了某些宣言，但內容未明。外流的內容僅是一條電子信箱：Shinken.Fayyen@gmail.com，聽說這是該入侵者的聯絡窗口。但要如何使用這窗口所有黑幫則一律緘口，外界無法知情。非相關人士只能知道有事情發生了。大約在真理盟分會長住所入侵事件前一週，蒙面怪客的消息就開始在媒體上大量曝光，逐步引發群眾熱議；並在第三次入侵事件的隔日達到高峰，同時警方介入調查。全民狩獵的形式已然展開。

此外，「進擊的女高中生」的傳言也開始在網路蔓延。

「聽說蒙面怪客行動時總是穿著雄女的制服。」網路上有人如此爆料：「還戴著夜市賣的媽祖面具。」

下面有人回應：「但我聽到的是穿臺中女中的制服，戴著 Open 將面具耶。」

「我怎麼夢到有人跟我說他穿的是武陵高中女生制服，戴著鋼鐵人面具？」有人指證歷歷：「在夢裡，當那些小弟聽到呼救聲闖進房間，看到大哥正被身穿制服的女高中生踩在腳底，還以為在玩什麼特殊 play，急忙說聲抱歉打擾了然後關門。後來想想不對，來『上班』的女高中生哪可能戴什麼鋼鐵人面具？急忙進去，然後瞬間就被打暈了……」

這篇做夢文在 BBS 板上被推爆，又被轉錄到各大社群網站與微博，毫不意外地成了當晚新聞的題目，以及隔天水果日報的動畫內容。

「女高中生制服到底有什麼策略上的優勢？」常綠質疑。

「首先是『過度證據』。」芸草說：「曉楓身材瘦小、聲音年輕，再怎麼掩飾，都難免被對方往『年輕女性』的方向猜。愈想遮掩，只會讓對方更確信。那還不如把這劣勢用誇張的方式刻意放大、強調，如此對方反而會疑神疑鬼：『為什麼他要強調是女高中生？這其中莫非有什麼詭計？』，這就是心理上的防壁。而且飛雁的動作跟語氣其實天生就不像女生，這些無意間泄露的細微跡象，與上述的過度證據加成，更容易把追查者導向錯誤的方向。」

「再來是『進退場機制』。無論性能再好的戰鬥服都難免一個問題：就是沒人會穿那種衣服逛街。若穿著奇裝異服行動，就會造成『進場』與『退場』的困難。雖然都是可以克服的困難，但不利因素當然是愈少愈好。」芸草說：「而制服正是為了抹殺『個人性』而存在的東西。同樣的制服，在校的學生有多少？畢業的學長姊又有多少？有太多人可能擁有這套服裝，嫌疑犯的範圍就很難縮小。再者，若是放學時間，到處都是穿著制服的學生在亂晃，混進人群就等於隱形。這才叫理想的退場機制啊。」

「嗯，這跟我想的完全一樣。」奇偉點頭。

「少來。你只是想看到穿著女高中生制服的超級英雄吧？」學姊翻白眼。

「奇偉，你說你有來源？」芸草問。

「我認識一個朋友收藏得非常完整，而且能免費租借。」奇偉說：「他是小綠的粉絲，只要小綠願意穿著他的收藏品拍幾張照片，要借個十幾二十套根本不是問題——」

常綠正待抗議，芸草已經開口：「別鬧了，這方法行不通。萬一他日後比對，發現那些惹出事件的制服全都符合他出借的清單，我們隱藏蹤跡的努力不就白忙一場？」

「對啊對啊。」常綠說。

「所以，你還是直接告訴我他住哪裡比較快。拿幾件制服對飛雁而言根本不是問題。」

「妳要直接用偷的？」

「會還。」芸草說：「如果他的收藏真的像你說的那麼完整，全臺灣這麼多所高中，他立刻發現少了幾件的機率應該不高。」

「好過份……這樣我好像在出賣朋友。」

「你發過誓的，要盡全力幫助曉楓，不然就丟掉自己所有收藏。朋友或收藏，選一個吧？」

「芸草妳這惡魔！」奇偉抱頭。「……好、好嘛，我給就是了。」

「而且我不只要一個。」芸草冷酷地說：「像這種次文化的同好，一定會有自己的交流圈。我要至少三個來源。少五件可能會顯眼，少一兩件就很難發現。平均分攤掉借用量，就能把被發現的風險壓到最低。」

「我真的沒有三個來源啦。」奇偉哀嚎：「我只認識這一個而已。他們小團體之間怎麼交流，誰知道啊？」

芸草看了他三秒鐘，點點頭：「……那好吧，給我他的地址。」

奇偉一邊叨念著「鬼」、「惡魔」一邊寫下紙條，遞給芸草時手指把紙條捏得死死的。芸草眉毛微挑。

「……至少要讓小綠跟我去一次他家，穿幾件衣服拍個照，算是借衣服的代價。這是我的底線。」奇偉說：「什麼都不給，就只是把他當工具人，這我無法接受。」

「好。」芸草說。

「不要幫我答應！」常綠叫。

「常綠，這很重要。請你幫這個忙好嗎？」芸草定定地看著她：「就當是為了我。」

「不要用那張臉跟我說這種話！」常綠掩臉：「妳太惡毒，太惡毒了……」

「小綠，沒那麼嚴重啦。他不是壞人，我保證不會發生什麼事。」奇偉說：「就當作是cosplay，那也就是另一種角色服而已。」

「但我覺得很噁心。」

「呃，妳是怕他自己穿過嗎？」

「如果只是穿過，那倒是還好……」常綠冷笑一下，低頭沉思良久。

「……要去他家，我也有底線。我要飛雁一起去，確保不會發生什麼事情。」

——好啊。飛雁漫不在乎地應了一聲。

「沒問題。」芸草回答。

§

雖然曉楓是在第一線看著一切發展，但或許也是其中最沒真實感的人。再怎麼說，要當超級英雄去打擊黑道，又要跟校園偶像一起上臺表演，不管哪個都太超現實了，單只是其中任何一個撞進來都可能立刻把她壓垮。但當這兩個巨大壓力源同時降臨，反倒帶來某種痲痺的鎮定感。人的感受真是奇妙。

「還不說實際動手有多累，光是擔心就飽了吧。」常綠同情地說。

「我其實沒有很擔心……」

「妳不擔心!?」

更正確的說法是擔心也沒用，所以索性放空了。曉楓覺得自己好像歷史劇裡的無能主公，說完「我知道了」、「就照辦吧」後，就沒剩什麼事可做了。芸草跟飛雁把事情做得極乾淨俐落，先前宣稱「這不是第一次做了」絕非虛言。他們一動起手來，快得連擔心都來不及，事情就一步一步往前推了。

放完第三個煙幕彈，亦即入侵真理盟分會長住處的事件後，芸草說先暫停，讓效應發酵一下，順便觀察情勢。

「先前的三個煙幕彈都有留下明確的宣言。」芸草說：「要他們從此不做工程圍標、色情行業、暴力討債、走私毒品、走私軍火……如果做得到，乾脆轉型成正當企業算了。既然不可能做到，他們就只會繼續過往的行為模式，然後等著看看會怎麼樣。所以我們接下來就針對單一事件進行突襲，把王子的事件偽裝成實現諾言的一部分。天理會既是真理盟底下的組織，讓它成為殺雞儆猴的那隻雞就不會起人疑竇。最後再針對綠林幫或五都幫旗下的某個違法組織動手，把第一隻猴子也懲戒之後，就可以消聲匿跡了。」

「目前，這三顆煙幕彈應該夠他們忙上好一陣子。」飛雁說：「時機成熟之前，就只要看好王子即可。」

曉楓點頭，真沒想到，當社會為了「蒙面怪客」鬧得沸沸揚揚之際，自己竟然還能正常上下學。如此缺乏現實感，或許是因為那些事件都是發生在她的夢裡，只是很清晰很清晰的夢境。在夢裡旁觀著飛雁將芸草的計劃逐步實現，去了，又回來。十步一人，千里不留行。

「現代科技進步的幅度，是過往的任何一個時代都望塵莫及。」芸草說：「卻也因此，現代人根本無法想像以前俠客的行事風格。即使聽過傳說、看過文字記載，也會斥為荒唐。比如……」

「只要不採用任何一種已知的交通工具，警察就無法懷疑到妳。因為在他們的認知裡，從臺北到高雄根本不可能用人腳一日來回。只要妳沒搭火車、高鐵、客運、計程車、開車或騎車，怎麼說也不可能星期三下午請個病假，星期四還能準時去上課……」

「但飛雁卻做得到。曾陪著墨子在十晝夜間從齊國趕到楚國首都，這點距離對他根本不成問題。」

「現代的道路可比戰國時代好上千倍啊。」飛雁笑。「以前碰上窮山惡水，不是繞路，就是得硬著頭皮翻山越嶺。現在有柏油路可以走，簡直太幸福了。」

「如果目的地是臺中，就連病假都不用請了。」芸草說。「而刑事偵查常用的微量物質轉移定律也不適用於『風神劍』，妳既然沒碰過現場的任何一樣東西，就根本無法證明妳到過現場。換言之，只要面具不被摘掉，不要被看見或拍到，妳就只是一抹眼不可見的幽魂，這世界所有現存的體系都奈何不了妳。」

「在一個放棄了劍的世界，神劍飛雁基本上是無敵的。」芸草如此總結。

這論點確實具有無可辯駁的說服力。

雖然理論上知道可行，實際執行起來，仍是曉楓有記憶以來最瘋狂的悠長夢境。

在預設的起點，城市邊際的大樓樓頂，飛雁全身黑衣黑褲。連背包與球鞋也是黑色，又戴上只在眼睛處挖了兩個孔的頭罩，整體就像個立體的黑影，只有手上的無悔劍發出暗沉的銀光。

「……真的不會被看到嗎？」曉楓飄飛在自己的腦後看著天色，下午一點，即使多雲，視野依然良好。

「這路線已經把被目擊的風險降到最低了。」芸草在腦中一一確認關鍵路標。「重點並不是天色亮暗，而是在目擊者的視野裡停留的時間。若只是一閃而過，就不會留下印象。只要沒被錄影，也無法追蹤。」

「在這多山的島嶼，有太多可以隱形的路線了。山林邊緣、老舊城鎮與非主要幹道……即使在這時代，驅散妖魔的火光依舊只限於大城市呢。」芸草笑：「而在那些文明的火光能照到的範圍之外，就是我們的領域。」

曉楓透過芸草之眼看著眼前的路標，與其說是路線，不如說是航線。又透過飛雁之眼，感到自己與吹來的每一道風緊密連接，有形與無形，漸漸重合為一。

飛雁深吸口氣，從樓頂躍下，開始飛速奔走。他重複著走、跑、縱躍。縱躍時全身放鬆，真氣卻持續透過無悔劍纏繞、編織起周圍的空氣，在背後展開成翼狀，這是風神劍的變形。

「……好厲害，真的是飛雁耶。」曉楓說。

「……啊不然咧？」飛雁苦笑。

那飛翼並不是用來像鳥一樣揮舞。多數時候是用來滑翔，極大地拉長滯空時間。滯空時會感到自己被各種力量牽扯、支持著，有種永不會墜落的絕妙感受。雖然在下墜時就會明白那只是幻覺，但那幻覺卻是很重要的，對於下一次飛翔而言。深吸口氣，奔跑縱躍，享受那短暫的永遠。

迅速地翻過一座山頭，然後又是一座。無數景色滑過曉楓眼前，讓她甚至無暇思考未來，就只是重複著飛翔，光是飛翔本身就意味著充實與幸福。這或許正是作為「飛雁」最素樸的樣貌。

當飛到最高或最低、無以為繼處，那飛翼又是可拋棄的階梯，解開的瞬間藉著反作用力躍得比最高更高，或者讓著陸和緩；有時則作為拉扯的繩索，將每一道風化為自身的推進，將沿途的每個物件化為可能的立足點，僅僅一根樹枝的張力就能支持下次的起飛。整個飛翔就是個繁複的極限運動。在過程中，生命被極度凝縮成某種塊狀的感受，像三度空間的電影底片，在每次飛躍中連續格放，諸般細節隨之蜂擁而來。

比起後續闖進黑道頭子的家裡做什麼，或許那飛翔的過程佔了她更多記憶。看起來只是重複著走、跑、縱躍，卻沒有兩次的縱躍是完全相同。加總起來，就飽滿得只有夢境才可能負荷這種瘋狂的容量。在林間穿梭；在產業道路上奔走；踏過荒山的宮廟屋瓦；看高壓電塔在身邊閃過；遠方高速公路的車流像群巨細靡遺的玩具模型，並總是瞥見同一間貨運公司的卡車；在飛騰中遠眺雲霧籠罩的聖稜線，有一種近距離看見巨獸背脊的幻覺。

但在夢中再多冒險，隔天一睜眼，就回到了真實世界。只要沒有東西提醒她，日常生活簡直平靜得像假的。若勉強要抱怨，就是看見夢中的場景出現在新聞裡有點驚悚；但相較於它在社會造成的巨大喧嚷，曉楓覺得這點不快簡直不值一提。再說即使再引人注目的新聞，一週後還是會被更聳動的新聞蓋過去，比如臺北某處又驚傳連砍數十刀的殺人案，據稱歹徒犯案手法熟練，很可能不是頭一次犯案云云，於是民眾的目光又被殺人鬼引過去，蒙面怪客轉眼只剩偶爾上上跑馬燈的新聞價值。

比起有一個遭到全國黑道追殺的隱藏身分，她覺得與王子同臺演出的壓力還比較大，這件事即時而確切地壓在她的胃上，想到就抽痛一下。她原本覺得自己實在沒什麼餘裕學唱歌，所以還是希望飛雁代打，沒想到飛雁竟然拒絕了。

「這兩件與王子相關的事：他家的問題，與上臺演出，我只會幫妳其中一件。」

曉楓簡直難以置信。

「這件事對你不是很簡單……」

「對我是很簡單。」飛雁說：「但也因此，由我去做幾乎沒有意義。」

「你怎麼可以……這明明就是你弄出來的爛攤子，為什麼不是由你來收尾？」

「我確實會負責收自己的爛攤子。」飛雁說：「但這件事不算爛攤子，它是好事。」

曉楓覺得飛雁簡直不可理喻，為此跟他冷戰了兩天，只跟芸草講話。芸草到後來感到有些困擾。

「或許妳該考慮原諒飛雁了。」芸草說：「他就像把利錐，很難找到能裝得下他的囊，只會刺破然後掉出，哐噹一聲落地。但他不是有意的。」

其實這麼多天來，該平息的情緒也平息了，曉楓只是一時想不到話跟飛雁說。

「芸草，妳眼中的飛雁，到底是怎樣的人？」

「某種神秘的自然災害。」芸草如是說。

曉楓噴笑出來。

「我是認真的。」芸草說：「他是很容易理解。大概聊個天，還不用太久，就覺得已經差不多看透了；但即使到了今天，我還是無法精準地推算他的每一步。尤其是在某些重要的關頭，老是給我『驚喜』……」

「所以說是神秘的自然災害。」曉楓說。

「這種人就像風，存在就意味著改變。改變會推動更多改變，乃至進入渾沌而不可預測之處。」芸草歎口氣：「『為學日益，為道日損，損之又損，以至於無為……』」

「『……無為而無不為』，飛雁就是這種人。」

芸草沒想要詳細解釋名詞，曉楓也沒很想問。

「但，現在是打仗的時候，自己人不要吵架比較好。」她補充。

「如果我跟他吵架，會讓妳很困擾？」

「那當然，我想看書呢。」

曉楓又笑了。芸草總是這樣，有時這樣的人反倒讓人安心。像飛雁那種什麼都不要的，就根本不知道該怎麼對他。

「……儘管他對我是一場天災，但或許對你而言不是。」芸草說：「在我看來，妳跟他還是有某種類似之處。」

「到底有哪一點類似啊!?」

「『無為而無不為』這一點。」芸草笑。

§

與王子約定的團練時間愈來愈近了，曉楓想說事情總該有個了結，飛雁顯然也有同感。在一個放學的午後曉楓呼喚他，飛雁就立刻回應了。

「妳準備好了嗎？」他問。

「……除非你給我個好理由，為什麼這次非要我上臺不可。」

「這個嘛……」

「如果是很鳥的理由，我可不接受。其他人也就算了。你一直看著我的心，應該知道我對王子並沒有什麼特別的好感。這種送作堆的感覺讓我很不舒服。」

飛雁噢了一聲。「原來如此。我終於明白妳生氣的理由了。嗯，真怪啊。」

「……怪什麼？你該不會真的以為我對他有好感吧？」

「妳誤會了。我說的怪是指，明明共用著同一顆心，卻還是會產生誤會這件事。」飛雁說：「就像我跟芸草，即使這麼多年，我還是無法理解她，她也沒辦法理解我……即使我一直看著妳的心，仍有許多地方是被遮蔽的。有些地方連妳自己都尚未明白，更何況是我。」

「但這件事妳是真的誤會了。我宣誓要保護的只有妳一人而已，王子始終都不在我考慮的範圍內。我說這是好事，是指它對妳很有幫助，所以才是好事。」

「為什麼？」

「就像芸草說過的，這是很好的練習。」飛雁說：「妳以為唱歌跟武學沒有相關？唱歌正是探討如何運用氣的法門。表演歌藝的人與聽眾之間的對決與比武決鬥的性質並無二致，只是沒有見血而已。我一直想讓妳學會掌握力量的方法，習武是一種可能，但妳對舞刀弄劍的興趣不高；如今有機會能讓妳練習一些重要的基本法門，我認為是絕不能錯過的。」

「我為什麼非掌握力量不可？你跟芸草不就可以把事情做得很好？」

「要用話語解釋只怕不容易。不如直接走一趟吧？」

飛雁沒解釋要去哪，就又開始飛奔。曉楓已經好一陣子沒在太陽下山前飛簷走壁，而且這次沒什麼急著去做的事，懷著遊玩的心情在大樓的樓頂與外壁飛跳穿梭，好像是第一次，她覺得自己真的在享受這種感覺。

到了一所陌生的學校，比曉楓現在唸的學校志願序更高兩階。飛雁在附近最高的樓頂駐足，開始四處張望。

「有了，妳看。」

曉楓順著飛雁的視線看過去，在被真氣極度增強的視野裡，清楚地看見一個熟悉的身影。

「她是妳惡夢的來源吧？」飛雁問。

那房間似乎是學生會的辦公室。比一般的社辦要大，有更多的鐵櫃與文件櫃，還有用來開會的白板、投影機與大木頭桌。那女生正在跟三兩好友談笑。

那是曉楓最不想回憶的笑容。

「妳也清楚，這距離對風神劍而言綽綽有餘。」飛雁說著，取出了無悔劍。自開戰後，就用個收竹刀的袋子將無悔劍裝著。對外說是動漫社的 cosplay 道具，因為是偷拿父親收藏，總不好放在社辦，只得麻煩地背來背去了……

曉楓確實見過風神劍真正的威力。

「三把神劍皆因『無悔』而生，也完成於『無悔』。」

飛雁這麼說是有根據的。無悔劍的特別，讓它完全不適合拿來當劍使用。在動漫社時，奇偉一看到它就皺起了眉頭。

「這玩意根本不能用吧？」他說：「它沒有劍脊耶。」

「劍脊？」常綠問。

「人沒有脊椎骨會變怎樣？會像章魚一樣沒有固定形狀。」奇偉說：「所以刀有刀背，劍有劍脊。一般劍的切面是長這樣的。」他在紙上畫了個被拉長的菱形，然後把菱形的中間部位圈起來。「就是這個結構支撐著整把劍，砍劈時才能劈得斷東西。要不，只要砍個什麼稍微硬一點的……」

說著，他把劍鋒放在木頭課桌上，輕輕一壓，劍就凹成了淺弧形。

「就會像這樣，根本砍不進去。因為它是軟的。」

「我有聽過軟鋼刀這種兵器。」麒麟學姊說：「有人會把它藏在腰帶裡，臨急時拿來當兵器使用。聽說只要灌注內勁，照樣可以劈斷東西。」

「是吧，應急是可以啦。問題是什麼樣的兵器會被拿來應急呢？理論上應該是好攜帶，但不那麼好用的東西吧？好用又好攜帶的兵器就直接拿來當主要武裝了，為什麼要把它藏在腰帶裡？嫌自己命太長嗎？」奇偉說：「妳說內勁，內勁或許真能做到些神奇的事，可以把軟鋼刀都變硬的；但無論再神奇，如果雙方內勁相同，一邊拿軟的劍，一邊拿普通劍，彼此互擊，誰會吃虧？」

「理論上是軟的那邊會吃虧。」學姊點頭。「你這鬆軟的胖子也難得會說出中肯的話。我同意。飛雁？」

飛雁等奇偉的叫囂告個段落，微笑說：「如果把它當劍使，的確是最差的一把劍。當初就連我的師父勾芒也對它沒轍。」

曉楓心裡突然閃過一個畫面：那壞人臉的大叔把劍丟給飛雁，說了聲：「這廢物劍跟你倒也匹配，拿去吧。」

「但它的厲害之處，是在其他地方。」飛雁說著，左手捏住劍尖，猛地往下一扳，常綠尖叫出來，就連奇偉也不禁喊了一聲，因為整把無悔劍被彎成了一個○型。飛雁捏住劍尖的左手腕與握持劍柄的右手腕對碰一下，左手放開，劍又彈回原本的模樣。

「這是什麼變態的記憶合金!?」奇偉叫。

「這可不是記憶合金，就只是鐵而已。」

「你騙人，鐵哪可能有這種功能？這是鈦合金還是什麼最新的航太材料吧？要不就是什麼天外隕石裡提煉出玄鐵之類的、地球根本不存在的作弊金屬……」

「不，奇偉，這把真真實實就是鐵劍。或許有混入少許別的金屬，但沒什麼作弊金屬。」飛雁說：「若要說有什麼不同，就只有打造它的人是特別的。」

「你是說古代中國就已經有了打造出記憶合金的黑科技？」

「那時大概沒什麼記憶合金的概念吧。」飛雁笑：「所謂鐵匠，就像你說的，只能依照師父傳授，或自己多年體會的經驗法則。真正好的鐵匠非常少，導致神劍也極為罕見……」

「但真正貫通了天地之理的鐵匠，就像習得了神技的武者，自身的技藝會被磨練到難以想像的境界。比如當他想著要打造一把怎樣的劍，是輕如羽毛，堅如磐岩，抑或柔得像水，自由如風；鐵就會隨著他的意念，延展成他最想要的樣子。」

「這什麼……你該不是在說什麼在打鐵時加一點頭髮或骨灰，劍就會變得無堅不摧吧？那根本不科學。」

「你們就只知道這些支微末節的、加頭髮加骨灰之類；卻忽略了遠比那更重要的東西，那就是鐵匠的意志。」飛雁說：「如果鐵匠能跟鐵相通，在每一下錘打、鼓風與淬火裡讓它依照自己想要的方式結晶，當他的意志與鐵融為一體，凡鐵才會一躍而成神劍。加頭髮或加骨灰只是一種儀式、一種祭悼，希望某人的意念能因而永存劍中；但如果鐵匠與他鍛打的鐵之間無法溝通，那儀式也只是徒具形式，不會有用的。」

「鐵的結晶……應該只會跟溫度、壓力與製程的好壞有關啊……」奇偉喃喃自語。

「你當然可以這麼想，那是最容易理解的方式。」飛雁笑：「但如果你以為這就是世界的全部，就永遠沒辦法理解，為什麼有人能跟鐵溝通，為什麼有人能請風樂意幫他的忙，為什麼一把劍裡可以存住靈魂；乃至，認為自己是全然孤獨的，而一切喜樂悲歡都不過是短暫的幻覺……」

「因為你們那樣看，於是世界就變成那樣了。拒絕去相信自己有塑造世界的能力，而世界也因此，以最冷硬的方式回應你。你可以繼續拒絕，但你也還是會呼吸，每一口被你吸進的氣，都賦予了你一點點塑造這世界的能力。只須妥善地積累、鍛鍊，假以時日，你將變成不同的人，同時也被不同的世界環繞著。」

「到那時，所謂生命的意義無須特地尋找，便已真實地存在在那裡。」

§

奇偉咳了一聲：「……所以，這劍除了神秘的記憶合金，還有什麼特點？」

「首先，你說這把劍沒有劍脊，這是錯的。」飛雁又把劍拗彎，儘管這次動作輕了點，旁觀者還是忍不住倒抽口氣；而飛雁手一放，劍又彈了回去。「若沒劍脊，就不會有這彈回的動作。這劍其實是有脊的，只是深藏在核心，不會凸出來給人看；除非你要拗它，它才會展現出不可退讓的骨氣。」

飛雁說著，把劍遞給奇偉，要他照剛才的動作拗拗看，結果奇偉還拗不到一個U字型就無法繼續。他咦了一聲，又把劍鋒壓在剛剛的木頭課桌，用全身的力量去壓，依然只能壓成一個弦月的弧度，一放手又彈了回來。

「對吧？」飛雁又把劍拿回來。「除非施加無法抵抗的蠻力，才能讓它真的被拗彎；但只要蠻力一去，又會彈回原樣，誰也無法真正影響它。」

「外表柔順，內心卻剛強。」學姊說。

「如果能善加利用這特質，它就不再是什麼也砍不斷的爛劍，反倒是能承受真正巨大的力量，因而無堅不摧的寶劍。」

說完，手一揮，只是「嚓」一聲，那張木頭課桌就像紙箱開蓋似的分成兩半。奇偉檢視切口，驚訝地連連搖頭。「這簡直像是用高壓水刀切的。」

「這是『雷神劍』的基礎。真正的雷神劍還要比這厲害許多，但那就不是我能掌控的劍技了……」飛雁說：「而我的『風神劍』，原本就是走在似劍而非劍的邊緣。並非『切割』，而是『彈撥』。這把劍就是撥子，在劍上貫注我的真氣，彈撥風弦。當我真正催動勁力時，普通的劍是不可能受得住的。」

飛雁拿起一支六十公分的鐵尺，手握一端，那鐵尺竟無端地開始嗡嗡作響，響聲愈發尖銳，到一個臨界點就啪嘰一聲，整把被看不見的外力折成歪七扭八、活像什麼益智環的詭異形狀。

「但這把劍就可以。無論多麼強大、狂暴的真氣，它都有足夠的器量可以收納。」飛雁說著，無悔劍發出了可怕的震鳴聲，活像數萬隻大黃蜂同時出巢。但只在眨眼間，眾人做個驚喊的嘴型，連耳朵都還沒來得及捂上，那聲音就消失了。

「我就不催動劍技了。一招下去，這社辦不是全毀也是半毀。」

「……這實在太神奇了。」奇偉嘆。

「若無法讓你驚訝，『風神劍』這塊招牌就可以拿下來了。」飛雁笑。

「想不到劍真的打得過槍。若是這種的，一定可以……」

「奇偉，感動之餘，別忘了你上回說過反正社辦裡沒啥貴重東西，儘管試劍；鐵尺一把一百元，剛無悔劍『轟』那一聲導致兩片玻璃有了裂紋，先收你一千元，快點拿來。」

「麒麟妳還說這種話!? 這可是世界奇觀耶。見證世界奇觀不用入場費嗎？要也是大家一起攤……」

那天無法真正見識到風神劍的威力，後續行動也多用劍訣就足以應付；只有入侵真理盟分會長家裡那次，對方不愧是老江湖，一查覺狀況不對，立刻躲進特製的辦公室裡，上鎖。

面對刀槍不入的厚鐵門與加厚數倍的水泥牆壁，飛雁第一次為了戰鬥拔出了無悔劍。當飛雁的真氣與無悔劍充分共鳴，不像先前用劍訣那般僅僅凝聚起一股細如絲線的真氣；而是纏繞起好幾股粗如低音鋼琴弦般，強得讓曉楓幾乎可直接視見的殺人氣弦。在這瞬間，不只是身旁的空氣，而是整個走廊，甚至整棟房子的氣壓都隨著人與劍之間的鳴動，重新分配了等壓線圖。

飛雁僅僅三個動作：拔出無悔劍，從右下揮到左上，再從右上揮到左下。第一記風神劍把厚鐵門打凹，變形得活像在還沒乾的紙粘土模型上狠狠踩了一腳；第二記風神劍就把鐵門整個轟飛，險些把躲在房間裡的分會長夾成肉餅，就在離他肩膀不到十五公分處嵌入牆壁。飛雁大跨步走進，接過分會長手上還來不及按「撥出」的手機，笑了笑：「何必逃這麼快？我只是想找你聊聊天而已。」

那笑容藏在作工粗糙的鋼鐵人塑膠面具之後，像一場冰冷而瘋狂的夢境。

§

「妳也清楚，這個距離，對風神劍而言綽綽有餘。」

那熟悉的鳴響聲又開始在身旁積累旋繞，在寧靜的天臺上聚成一道道眼不可見的龍捲。曉楓透過飛雁，感受那些風之弦都無比真實地存在著，不可見、不可躲也防不住，全部釋放出去，可以瞬間把遠方那間學生會辦公室搗成廢墟。

「當然，是不用把整間都毀掉，也不用傷害到無辜的人。」飛雁說：「只要輕輕地打碎玻璃……」

一道風神劍過去，窗戶玻璃全碎；再放兩道輕的，擊暈那兩個無辜的路人。剩下的，就要怎麼做都行了。

「要乾淨，就從這裡給她一下重的，看妳要打多重而已。從肋骨斷裂、癱瘓到即刻死亡，都可以。」飛雁說。

那些畫面確實閃過曉楓眼前：肋骨刺傷內臟而吐出的鮮血、被擊成粉碎性骨折導致無法醫治的脊椎，乃至……

毫無保留的風神劍一旦打到人體，真能像捏爆水球一樣，瞬間汁水淋漓。

「要不，妳也可以就這麼飛躍過去，會弄得髒一點、麻煩一點，但有些人是偏好這樣的方式。」

用無悔劍那不算鋒利的劍刃細細切割，傷口不深，所以很難致命，直到流乾血之前可能都不會死。要不直接用拳頭一拳一拳打爛她的臉，好整以暇地看著那曾經笑著的五官糊成一團捏麵。或者掐上那形狀姣好的頸子，慢慢收緊手指，直到聽見捏碎氣管的聲音，看著靈魂從她眼中慢慢飄離……

「妳說過，如果早點遇到我，可能真會叫我殺人，指的就是她，對吧？不是第一名，就是第二名。」

她是第一名或是第二名，曉楓其實排不出名次。因為無法分辨究竟比較恨眼前這個號召所有人一齊動手的主謀，還是背叛她而轉為加害者的前被害者。恨意真的有量度單位嗎？這兩者在她心中都是無可原諒，誰排第幾，根本不重要。

重點是不可原諒。

「你身為墨者，難道不該跟我說說兼愛或者非攻的道理？」曉楓諷刺地笑。

「我說過，『墨者飛雁』早在兩千年前就死去了。在這裡的是由妳的心重新構築，擁有飛雁個性、情感與記憶的回音。若是墨者飛雁，當然會跟妳說教了，甚至妳想報仇還會阻止妳；但在這裡的飛雁不會。」

「我宣稱要守護的城牆，就是妳而已。」飛雁凝視著遠方的目標：「而那個，是城牆上的裂縫。雖然沒有即時的危險，卻也難保在未來某些異常艱難的時刻可能變成崩潰的根源。若要趁現在把裂縫補起，我認為是合理的。」

「所以如果我要你殺她，你真會動手。」

「如果妳考慮之後，認為殺了她可以敉平那個裂縫，我就照做。」

曉楓沉思許久，無數畫面在眼前閃過。有過去，現在，有可能發生的未來。曉楓一直盯著遠方的房間，她們看來聊得差不多了，那女人跟朋友拿起書包。

曉楓思考著，再不動手會來不及嗎？當心神抽離開眼前，突然有些暈眩，就像先前不知節制地偷聽，一不小心耗得太多的感覺。她退一步，照先前飛雁教的方法深吸口氣，讓它在體內鼓盪一陣，重建起回復機制；同時感到飛雁凝聚的風之弦都在身旁仍未散去。一時起了玩心，身體就這麼往後倒下。

幾乎就跟想像中完全一樣，彷彿她無意間早已理解了些許風神劍的運作原理，那些風弦就這麼纏繞在背後，阻住她的跌勢，一根接著一根承接住她的身體，張力拉到極限就斷裂。當她緩緩躺在天臺的水泥地板，最後一根弦也剛好斷光，就像被溫柔地抱著再輕輕放到地上一樣，眼前只見無限寬廣的藍天，從黃昏漸層墜落至深藍的夜。

「放棄了？」飛雁問。

「只是突然覺得沒什麼意思了。」

曉楓躺在被太陽曬得暖暖的地磚上，感覺非常舒服。

「那妳原諒她了？」

「原諒？」曉楓想了想，「為什麼要原諒？」

「因為妳現在已經有資格去原諒了。」飛雁說：「『原諒』這種奢侈的話，是強者才能對弱者說的。唯有當妳確定自己能讓對方付出慘痛的代價，卻不這麼做；妳說妳原諒了他，那才是真的，沒人能說妳錯。」

「但如果把自己的性命全撲上去也動不了對方一根汗毛，而他卻伸隻指頭就能捏碎妳，這種情況妳能原諒他嗎？螞蟻能原諒人嗎？」飛雁笑：「這不叫原諒，只是讓自己感覺好一點而已。雖然讓自己感覺好些也沒什麼不對；但如果那樣的人老是把原諒放在嘴上，聽著就只讓人覺得可悲。」

「若不想可悲，妳就需要力量。」

曉楓若有所思：「一個沒有力量的俠客，是非常可悲的。是嗎？」

「確實。如果身為俠客卻沒有力量，還不如一開始就不要讓俠氣覺醒，當個軟弱的普通人不是很好嗎？」飛雁說：「矛盾的是俠氣多不是學習得來，而是天生寫在骨子裡。惻隱之心人皆有之，路見不平，誰都會生氣，但拔刀相助的人很少。真心認為自己必須做些什麼，不做不行，這才叫俠氣。」

「而若有俠氣卻無力量，就像以卵擊石，只會默默地在某個不為人知的角落消磨、破損、粉碎；運氣好些的能有個華麗的碎裂，受到眾人的讚揚甚至傳頌，但也就這樣。」飛雁說：「妳是有俠氣的，但我不希望妳悲哀。所以才說，希望妳學習掌握力量的方法。」

曉楓看膩了天空，撐起身體，又回到天臺圍牆邊，那女人剛走出教學大樓，與朋友說說笑笑地走向校門口。遠遠看去小得像隻螞蟻，一隻拇指便可抹去。

曉楓呼了口氣，說：「走吧。」

飛雁點頭：「妳還想看看『第二名』嗎？」

「連她也找到了？」

「跟搜尋黑道的情報比起來，高中生的情報簡直是輕而易舉。對芸草而言，這只是彈指便可完成的工作量。」

「……不，不用浪費時間了。我對她一點興趣都沒有。」曉楓笑。

「嗯，這判斷很正確呢。簡言之，那孩子在新的學校還是被欺負，而且這次沒人跳出來保護她了。」

曉楓嘆口氣。「也就是說，我那麼做根本沒有意義，什麼都沒有改變。」

「不，有沒有造成肉眼可見的改變是另一回事……但即使只在某人心中點過一盞微弱而短暫的燭火，確實也是有意義的。」飛雁說。

曉楓深吸口氣，又呼出來。

「走吧，我們回家。」

§

天黑得很快，又回到了熟悉的夜空飛翔。

「……飛雁。」

「嗯？」

「到最後還是什麼都沒解決吧？事到臨頭卻出不了劍，是我太軟弱了嗎？」

「不……妳確實出劍了，斬了兩個幻影。」

「咦？」

「我想妳不會再作惡夢了。那城牆上的裂縫，已經補起來了。」

曉楓沉默。

「如果我出了劍……」

「那後果難料。但妳這次做得很好。」

「你早就知道我不會出劍吧？」

飛雁笑了笑，沒說話。

「……飛雁，你可以教我掌握力量的方法嗎？」曉楓問。

「我很樂意。」飛雁答。「就從學唱歌開始。」

第十四章　劍鬼

不管看幾次都覺得不可思議。
昨天還在鬼門關徘徊的大叔，一臉快死掉、出氣多進氣少；休息一天，就恢復到可以起身行走。
「明天還是我背您吧？」小子問。
「不用了。」他說：「你累倒，我就完蛋了。還得靠你指路呢。」
「但，一旦到了郢都，我就幫不上任何忙了……」
「你已經幫我很多了。」大叔嚴肅地說：
「無論結果如何，我都很感謝你。況且，我是不會這麼容易倒下的。」
還說呢，明明昨天就倒了。
雖然這麼想，小子卻沒說出口。
最不可思議的是，大叔其實並不算強。
以武者而言，大概只是中等偏下的程度。
身體像農夫一樣壯，但並沒有鍛鍊得像高手名將那般百鍊成鋼。
身旁只有小子的他，隨便哪個強一點的武者，就可以把這組合給滅了。
何況兩人此刻前往對抗的不是某個武者，
而是整個國家。

最不可思議的是，儘管情勢如此懸殊，
當大叔說著，一切都不會有問題的時候，
你還是會想要相信他。

當大叔帶著小子踏進郢的宮殿，展開一場史詩級的論辯時，
小子才初次明白了，大叔為何不堅持要讓自己變強。
或許是因為他堅信一個道理：
概念與言語勝於刀槍。

宮殿固然華美，論辯固然精彩，
場面固然驚心動魄。
深深印在小子腦海的，卻是當一切結束後，
大叔露出了開心得不得了的笑容，
大力拍他的肩膀、搓揉他的頭髮。
「成了！」他大喊：「成了！」

小子也跟著莫名興奮地亂吼亂叫，
兩人就這麼開心地往前跑，
完全沒有注意到前方天色陰暗。
然後大雨滂沱。

兩人在宋國的城門前被擋了下來。
「請讓我們進去躲雨吧！」大叔喊。
「不行，楚國軍隊隨時都會打來，大將軍下令，禁止任何人出入城門。」
「楚國軍隊不會來了，戰爭結束了。」
城上是嬉笑、嘲弄、譏諷、最後是不耐。
「少囉唆，再不滾開，就一箭射下去了。」
大叔摸摸鼻子，對小子露個無奈的表情，
兩人只得窩在附近林子裡的破舊馬棚將就著躲雨。
又濕又冷的兩人，連火也生不起來，
要動也沒力氣了。
只得像兩隻落水的傻鳥面面相覷。
然後又開始哈哈大笑。
笑完，稍微感覺暖和點。
小子懺悔自己竟然沒注意到天將降雨，

大叔倒完全不介意。

「啊，至少事情是成了。」他說。

「你也別再老師老師地叫了，以後就直呼我名字吧。」

「翟……老師？」

小子彆扭地叫著，一點也不習慣如此稱呼眼前這個大叔。

「飛雁，」大叔考慮了一下：「你有想過要習武嗎？」

§

第一次跟王子的團練簡直是悲劇。看著震驚到眼神完全死掉的王子，吉他社社長勉強打哈哈撐過去。

「一定是身體不舒服，不舒服才會這樣。」社長拼命乾笑：「是這樣吧？是這樣沒錯吧？」

曉楓呃了一聲，咳了咳：「是的……有點不舒服……」

「……那我希望妳趕快把身體養好，如果妳是真心想要合作的話。」王子說：「我是很認真的，我不求妳同樣認真，但至少基本的——」

「是的，當然當然。」吉他社社長說：「那妳今天先回去休息，下週再來。我跟安治先練我們的部分……」

§

一走出教室外，曉楓眼淚就掉了出來。

「飛雁……」芸草的聲音隱隱透著雷聲。

「沒關係，她才剛開始，不順利也是正常。」飛雁說：「如果練習個兩三天就能掌握，未免也太天才了。」

「你明知道她還不行，為什麼要把她推上戰場……」芸草說：「你該不會還相信獅子會把自己的孩子推落谷底那種過時的說法吧？你・不・知・道・那・只・是・謠・言・而・已・嗎？現代教育理論說正向的回饋才能提升學習動機，不斷打壓孩子只會讓他們喪失興趣……」

「我是不知道獅子什麼的。但學功夫，適當的痛苦是必要的。」飛雁說：「若學不下去，就表示這東西對學生不重要。而我相信曉楓早已瞭解了重要性，也耐得住——」

「我不管，要是她垮了，誰負責？不要以為——」

「沒事了，芸草。」曉楓擦乾眼淚：「沒事的。還有七天，距離下次團練還有七天。在那之前……」

§

從那天飛雁答應了傳授控制力量之法，曉楓就開始了每晚的打坐。

「不是練習唱歌？」

「唱歌只是手段，可不是目的啊。」飛雁說：「妳的目的應該是練習到能像我一樣，自由地操控全身的筋脈，乃至切細到最小的運作單元都能操控自如。還記得芸草是如何調整了妳的經期？」

——妳的身體已經知道該怎麼做了，只不要用妳的意念去干擾它，一切就會平順地進行……

「目前妳的身與心是欠缺整合的。我跟芸草對它做的許多更動對妳的大腦都是謎。雖然可以憑直覺掌握一些基本原理，所以日常活動不會有問題；但妳依然無法飛簷走壁，儘管跟我用的都是同一副腿腳，儘管妳的身體確實記得我每個動作，都寫在妳的每一絲肌肉細胞與神經纖維裡，但如果不懂得『喚醒』這些記憶，終究無法自由地運用。」

「反過來說，只要掌握了喚醒的方法，便能做到每一件我做得到的事情。」

「就連風神劍也做得到？」

「當然，因為我不打算對妳保留任何秘密。」飛雁說：「我會把知道的全都教給妳，讓妳明白每個動作背後的『為什麼』，先明白道理，然後熟練到能自然反應，接著才是應用。那就先從最基本的歌訣開始，坐好了聽。」

「練劍首重形意神

形存意亡即不真

持意無神仍虛幻

神在形意皆無存」

「這是講練劍的三個階段，『劍形』、『劍意』、『劍神』。師父能傳授的多在『劍形』的階段，也就是可見的招式，動作標不標準、像不像高手，剛開始一定都是從『看起來像』學起。把硬板板的招式重複無數次，做到完美無缺，卻未必明白為什麼要這麼打，為什麼這動作就是好的，但就是悶著頭做，做到看起來像。也不乏有學個三招兩式就自認高手的人，但那就成不了大器。如果仍以為世間有學了就能變強的絕招，就是只知道招式的『形』，卻不明白招式的『意』，這樣練了多久都還是一場空，這就是『形存意亡即不真』……」

「當領悟了『劍意』，才算真正踏入高手的境界。若能明瞭招式背後之意，就能明白同一招可隱含的無限變化，這樣打也行，那樣打也行，我們常說『意思到了』，在高手眼中的武學就是如此自由，意思到了就好。即使再熟悉不過的基本招式，峰迴路轉也能別有洞天。當踏入『劍意』的境界，面對只知死記『劍形』的對手，便會覺得破綻百出，幾乎任己宰割。常勝的武者幾乎都是領悟劍意的人。當名氣累積夠了，便可以自創套路，開山立派亦是水到渠成之事……」

「但光是這樣，終究躲不過『拳怕少壯』的宿命。天資穎悟又用功的武者，練功十年便有小成，所謂小成可能就是初窺『劍意』了。若是不世出的天才還會更快。隨著浸淫愈久，對於『意』的領會愈深，但再深終究有個極限。若所謂的『武』只是比誰先一步打倒對方的遊戲，當雙方領略的境界相仿，就是更快、更強、更耐打的人佔優勢。若只停留在『劍意』，總有一天年衰體弱時，便可能被小自己二十歲的人打倒，所以說『持意無神仍虛幻』……」

「幸好，武學並不只是比誰先一步打倒對方的遊戲。在『劍意』之上還有個境界，若能檢視自己生命的全過程，過去、現在乃至未來，每個生命的元素應該被理解與擺放的位置。明白自己生命中原來沒有一刻是白費的，明白自己所有的天賦與積累的努力，乃至看出那條只有自己能實現的道路，對於武學的領悟就會邁入嶄新的境界。全副生命會逐漸凝縮成一個專屬於你的寶物，也就是『神』。領悟神境的武者，已不再受『形』與『意』的拘束，超脫於物外乃至時空之外，真正進入了『神奇』的境界，自然也不會『拳怕少壯』而一夕成空。當兩個領悟『劍神』之境的武者對決，比的就不是誰更快更強更年輕，而是兩個生命歷程的對決。比誰的『神』更強些，離『道』更近一點，就會獲勝。所以說『神在形意皆無存』，形意無須存在，因為真實與道理都已在其中……」

§

飛雁就這麼傳授著，雖說是師父教徒弟的形式，卻又跟學校聽課的感覺大不相同。曉楓彷彿是被飛雁提點著，重新記起某個早已知道卻忘卻的知識，讓那些內容慢慢與自己現有的知識體系融匯，再藉著不斷回憶，反覆加強連結。

儘管不同，她覺得並不比唸書輕鬆，應該說是不同形式的辛苦。曉楓突然感到其實課本真是滿偉大的發明。沒一本課本在手上，很容易就漏東忘西；她很想把所有重點記在紙上，卻被飛雁禁止。他說寫在紙上完全無助於真正的理解，要用全副身心去記住才是真的學會。

「先講丹田。」飛雁說：「真氣得來不易，很多人因而把它深藏體內，累積到一定程度就精煉成『丹』，下腹很適合儲放，所以多把『丹』收在下腹，這就是所謂的丹田。基本上沒人會嫌自己的真氣太過充足。或會聽說所謂的氣功治療，若是真有功夫，收多貴都不見得不合理。因為氣就是生命，要如何才能幫生命標價？小說裡為了方便推展劇情，才會有那種『把畢生功力奉送』的老師父，但其實大家都是自己練。師父只會提點、教你方法，光是如此已恩重如山。若還把畢生功力奉送，這恩德之浩瀚，已沒有任何代價付得起了，也不會有師父會輕易給弟子這種重擔，除非情況真的非常特殊……」

「正因為真氣如此貴重，首先想到的肯定就是留在體內，投資自己的身體，絕對不會錯。這也是最多人會採用的方法。若持續以真氣改造身體，積累到某個程度，便會完全超出一般人對於身體的認知，比如能連續跑上好多天、不吃飯不睡覺也不累；比如異常敏銳的感官、比如難以想像的怪力……當看到這種人，不知情的人就會以神仙或妖怪來稱呼。也有聽過有藉由練氣來長生不老的方法，那就真是神仙道了。但想達成那種狀態同樣得犧牲太多代價，乃至動機不純的人一旦明白了就根本不會考慮。如果幾乎要戒除掉所有欲望才能長生不老，一享樂就要死了，哪個凡人想當神仙？」

「但我的系統與上述都不相同。」飛雁說：「若不是這麼特殊，也無法支撐風神劍這種劍技。我的丹田不只在體內，亦即所謂的『外丹田系統』。」

「所謂的氣，是生命，也是以意念塑造世界的能力。我很早就察覺自己身體的慣性並非什麼好東西都往裡面擺，剛好相反，我覺得自己體內是空的，風可以自由進出。因為很輕，風一吹就能跑，所以我可以一直跑一直跑。我在無意間已建立起自己系統的雛形，但因為缺乏更深刻的認識，始終除了跑之外什麼也做不到。」

「我師父勾芒的體系則截然相反，是標準的武者體系，將真氣引入、儲進丹田，然後改造肉身，直到如鋼鐵般異於常人，更快、更強、更耐打。想當然他完全不能理解我的體系，而我學他的體系也很痛苦。就這麼拉扯了好多年，他覺得自己只是浪費時間，我也沒學好他的系統，反倒是自己的系統被毀得一乾二淨。那時我真以為自己變成了廢人，由衷地憎恨這世界……」

「當我師父把『無悔』丟給我。說這種廢物劍配我正合適。我還不知道一切將會改觀。」飛雁說。

「我試著摸索這把劍的用法，跟師父不同，我立刻就明白不能用一般的用法來用它。我試著拿它劈樹，剛開始連片樹皮都削不下來。無意間貫注了少許真氣進去，自然地把它當成身體的延伸，就清脆地削斷了一根細細的樹枝。這微小的成功給我的不只是振奮感，還有意料之外的暗示。」

「這讓我發現，把丹田擺在體外的其他地方——比如劍上——也是完全可行的，這個驚人的事實。」

§

「若換個方式想，就不會覺得太突兀了。把丹田貫注在體外的例子其實隨處可見。比如翟老師是貫注在墨家這團體與思想；詩人貫注於詩；畫家貫注於繪畫。傳世千古的名篇能穿越漫長的光陰來到你眼前，本身就是一種奇蹟，而這奇蹟與真氣塑造世界的道理並無二致。但對當時的我而言，這想法太反常了。把丹田貫注於劍上，光想就覺得很怪異；但即使想起來很怪，我做起來卻很自然。那時也有點自暴自棄了，就走一步算一步，漸漸發現我其實都知道該怎麼做了，因為勾芒師父並沒有虧待我。他教的都是實際可用的法門，我只需要將其融貫回自己的體系。只有這部分沒人能教我怎麼做，只能慢慢地，把師父教我的磚頭一塊塊收齊，加上我自己的，重新拼成適合我住的房子。」

「在完成前，『房子』坍過兩次。」飛雁苦笑：「但我早已沒什麼好失去，又怎麼會怕入魔走火？我只是一股勁往前衝，將愈來愈多的真氣貫注在劍上，再回饋自身，交互共鳴。每次失敗後，下次的進展就更順利。諷刺的是勾芒師父的體系雖與我不合，但若沒有他打下的武者基礎，我也無法建立外丹田體系，甚至因而重新找回了對風的感應。隨著外丹田逐漸完整，風又開始自由地出入我的身體，與以前不同的是現在的我理解更細緻、深入，甚至能精確地控制它們怎麼流。我開始建立起『風神劍』的雛形。」

「當自覺已有所成，勾芒師父卻來找我了。一來，一言不發就開打。那是風神劍的首次開戰，我發現自己竟能讓勾芒師父傷痕累累、棘手萬分，正自覺厲害，他硬吃了我兩記風神劍，然後把無悔劍奪了過去。他重傷，但還是站著；我幾乎沒傷，卻倒下了。我暈過去前，看見他啐了口血，把劍一丟，轉身就走。」

「我醒來後，幾乎不想活了。我花了這麼多年，好不容易從谷底爬起，又眨眼間被打回谷底。勾芒師父沒說話，但意思很明白：只要奪走劍，我就完蛋了。我真能確保『無悔劍』片刻不離身邊？如果不行，即使練得再強，只要一個小賊偷走劍，就能殺掉我。我多年來的努力，全都白費了。我永遠也贏不了他。」

曉楓不知不覺流下兩行淚，那是飛雁在兩千年前流過的眼淚。

「而我那時仍不知道的是，若沒有這件事，風神劍永遠不會趨於完成。」

§

「當我差點拿著無悔劍自刎時，一道風吹過我的胸口。很難解釋那一瞬間發生什麼事，但我就在那時忽然明白了：我的『神』是風，那麼丹田該放哪裡的答案不是很清楚嗎？怎麼會是劍上呢？難道不該是在風裡嗎？雖然我學過的一切都告訴我：如果把丹田放在劍上叫作缺乏常識，那麼把丹田放在風裡就已經完全沒常識可言了；我的感覺卻明確地說著：這條路肯定是對的，而且它將會決定我的一生，死活在此一舉。」

「要從有形的劍轉為無形的風，真的很困難。劍是有形的空間，風則是無形的流動。若沒辦法突破有形與無形的隔閡，就無法成功；而如果想成功，就需要嶄新的技術。我想起了那次與翟老師的十晝夜之旅，在楚國遇到巧匠公輸般。公輸般的機關技術非常神奇，他有種內裝機關的木鳶，放出去可飛行三日不墜，翟老師還把其中一隻帶回來研究。我想著木鳶的形狀，想著，如果實體的機關都能做到，真氣也一定可以。」

「於是我開始建起自己的木鳶，製造自己的機關。而那可真不容易。把原本建好的架構拆掉，從房子變成能飛的木鳶，簡直是難以想像的痛苦。但再怎麼痛苦，總比陷入一事無成的黑暗要好。我開始重新定義何謂元神、如何才能讓元神自由地在限定範圍內行走、範圍的疆界又該如何設計。這回一旦出錯就再也沒人能救我，所以必須非常小心，一步步踏在前人所未踏足之處。我花了數個寒暑完成基礎，才終於能重新開始練功。在這期間，當年跟我一起入勾芒門下的墨家弟子們早已不知出師多久，各自散在哪些戰場上奮戰了。」

「但後來回想起來，那才是我邁入神境的第一步。」

§

「當化身為風的外丹田系統成型後，風神劍的威力可不比以往。『我』同時存在於身體、無悔劍、還有周圍的風中，不斷共鳴並交換能量，此刻的風神劍已遠遠不是勾芒師父用身體可以硬吃的程度了。而即使他奪走劍，我還是能繼續戰鬥。我自認武學已趨於完備，就去找勾芒師父，以前都是他來找我，我能跑多遠就跑多遠，這還是第一次我去找他。不是想找回先前的場子什麼的，反倒是想謝謝他。一直到成功後，我才發現先前每個關鍵的轉折，都有他的影響。」

「然後才在其它墨門弟子的口中，聽到師父的死訊。」

「他們說師父死得其所，在一場惡鬥裡自願斷後，面對數十倍的敵人，奮勇犧牲。我呆住了，他明明長得一副怎樣都殺不死的樣子……墨者沒有葬禮，死了屍體就丟著給野獸吃。我去哪裡也找不到他，只能不斷地問人，從別人口中聽到一點關於他的消息……」

「於是我去找翟老師，意外地發現他變得好老好老，這才明白自己先前花了多少時間練劍。他已經幾乎看不見了，說話的聲音變得很小，我甚至不確定他知不知道我來了，因為墨門弟子實在很多，許多人都在他身旁形影不離。或許大家都已經有了預感。」

「翟老師就在我碰不到的地方咽了氣。我還來不及告訴他，很感謝他幫我找了個好師父，以及現在的我可比過去的飛雁有用多了……我甚至不知道自己能否這麼說？因為我的劍術終於大成，卻已錯過了墨家最輝煌的時代。」

「在那之後，一切都改變了……」

§

曉楓呆坐在動漫社的椅子上，看著奇偉在工作臺上切切割割。

「那是什麼啊？」常綠問。

「我在改裝面具上的變聲器。」

「改裝？上一個不就很好用了嗎？先前飛雁用完之後也沒有抱怨過啊。」

「但還是更小一點、輕一點的好。」奇偉說：「畢竟是拼命的場合，愈大愈重，掉落的風險愈高。這玩意畢竟不是戰鬥用，也只能盡量做得好一點了。」

「喔唷，真可靠呢。」常綠說。

變聲器是奇偉的主意。在開始行動前就有考慮過不能用自己的聲音說話。原本芸草打算研發個改變聲音的功法，奇偉卻說：「何必那麼麻煩？反正面具裡還有空間，在嘴巴的地方裝個變聲系統就好啦。」

「好主意，那就交給你了。」芸草爽快地說。

「等……等等，我來嗎？我還以為妳才是天才耶。」

「但天才工程師可是你唷。」

「別、別開玩笑了。以為這麼說我就會開心嗎？」奇偉哼了哼，轉眼瞧瞧麒麟學姊，後者正在趕著 CWT 的分鏡稿，無暇加入對談。

奇偉嘆口氣：「……算了，雖然不可能弄到像蝴蝶結變聲器那種黑科技，但只是改變聲音，應該不會太難……」

「而且會很像是恐怖份子或綁架犯呢。有點酷。」常綠說。

「好啦，我去詢價，詢價回來大家就準備攤錢吧。」

除了變聲器，還有面具的固定裝置（改裝成能承受猛烈加速度的構造）、改善視野（大部份便宜面具的預設視野都不良好）、調整鼻樑的墊高裝置（便宜面具並不預期有人會戴著它劇烈運動，所以氣孔也都開個意思意思）、乃至面具後面緊黏的假髮……種種細緻的改裝，就連芸草也給予高評價。

「大概就像這種感覺吧。」奇偉做完，試戴那張空白的面具，頓時變成蝙蝠俠般的沙啞嗓音：「錢交出來，每人兩百塊，不給，我就直接翻你皮夾。」

常綠鼓掌絕倒。

「有人來了。」芸草突然說了聲。

奇偉立刻把墊在桌上的布一包，連面具跟工具一起往抽屜塞，桌面上取而代之的是一本輕小說；常綠轉去跟曉楓聊天，只有麒麟學姊還是刷刷地畫著分鏡稿。

亦真學姊抱著一堆書進來，看見一堆人在社辦，眉頭又皺了起來。
「這麼晚了還這麼多人？」她質問。
「那是作畫資料？」麒麟學姊問。
「是。」亦真把大疊書往桌上一放。「麒麟妳這次想畫戰國時代的原創本啊？」
「嗯，突然覺得戰國還滿有趣的。」
「那好吧……」亦真說：「我去補習了。」
「掰掰，謝了。」
亦真又用鼻子噴個氣，轉身走了。
等她走遠，常綠才嘆口氣說：「她的控制慾也太強了吧？都等到人走光了，還要來這麼一下……」
「她控制慾是有點強；但我不覺得妳有資格說她，上次還偷看曉楓手機——」奇偉還沒說完，就被常綠丟抱枕。麒麟學姊依然淡定地畫著分鏡稿。
「小瘋子，妳今天很安靜呢。」學姊說著，雙手不停。「飛雁的傳授還順利嗎？」
曉楓這才回神，苦笑了一下。
「有誰能告訴我，『無心』到底要怎樣才能做到？」
動漫社裡一片沉寂。
「靠！這不是漫畫裡的主角才需要煩心的問題嗎？」奇偉把抱枕一摔：「要學必殺技以前，反正就要先習得『無心狀態』再說。妳是要學什麼必殺技喔？」
「飛雁是說，這世上根本沒什麼必殺技。」曉楓說：「但『無心』則是武者要發揮實力的基本條件……」

「《浪人劍客》裡有不錯的敍述，要我借妳書嗎？」學姊問。

「如果只是敍述，飛雁跟芸草已經跟我說過很多了。」曉楓苦笑：「但我還是不知道該怎麼做……他們好像都覺得那是很自然就該會的。」

「或許古人真的比現代人更容易進入那種狀態……畢竟沒電視沒電腦沒網路呢。」學姊喃喃自語：「這設定不錯，加進去好了。」

「但楓姊姊，妳不覺得這問題問我們也很難有答案嗎？現場有誰曾進入過無心狀態啊？噢對啦，在截稿前的學姊應該滿接近那種狀態的……」

「說到這，我缺助手呢。你們……」麒麟學姊抬起頭看了一圈，只有奇偉回應了肯定與期待的笑意。

「……算了。」她又低下頭，默默地畫著。

§

「楓姊姊，明天也有慈幼社常態喔。」回家的路上，常綠說。

「後天還要團練，妳確定我明天還能去常態？」曉楓一說到團練，胃又開始抽痛。

「如果鑽牛角尖也鑽不出個所以然，就去換個心情嘛。」常綠說：「搞不好被哪個死小孩一氣，就瞬間明白什麼叫『無心狀態』了呢。」

曉楓還是覺得自己一點都不想去，卻有了常綠一定會拖著她去的預感。

§

「曉楓姊姊——」

果不其然，又被小朋友們圍起來了。

「曉楓姊姊講鬼故事！」

「練武功啦！」

「帶我們去打躲避球好不好？」

曉楓面對如海浪般湧來的熱切眼神，還是一樣不知道該怎麼辦。

——要我用鬼故事混過去嗎？讓妳休息一下……

芸草的提議實在很吸引人。曉楓想了想。

——對了，我既然能學習飛雁操控身體的方法，有沒有可能學到妳講故事的方法呢？

——……那大概有點難喔。

——為什麼？這跟飛雁的武功有什麼不同？

——因為我是邊想邊講的。類似這種故事，不過是數十種經典元素不斷重新排列組合，配合臨場觀察觀眾反應再決定丟什麼元素出去、把故事帶往哪裡。就像火車開過去之前，才鋪上鐵軌一樣。

——像這種故事，要幾個有幾個啦。沒什麼營養，唬唬小孩是還行……芸草哼了一聲。

——但我倒是可以教妳該怎麼寫真正好看的故事喔……

——等等，芸草。我剛剛聽妳講，那種「邊想邊講」的故事其實是有明確的方法可以依循嘛。

——……是有啦。芸草不情願地承認。

——那就先教我這個。我猜妳所謂「真正好看」的故事肯定不容易。但如果「邊想邊講」比較簡單，現在不就是個很好的練習機會？

——……是沒錯啦，但……

——芸草，是誰說，現代教育理論講求給學生正向回饋的重要性？飛雁突然插了一句。

——這種時候，你的記性還真好啊。芸草無奈地說。

——那好吧，給我點時間，稍微整理一下思緒……

§

——先看我做一遍，我從不相信把人推進水裡就會自己學會游泳這種事。

芸草說著，數十個鬼故事的經典元素便出現在眼前，分門別類歸好，像半透明氣球一樣飄滿了整間教室，但透過氣球還是能清楚地看見小朋友的臉，一種特殊的複合視覺。

——這就是芸草妳看到的世界？

——多少有整理過，讓妳比較容易進入狀況。真的原原本本地丟給妳可能會頭昏眼花，所以這只是接下來會用到的部分……

芸草隨便挑了個開頭，其中一個氣球寫著「床底的手」，當開頭挑定了，就同步牽動到第二堆、第三堆，一路牽連到「結局」的氣球，彷彿被看不見的絲線連接。在芸草講的同時先是分在「結局」類的氣球被迅速翻找，確定了最後是「失蹤在異世界」的結局。「開頭」與「結局」定下之後，大部份氣球都消失了，只剩合於這脈絡的氣球，然後芸草才第二堆、第三堆依序確認環節，迅速串起從開頭到結尾的脈絡。當她察覺氣氛有點低沉，就往「沒什麼用但很有趣」的分類底下找，丟幾個有趣的細節，把氣氛拉回來，再這麼一路說到結束。小朋友熱烈鼓掌。

——那麼，如果曉楓妳想試試看，這次先讓我丟元素給妳，試著串串看。

曉楓照著剛剛芸草的方式跑過一遍，雖然有些卡卡的，出現過一兩次危機，但大致仍算順利，迴響還OK。

——接下來，我完全不插手了。妳自己試試如何？

第三次更順了。比起跟飛雁學習什麼「無心」、「形意神」還是「外丹田系統」，芸草的心智練習明顯更輕鬆愉快許多。那些飛舞在教室裡的各色故事元素發出澄澈而透明的光，而她只需要按步驟一一串起，甚至稍微冒個險，插入個奇想突兀的元素，後續竟也還能圓得回來。芸草點頭，只略略指點：「注意觀眾反應。」

第四次，曉楓開始能夠用芸草之眼俯視全場，同時有餘力串起另一個與芸草風格截然不同的故事。她注意到那個在角落始終低頭看自己書的眼鏡男孩，更仔細觀察，發現他其實是有在聽，只是不想抬頭。愈是如此，就愈激起了曉楓的玩心，開始把故事帶向詭異的地方，最後說完時小朋友們有點摸不著頭腦，但那眼鏡男孩卻抬起頭來，第一次與曉楓對到了眼，然後笑了。

那個微笑，比起一整個下午的掌聲，更讓曉楓感到振奮。

§

因為期末考將近，常態服務活動提前結束了，不用像以往等到家長來接；但即使像以往那樣要等到七八點，對今天的曉楓也不是問題，時間彷彿眨眼即過。

——芸草妳真的好會教呢。

在回家的路上，曉楓想著。

──哪裡，倒是妳學得太快，讓我有點驚訝。

芸草的思緒難得這麼愉快。

──或許這也是承平時期的孩子與亂世的孩子的差別。亂世的孩子一般是對武術比較感興趣，對於編織故事倒是沒那麼容易進入狀況……

芸草陷入沉思。

──當隨時要煩惱下一餐在哪、明天會不會死的時候，確實是比較不會花心思去玩那種排列組合遊戲呢。

飛雁輕快地想。

──但，我不覺得這有什麼不好。這樣我就能理解為何曉楓習武的進程比想像中慢了，這或許正是現代比過往時代要好的證明……

──飛雁你也太樂觀了吧？如果你那邊教不好，曉楓到底要怎麼上臺？

──芸草，為什麼妳不能負責教我這一塊呢？曉楓問。

──因……不……唱歌。

芸草回應的心思超微弱，曉楓無法理解，咦了一聲。

──因為我不會唱歌。

芸草清楚而大聲地說。

──不會唱歌有什麼好奇怪的嗎？

曉楓跟飛雁當然也只能回應：不會啊，這非常正常。

──……身為受過良好教育的官家小姐，琴棋書畫都有學，但唱歌不包含在內啊，不會唱歌有錯嗎？

——芸草，妳別介意，我也不會唱歌啊。

芸草嘆口氣，消失了蹤影。

——下次妳就知道，別再問她這些事了。

飛雁也只能聳肩苦笑。

曉楓突然發現常綠走在身旁，已被冷落了好一陣子。急忙想話要説，一句話還沒出口，常綠突然表情一變。

「楓姊姊……」

曉楓順著她的視線看過去，那戴眼鏡的男孩在對面路口正準備過馬路。問題是他的眼睛沒有離開書本，就這麼看著，旁邊的人走就跟著走。

「真是的，這很危——」常綠突然叫了一聲。

燈號並沒有切到綠燈，旁邊的人只是闖紅燈而已；但小男孩以為是綠燈，就這麼放心地走過去。而橫向的路口，一部自小客車從遠處疾駛而來，拼命按喇叭，發出剎車不及的尖鋭摩擦音，他終於抬起頭，呆住。

極自然地，曉楓往前狂奔。她沒有注意到周圍的一切突然變慢，沒注意到飛雁與芸草乃至常綠的聲音都突然變模糊，像遠方街燈的亮光般遙遠而虛幻，她眼中只剩小男孩、自己與那臺即將撞上的車。瞬間估算了速度，並直覺地感到來得及，做得到，我做得到。一開始拋下的書包還來不及落地，她已經飛躍到小男孩身旁，左手摟抱住他，兩人就這麼降落在人行道上，翻滾了幾圈。

然後正常的世界才轟然降臨。

曉楓狂喘著氣，覺得自己剛剛好像把肺臟的每一絲空氣都擠出來，現在怎麼呼吸都不夠，連話也說不出。旁邊的路人紛紛走近，詢問有什麼要幫忙的，其中最吵的是常綠，但在曉楓才剛回到這喧鬧世界的耳朵裡，根本聽不清楚他們在說什麼。

她首先聽到的聲音反倒是來自小男生，過了約莫三十秒後才哭出來。

「好可怕。」他抽噎地說。

曉楓同意，真是好可怕。她有點想對小男生說教，但……

——遠方那個女人，是不是他媽媽？

芸草說著，示意馬路對面，把袋子都摔在地上，面色慘白的女人。

——快走吧，鬧上什麼新聞就麻煩了。

曉楓毫不猶豫地站起，只拍了拍小男生的頭就快速離開了現場。眾人還處於震驚之中，來不及阻攔她，才轉進小巷，曉楓就從快走轉為飛奔。

——就是這種感覺。飛雁說。

——妳逐漸抓到訣竅，走上正確的路了。但要更有意識地去控制呼吸，每吸一口氣都要沿著筋絡，導引到身體的各個部位，再匯流回來，聚回中心……

飛雁直接帶領著曉楓的意識，提點每一個關鍵點。

——就是這樣，妳已經學會凝聚元神了。他稱讚。

——現在，把眼界放開。

曉楓突然感到豁然開朗。外丹田系統的共鳴讓身旁三百六十度的環景盡收眼底，所謂的視覺並不只是眼睛看，而是全感官包含筋骨皮毛總回饋的綜合結論。萬象皆如星空運轉，而元神卻安穩地端坐其中，致虛極，守靜篤，像宇宙裡永恆不動的中心點。

——這就是無心了。

飛雁說。

——用全副身心去記住，別忘了這種感覺。

曉楓停下腳步，突然發現自己繞了大大一圈，又跑回剛剛服務的小學操場。剛剛一不小心跑太順，還翻過了小學的矮牆，只要下令，身體就會照做。在不知不覺間，完成了可能是有生以來第一個由她自己完成的飛簷走壁。

「這就是……」

——是的，恭喜妳。飛雁笑。

——總算是踏出了第一步呢。

芸草突然回來。

——如果不是練功第三天就遭受精神上的重大打擊，或許還可以更早……

——芸草，這麼開心的時刻，就別再掃興了吧？

——倒也是。但曉楓，妳現在能把剛剛的狀態再重複一次嗎？

曉楓突然發現自己又回到了普通的狀態：窄窄的視野，沒有三百六十度的環景，也沒有全身心統合的美妙感受。她極力回想剛剛是怎麼做到的，試圖沿著自己還記得的路徑再走一次，卻像離開桃花源的武陵人，怎麼也找不到回去的路了。

——果不其然，剛才就是緊要關頭硬擠出的蠻力麼……

芸草嘆口氣。

——也罷，只要做到一次，就是給後續的成功鋪路。但飛雁，明天的團練還是你來幫忙頂一下吧？以免曉楓又遭到打擊，要「無心」就愈來愈困難了。

飛雁才說了聲「好」，曉楓卻說：「還有一個晚上，如果今晚我還是沒辦法做到，再請飛雁幫忙，好嗎？」

飛雁跟芸草同時一怔。

——遵命。

飛雁傳來個大大的笑意。

「呀，糟了，常綠……」

常綠當然不可能跟上她的腳步，跟其他旁觀者一樣，第一個拐彎就被甩掉了。原本這事不難解決，但——

「手機在書包裡……」

書包從一開始跑去救小孩時就被曉楓丟掉了。後來依稀看見那書包似乎背在常綠身上，但情勢太混亂也不太能確定。曉楓倒不怕掉了裡面的東西，只是這樣的告別方式實在粗暴得令人難以接受。

——趕快去找她吧。但不要跑，因為妳還沒恢復過來。新手常會這樣，一不小心就用力過猛，習慣之後就會知道如何簡省力氣了……

曉楓邊聽著芸草講話，邊慢慢地走回剛剛的路。

突然眼前一花，整個世界飛快地旋轉起來。

——暈眩？

——不對。

——是偷襲！

當旋轉停止，曉楓突然發現自己被牢牢架在一隻粗壯的臂膀中，另一隻手則覆在自己的背上。

「不要動。」低沉的男聲喝道。「我有話要問妳。」

——飛雁，狀況如何？
飛雁沒有回應芸草的詢問，全神貫注地恢復曉楓的身體狀態。
「妳知不知道妳在做什麼？」
那男人問，但曉楓無法開口，吸進去的每一分氣都用來重建戰鬥姿態。
「我問妳到底知不知道自己在做什麼？」那蒼老的聲音逼問著。
——好了！
隨著飛雁念頭一閃，周圍的風同時被動員起來，飛雁的手刀也隨風切入對方手臂架成的牢籠，撐開些許空隙，立即迴旋轉身，腳下發力，以頭錘狠撞對方下巴。對方急仰頭閃避，左手掌同時勁道前吐，卻仍跟不上飛雁飛躍的速度，在空中翻了個華麗的筋斗，停在樹梢，劍訣指出。
——今天沒帶劍出來，真是失策……芸草嘆。
原本自從開戰以來是劍不離身的。奇偉在特製劍鞘完成前想的替代方案：隨便拿個裝竹刀的袋子把無悔劍裝起，再由學姊與常綠幫忙圓謊說是 cosplay 道具。原本奇偉還想把無悔劍裝飾得更華麗點，讓謊言更天衣無縫；但沒有任何裝飾品撐得住「風神劍」的共鳴，也只能無奈地讓它保持原本的樣子。
但今天要來帶小朋友。早上出門前曉楓就想說，帶這個玩意去小學，不太好吧……
——無妨。飛雁笑。
——沒劍也還是能應對，況且……
——對方應該不是壞人。他的動作並沒有殺氣，甚至連想佔妳便宜的意思都沒有。
——那，他是……？曉楓問。
——直接開口問吧。飛雁答。

「你……你要幹什麼？不要過來。」結果曉楓脫口而出的是這句，話一說出口，頓時有種很想死的感覺。

──我到底在說什麼啊!? 曉楓在心中抱頭大叫。

──別在意啦，第一次叫陣，這樣算不錯了。

──飛雁，雖然說正向回饋很重要，但太正向也會讓學生感到無所適從啊。我看還是你來示範一下好了。

飛雁接受了芸草的提議，開口說：「閣下有何指教？突然這麼霸道地『打招呼』實在叫人難以理解。都是文明人，有什麼話不能好好說？」

那人笑了聲，走到路燈的光下。

「我只是想確認自己沒看走眼。畢竟這景象實在太令人訝異。」是北方麵食館的老大叔。

「朱教授的女兒竟然身懷絕技……這叫人如何能相信呢？甭說跟人講了，就連我也不信自己的眼睛。沒辦法，只得親手確認一下這雙老眼有沒有昏花。」

「我猜，妳父親應該壓根兒不知道有這件事吧？」

§

常綠還呆在事發現場。那母親速速接過孩子，沒多說什麼就走了。旁觀的人群好奇地問常綠到底發生什麼事，常綠也只能一臉無辜地說她也不清楚。整件事情發生又結束得太快，車開來，女高中生飛撲救小孩，女高中生離開，小孩被母親接走，全程不到一分鐘就結束，活像個精心策劃的快閃表演。唯一脫稿演出的，只有駕駛離去時那聲餘音繞梁的「幹！給我小心點！」所以事情也就這樣了。人群像做完白日夢般散去，只剩常綠站在原地，背著兩個書包。她拿出手機，撥號，然後聽見另一個書包裡響起鈴聲，嘆了口氣。

那飛速離去的背影仍清晰地留在她的視網膜裡。

她坐下來，百無聊賴地等待。也不確定要等多久，甚至不確定對方會不會回來。

「常綠！」

聽到這聲音讓她眼淚都差點掉下來。常綠立刻跳起來，「楓……」然後看到北方麵餅店的大叔跟在曉楓身旁，表情立刻轉為「那誰？」的疑惑。

「還得去接個人。」老大叔幾乎把常綠當空氣，自顧自地說。「別跑啊，跑了我也找得到妳。讓彼此省點事吧。」

「楓姊姊，他誰啊？」老大叔一走，常綠就問。

「這……」

§

「我猜，妳父親應該壓根兒不知道有這件事吧？」

老大叔等了一會，也不期待她會回答，只說：「不管怎樣，先從樹上下來吧。這樣抬著頭講話很累，給人家看到也不好。」

曉楓，或該說飛雁，悄無聲息地從樹上落地，動作比貓還輕。老大叔看在眼裡，又嘆口氣。

「你……怎麼會在這裡？不用開店嗎？」

「今天公休。妳吃這麼久了，怎不知道？」老大叔翻個白眼。因為曉楓都是被逼著去的，但她當然不會這麼說，只繼續問：「但你……怎麼會跑到這附近？」

「幫不成材的徒弟一個小忙。」老大叔嘆氣：「這年頭啊，小鬼愈來愈會使喚人了，但有啥辦法？老是不回答問題，卻要人家回答問題，有這道理？」

「……對不起，我不記得你的公休時間。」

「我又不是說這個。」老大叔說：「我問妳，妳知不知道自己在做什麼，妳父親又知不知道？妳都不回答，我只好當作答案都是『不』囉？」

「這……」

「如果我猜對了，那就非去一趟不可，看在妳父親也吃了我這麼多年麵的份上。但我首先得去接個小鬼頭。」

「小鬼頭？」

「就像妳身邊也老是繞著一個小鬼頭，是吧？」老大叔說：「把她丟在那兒行嗎？妳是否也正要去找她？」

§

「所以他是妳家附近麵餅店的老闆。」常綠點頭。「嗯，那他來幹嘛？」

「這個，妳問我也……」

「唷，幸好還在。」老大叔的聲音遠遠傳來。「不錯，還有救。」

「為什麼我們非等他不可？」常綠低聲抱怨。「還有，那是——」

「曉楓姊姊？」小胖子突然從老大叔身後竄出來：「妳不是好早就離開了嗎？」

「你怎麼在這裡!?」常綠瞪大眼睛。「你跟他怎麼會認識？」

——原來如此。

芸草愉快地在瞬間串起蛛絲馬跡。

——幫徒弟一個小忙是吧？

小胖子的哥哥，八極拳的功架。類似的功架，卻又深厚許多，出現在老大叔身上。

——看來這時代練功的人沒那麼少，卻也實在不多；這些在封閉圈子裡的人們經常不是相互聽過、或彼此認識……

「他哥太忙了，忙著賺錢扛家計，又堅持不要我的錢。」老大叔一拍小胖子的肩：「我只得偶爾幫他接接孩子了，當他忙得實在無法分身時。」

——要不，就是有師徒關係。

雖然小胖子吵嚷著說不想回家，要跟著他們；老大叔眼睛一瞪，還是讓他乖乖被送回家去了。

「那，小女生，妳也快回家吧。」老大叔說。

「我才不是小女生！我比楓姊姊大兩個月耶！」常綠說。

「無論如何，接下來都不關妳的事。」老大叔說：「是別人家裡的事，小妮子就別來攪和了，又不是什麼聽到會有好處的事。乖，回家。」

「你這……自以為是的老頭，誰要聽你的啊？」常綠說：「你根本就不知道我為這件事付出了多少，憑什麼要我走？要我離開，也要楓姊姊開口。」

說著，轉眼看著曉楓，那眼神與表情實在太像是掉進河裡的小狗小貓，曉楓哪裡說得出要她走，況且也沒什麼要常綠現在離開的理由。

「就讓她來吧，我不介意。」曉楓說。

常綠歡呼，老大叔嘆口氣，搖頭說著「胡鬧」，但也沒再堅持。

§

就不提這三人坐在曉楓家客廳的情景有多尷尬了。老大叔要曉楓打電話給父親，曉楓在電話裡根本不知該從何說起，只說有些事要他儘快回家。打完電話，倒杯水給老大叔喝，就只能開著電視看新聞。

「憑什麼聽他的啊？」常綠跟曉楓去廚房倒水的時候，低聲問。

「他跟我爸很熟，不是今天，也會是其他天。」曉楓說。

新聞繼續報著近來火紅的小刀殺人魔。警方沒更新太多訊息，內容多是些記者的胡亂臆測，什麼密室殺人、完美犯罪都出來了。也難怪媒體興奮。一個西裝革履的上班族，在高級公寓的豪華浴室裡身中數十刀而死。門房警衛與所有的攝影機都沒目擊到兇手。雖然不能把屍體拍出來，但聽說「死狀甚慘」。

「那個被殺的人，並不單純。」老大叔隨口說。

「嗯？」

「這不是情殺，而是黑道仇殺。」老大叔說：「這人騙了一堆主婦的存款和老人家的退休金，也還罷了；壞就壞在他不該貪心，得手幾次，心就大了，就把腦袋動到綠林幫某大哥的帳戶上。」

「他偷了大哥的錢？」

「偷了，也還了。」老大叔說：「可還是這樣。人真難理解，是不是？繼續認份地偷著好偷的錢不就得了？賺得慢點，但被抓了頂多坐牢。老是坐一望二，甚至望三望四，知足點，別碰不該碰的東西，不就沒事了？」

「大叔，你也不是什麼好人吧？」

「碰這個的，都不會是什麼好人。」老大叔說：「要是碰這個又想當好人，就會變成像我這樣，一事無成。真正的好人是像妳爸那樣，為什麼不學學妳爸，唸書多好呢？」

「新聞說什麼都沒拍到耶。兇手該不會是什麼……不會令人起疑的人吧？」常綠強硬地轉了話題：「比如超漂亮的高級妓女，其實背後是可怕的黑道殺手……」

「如果拍到一個超漂亮的高級妓女，才會被警方第一個懷疑咧。」老大叔笑了笑：「小刀跟女人是最般配的武器了。好藏，好拿，竄進你懷裡，就順勢一戳一拉，掏出你肚腸；要不抱著你的同時，從背後的肋骨縫裡直接刺進心臟……」

「大叔你吃過不少女人的虧吧？」常綠笑。

「我只是看多了。」老大叔冷冷地看著螢幕。「要『什麼都沒拍到』哪需要像電影裡弄那麼多花巧？只要有能力，自然就有辦法讓它『什麼都沒拍到』了。」

之後就沒什麼話了。曉楓就這麼默默與另一個認識很久但從沒交談過、直到今天才重新認識他的老大叔看著電視，感覺自己又陷入另一種超現實場景。更超現實的是竟然要等父親這個她從未習慣向他求助的對象來打破這僵局。

門外終於發出鑰匙的聲音，父親回家了。

他看到這怪異的光景，也愣了一下。

「蘇大哥？」

「朱教授。」老大叔瞬間又變回了那個北方麵餅店裡態度熱絡的老闆：「不好意思，真不好意思，打擾您府上……」

「哪裡哪裡……」兩人寒喧了好一陣，父親轉眼看向在沙發上手握著手的曉楓跟常綠，下定什麼決心似的，又問說：「所以，有什麼事呢？」

「您知不知道，您女兒是個武功高手？」

「我女……什麼？」

§

解釋起來花了點時間。老大叔把他看到的說過一遍，父親把每個細節又重問一次，然後陷入沉思。

「這大叔怎麼老是說些怪怪的事，他腦袋有沒有問題啊？我們都不知道他在說什麼耶。」常綠說。

「這嘗試不錯，可惜在這裡行不通。」父親擺出了他標準的沉思表情，像在課堂上回答學生問題：「妳是……常綠吧？妳好，第一次見面，但曉楓常跟我提起妳，她在學校多受妳照顧了。這孩子有時挺粗心，不太會跟人相處，今後也請妳多多幫忙她。」

「哪裡。」連常綠都瞬間坐直身子，禮貌地回答。「這是我該做的。」

「妳剛剛試著祖護曉楓，可惜我認識蘇大哥好一陣子了，他的說話對我而言可信度遠勝過妳，所以我不可能採信妳的話。妳說的話只告訴我兩件事，就是曉楓這事妳也涉入很深，而且妳對此基本抱持著肯定的態度。」

常綠的嘴巴一張一合，最後只苦笑了一下。

「所以，到底發生什麼事了，曉楓？」

曉楓已經解釋過好多次「到底發生什麼事了」，但這次，或許也是最艱難的一次。她低頭看著膝蓋，又露出倔強的表情。

「……跟妳房間裡的那把劍有關嗎？」父親冷靜地追問一句。意外地，這話同時動搖到三個人。曉楓跟常綠也就算了，就連老大叔也臉色一變。

「什麼劍？」他追問。「教授，您有收藏兵器嗎？」

「沒有。所以我看到那玩意時愣了一下，那明顯不是普通的東西。」

「那為什麼您可以不聞不問啊？」

「因為我相信我女兒不會偷東西。」父親說：「有許多跡象可以支持我這麼相信。只要確定她沒變壞，剩下她想做什麼，我其實不會太過干涉……」

「妳父親好酷。」常綠在曉楓耳旁低聲說：「酷斃了。」

曉楓也愣住了，這是她從來沒看過的父親。

「工作模式」的父親。

「但無論如何……」老大叔的表情陰暗：「可以讓我看看那把劍嗎？」

「曉楓？」父親轉向她，問她的意見。這再一次地撼動了她。如果父親直接命令要曉楓拿出來，她肯定會抗命，關起房門，甚至背著劍跳窗逃走。但父親好好地問了，態度擺明了是如果她拒絕，他就會拒絕老大叔。

她反而無法在這時說不。

她想要多看看這個陌生的父親，更多一點時間。

「……好。」她說，轉身回房，拿出了「無悔」。

§

「你認識這把劍嗎？」父親問。

「不。」老大叔端詳許久，緩緩地說：「這把劍真怪，我沒看過這樣的劍。」

「所以不是從誰，或者哪裡偷拿過來的吧？」

「至少我沒聽過類似的消息。」

「那就沒問題了不是？」父親說。

「不，問題大了。」老大叔搖頭：「妹妹，妳在什麼時候得到這把劍的？」

「……小學吧。」

「幼童、古劍、憑空出現的絕世武功……」老大叔搖頭。

「妹妹，妳聽過這把劍跟妳說話吧？」

曉楓還能保持神色如常，但常綠的呼吸略微加快，已然露出馬腳。

「不需要瞞，這不算什麼秘密，只能說是個很古老的……傳言吧。傳說我師父的師父，小時候曾經看過那種奇人，類似這樣的故事就這麼被一路傳了下來。但多是當笑話說，很少會有人當真的……」

「不知為何，我卻當真了。或許我師父說故事的本領著實不錯。這事就在小時候的我腦袋裡轉了好一陣。直到現在，都還沒忘。」

「還有這樣的鄉野奇談？」父親端出了標準的、學術上的興趣。

「的確就是當作狐仙鬼怪之類的傳奇在說，武術界奇奇怪怪的傳說還少麼？但我會記得這故事，是因為它聽起來實在很像真的。師父還引經據典地跟我說，你知道為什麼光棍之間會代代流傳一個說法，說是有四種人不能惹：僧、丐、婦、孺？這四種人幾乎跟武絕緣，但一旦會武，必有獨門絕技或驚人藝業……」

「這說法我也聽過。」父親表示：「但我是把它當作一種道德教條來理解。這四者都是社會的弱勢，而這種傳說的背後就帶有一種敦厚之心。比如誰惹了乞丐，卻不小心惹到高手被教訓一頓；這種故事聽多了，就會讓人自然而然善待、或至少不會想去欺負這些弱勢。」

「我剛開始的想法，跟教授您有點像。」老大叔笑了笑：「所以師父的說法我也是姑且聽之。師父說，那是因為這四種人特別容易感應到不好的東西。比如鬼。鬼喜歡去找僧人，因為修行者身體清淨；喜歡找乞丐，因為他們一無所有；喜歡找婦女，因為體質虛寒；喜歡找小孩，因為他們三魂七魄還未穩固，很容易被影響。這四種人，如果碰到一把被鬼附身的兵器時，就可能會聽見兵器跟他們說話。」

客廳一片靜默。

「而師父說，小蘇啊，當你以後娶老婆，生小孩，可千萬別把你的刀劍給他們摸。我說我知道，因為摸了會壞了運。師父說不是，若只是壞了運，那還算好了。又說，若是什麼新打出來的刀劍，也還罷了。就是那種流傳多年，一看就知道不知殺過多少人的兵器，千萬別給你老婆小孩摸著，因為他們可能會聽見，聽見兵器跟他們說話。而如果，萬一，你碰到了這情況……」

室內突然風聲巨響，老大叔一掌拍在茶几上，把實木茶几拍出了個宛如斧刻刀鑿的掌印；而掌下原本放著無悔劍的位置早已空了，劍握在曉楓手中，反射地已出鞘一半。

「……『就一定要毀了它』。師父是這麼交代的。」老大叔搖頭：「厲害，比我還快。看來妳已經沾染得太深了……」

一時劍拔弩張，老大叔與曉楓相互瞪視，老大叔表情肅殺，雙掌變換了幾個掌勢，前進一步，又後退一步；而曉楓一腳低踩著沙發坐墊，一腳高踩著沙發椅背，背靠著牆，看似極為被動的姿勢，卻始終不動，只帶著好整以暇的笑意。

「妳，現在，不是妹妹吧。」老大叔沉聲問著：「在我眼前的這人，怎麼看都不是什麼女學生。教授，您應該也看得很清楚了，她是不是您女兒……」

父親不置可否地看著眼前的狀況，暫且不打算發表意見。反倒是常綠急了，喊：「為什麼非毀掉它不可呢？」

「因為師父說，這種附在兵器上的鬼，是所有鬼怪中最凶最厲的一種。」老大叔說：「被一般厲鬼附上身，最慘也不過就是死自己。但若被這種兵器上的鬼附上身，最慘可能禍延全家，甚至三族。」

§

兩人繼續對峙了一會，父親突然開口：「好了吧，再怎麼說，這種學校配發的教職人員宿舍也不夠你們打的。兩位，請坐。」

「坐啊。」他又說了一次，老大叔才嘆口氣，搖頭坐下。

「朱教授，真不好意思，這回我幫不上您了。」

「怎麼這麼說？你們還沒開始打呢。」父親說。

「不用真打，也能試得出來。」老大叔說：「當她手上有劍時，那劍圈彷彿能瞬間化成數十乃至數百把劍。貿然闖入，絕對討不了好。」
「了不起的『眼法』。」曉楓，或該說是飛雁，點頭讚許。
「要敗妳，就只能趁妳跟手上的劍分開時。但……」老大叔嘆口氣：「罷了。」說著，轉身就要走。
「不，蘇大哥，請等一下。」曉楓父親淡淡地說：「我不求你幫我解決這問題，但你的專業意見對我而言極有參考價值。」
老大叔哼笑了一下。「我這種粗人，是有個屁意見可以給教授參考？」
「不，在武學上，你就是專門，我則是外行。」父親沉穩地說：「你一走，我就只能聽他們的了。我的判斷可能會因而產生偏差的危險。」
「但，我所知道的，已經都……」
「我還沒問問題呢。」父親說：「先從『禍延全家、甚至三族』說起吧。為什麼會這樣？總不是因為什麼超自然的詛咒吧？」
「……接下來的傳言，只是愈來愈荒誕不經而已。」
「沒關係，我想聽。」
「兵器對你說話，只是第一步。他們會說些甜言蜜語，甚至幫你解決人生的大難題，但那只是開始。」老大叔說：「你會因此感激他們，信任他們，而這就會讓他們更有力量去影響你。最後，你會失卻常性，把全部身心都交給他們。」
「而這，就是這些鬼最想要的了。」老大叔搖頭：「水鬼想要什麼呢？更多人淹死在河裡。吊死鬼想要什麼呢？更多人吊死在樹上。兵器上的鬼想要什麼呢？更多、更多的鮮血，更多條性命在那把兵器下了帳。他們會不斷把你往那個方向帶，最終，你會六親不認，變成四處殺人的惡鬼羅剎。」

「這麼一來，要如何不禍延全家、甚至三族？無盡的鮮血循環、現世報應，最後的結局也是可想而知了。」

「相當合理。」父親點頭。

「您要問怎麼辦，我也就一個建議。」老大叔搖頭：「叫您女兒快點把劍毀掉。」

父親沉吟著，曉楓一動也不動。

「難道妳已經被蠱惑到這種地步了嗎？即使我說得這麼明白，妳也分辨不出哪一條路對妳比較好嗎？」老大叔說：「鬼就是鬼，不該跟人混在一起，混在一起就會出事的。這道理至簡至明，妳怎麼就不懂呢？」

「我看到的飛雁，跟芸草，不是這個樣子。」曉楓一字一字地說。

老大叔怒道：「朱教授，您也說句話吧？」

一片沉寂，然後曉楓的父親緩緩地開口。

「我要研究研究。」

「……這就是您想說的？」老大叔眼睛嘴巴都張得好大：「您要研究研究？」

「我是教授，這不就是我的工作嗎？」曉楓父親笑了笑：「研究研究。有結論前，我不會輕易採信任何一方；如果有結果，我會第一時間通知你。」

§

老大叔幾乎是七竅生煙地離開了。

「到底有什麼好研究？」他說：「把劍毀了。如果她自己做不到，就交給你來做。如果她連把劍給你都做不到，那就沒救了，等出了事，我拼掉這條老命看看有沒有辦法阻止她。要不就作夢吧，看哪天她忘了帶劍，你拿到了，就拿把鐵錘敲斷它，要不把它丟到水火裡。除了這些，說其他什麼都是假的。言盡於此。」

說完，就打開大門，自顧自地走了。

父親嘆口氣，伸手搓揉一下眉間，手放下來時，又恢復成曉楓熟悉的那個，總是疲累而不想說話的男人。

「……好吧，曉楓，我們該怎麼辦呢？妳告訴我吧。」

「我……」

老大叔關上門，彷佛同時關上了她與父親對話的門，面對眼前如牆般的父親，她又不知道該從何說起了。

——我來解釋？芸草說。

一般而言，曉楓會希望自己講；但此時她選擇丟給芸草。

結果芸草意外地跟父親滿合得來。他們都是順著一種明確的邏輯把整個世界定義清楚，所以只要彼此邏輯能互通，也就能循著路徑進入對方的世界裡。

看著侃侃而談的芸草，曉楓莫名地有點羨慕。雖然想著這應該跟先前差不多啊，飛雁的飛簷走壁、芸草的編織故事，但為什麼，此刻芸草的思考理路仍如此清晰地在眼前鋪開，若變成自己來做，就像要達成「無心」一樣困難。

「我已大致理解了，你們的訴求、想法以及做法。」父親點頭。「曉楓的利益就是你們的利益，所以你們會盡可能地幫助她……目前還算沒有矛盾。」

常綠的表情有點尷尬，這也是當然。因為芸草講了很多無悔、飛雁與她自己的事，描述仔細又詳盡，就是沒提到關於王子、煙幕彈、三大黑幫之類的事。

「那，除了這些，你們沒有瞞我其他事情？」

曉楓父親講這句話的表情有些險惡，幾乎是無聲地說：「我想應該有吧？」、「別想騙我，除非妳做足了準備，否則只會是自取其辱而已。」

「接下來的部分，事情很多，層次很複雜，需要做好心理準備。」芸草說：「如果陷入非理性的爭執，我就不認為這樣的討論能產生任何意義了。」

「非理性？」曉楓父親笑了一聲。「今天的驚喜還嫌不夠麼？別擔心，我撐得住。但我也有要求。」

「這部分我不想聽妳講，我要聽那個飛雁，或者曉楓自己講。」

§

曉楓依舊拒絕，只好請飛雁上陣。換上飛雁後討論的速度就整個慢下來，變成飛雁三言兩語講完，父親提問的模式。不時飛雁還得想一下該怎麼回答，過程因而被拖得更長。常綠本來該走了，到旁邊打通手機後，回來笑著說 OK，雖然手機的另一端家人拔高拔尖的嗓音聽起來一點都不 OK。

父親的表情變幻多端，與對著芸草時那種學術討論的單一模式不一樣，時而蹙眉、時而沉思、甚至偶爾偷笑。但最後不可避免地，變得愈來愈凝重。

飛雁講完之後，陷入一陣漫長的沉默。

「這並不合理。」父親說完，搖搖頭：「但這似乎也不是用『合理的做法』就能帶過的。可以合理去解決的問題，通常就不是什麼太大的問題……」

「曉楓，這真是妳想要的嗎？」

沉默許久，曉楓用自己的聲音說了聲「是」。

「這樣啊……」

父親沉默許久，就連芸草也看不透他在打什麼主意。

「那，有個條件。」父親說。

「我也要一起想辦法。」

曉楓跟常綠同時「咦」了一聲。

「妳以為我會聽過之後，就這麼算了？」父親說：「總會有我可以做的事吧？就這個領域而言，我算是跑在國內相當前端的位置。」

曉楓當然知道，研讀理科的父親長年對中國傳統武術與氣功充滿熱愛，經常不惜動用實驗室資源進行研究，甚至因而被媒體戲稱為「科學乩童」，但……

「理論我已經聽夠了，接下來就該進入實驗階段。」父親說：「我要弄清楚附在你身上的鬼魂到底可以做到什麼事。否則根本無法判斷是他們說得對，還是蘇大哥說得對。」

「其、其實您可以不用這麼麻煩……」

「曉楓，妳真的清楚飛雁的能力極限嗎？」父親皺眉：「只憑著模糊的感覺，就這麼把自身安危托付給他？是否太過兒戲了點？」

「但我沒時間——」

「我基本上不會阻礙妳想做的事，除非我確定那實在太過愚蠢且有傷害。」父親說：「目前妳的行為非常接近所謂的『愚蠢且有傷害』，但剛好削在邊界；要做更進一步的判斷，就需要更多事實來佐證。如果飛雁是貨真價實，我應該會趨向愈來愈放心的那一邊，也愈不會阻礙妳。但如果發現什麼嚴重的不對勁，我就得反對了，畢竟再怎麼說也是妳父親……」

「但無論上述哪一種發展，都符合妳的利益。附在妳身上那兩位應該也不會反對吧。」

——十分同意。芸草說。

——想不到妳父親這麼明理，早知如此，一開始就該坦白了嘛。飛雁說。

——你們……

「妳不用來實驗室待太久。等有了實驗計劃，妳再來半天到一天即可，每週不會超過一次，我會讓一切盡可能有效率地進行。」父親拍拍她肩膀：「放心，我能調動的資源，跟高中生是不能比的。」

曉楓從一開始就沒擔心這個，她只怕麻煩。而看起來，事情似乎一往無前地開始朝麻煩的方向變化了。

第十五章　信

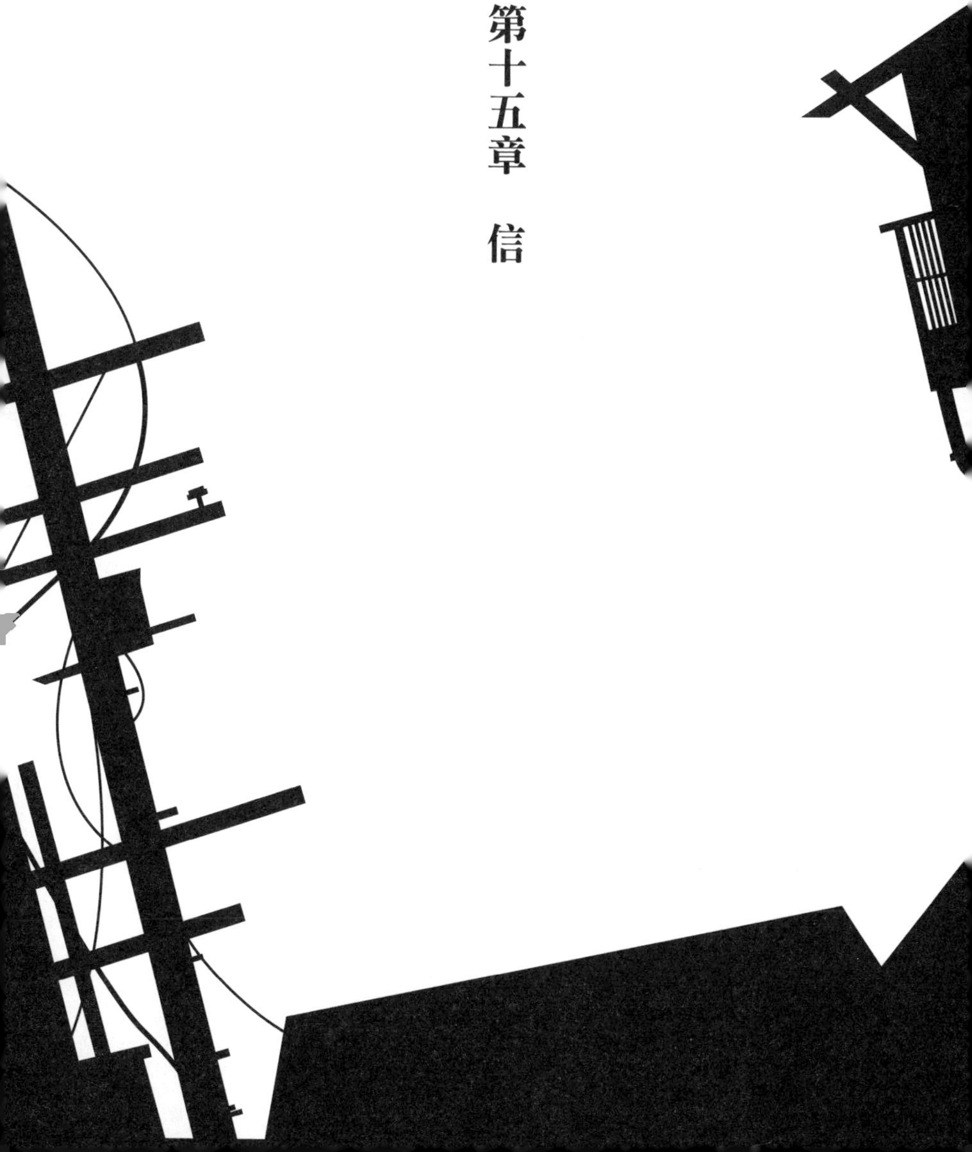

「一個字的含義，早已藏在它的型裡。」

文士打扮的人，在白紙上寫了個「俠」字。

「把『俠』拆開，就是一堆人字的組合。」

「左邊一個歪曲的大人，伸手，壓迫旁邊的一群小小人。」

他邊說，邊寫完了豎人旁、一橫、橫下面的兩個人。

「小人們被壓迫得喘不過氣、苦不堪言，此時終於出現了一個光芒萬丈的人物，衝破了所有禁錮，站起身，對抗左邊那個大人。」

說著，文士大筆一揮，寫下「俠」字的最後兩畫。

「所謂『俠』的本質，都被概括在這個字裡。當初寫下這個字的人，應該也深明此理。所謂儒以文亂法……」

「而俠以武犯禁。」

文士說著，把筆一擱。

四周的風颯颯然，淒慘慘。

白色宣紙飄動，像招魂的幡。

「然而，是非只因強出頭。

亦是俠客無法逃離的宿命，

是的……

在一群人中，最早出頭的那個人，經常，

也就是最早被砍頭的那個人……」

他嘆了口氣，

數滴淚珠蘸溼了「俠」字倒數第二畫的起筆，

緩緩暈開。

∞

「實驗？」麒麟學姊重複：「曉楓的爸爸，對曉楓，做實驗？」

「明明是很溫馨的場面，為什麼被妳重複一次就感覺有點變態？」奇偉說。

「變態的人聽什麼都覺得變態囉。」學姊不為所動。

「不變態啦。她爸爸超酷的。妳知道曉楓爸爸還說什麼嗎？」常綠學曉楓父親的口吻：「說真的，我一進門看到妳們兩個手牽手，還以為……我都想好了要怎麼說了，比如『無論如何，我還是會愛妳的，別擔心』……」

奇偉跟常綠笑到拍桌子。

「『結果原來是武功高手，我覺得還滿容易接受的啦。』」常綠邊笑邊說。

「妳爸真的好酷，曉楓，妳怎麼都沒有提過啊？」奇偉笑問。

很簡單，因為在她面前，從來沒有酷過。

「到底會是什麼實驗呢？」常綠眼睛閃亮閃亮。

「妳一定要跟我們說喔！」奇偉說。

曉楓呃了一聲。

「如果你們兩個發完花痴……」麒麟學姊說：「該稍微討論一下這些變化了吧？老實說，我不認為這突發事件算好事。」

曉楓突然有種想靠在學姊肩膀上哭的衝動。

「還……算不錯了吧？原本最擔心的就是她爸知道之後不知道會怎樣，結果竟然只是想要研究研究——」

「研究之後，如果無法消除他的擔憂，就會嚴正反對。」學姊說：「也就是又多了一件事，而且還不能拒絕，也不知道後果會怎樣。她爸的態度目前看似是正面的，這一點算是撿到。但後續會怎樣，誰也不清楚。」

「麒麟，妳真是一流的潑冷水高手……」奇偉嘆道。

「要冷水還有呢，要多少有多少。」學姊不客氣地說：「那個有黑道背景的老大叔又怎麼說？可不是要研究研究，他擺明是要反對到底了。這樣的人會做出什麼事？根本不清楚。救小男孩的時候，旁觀的人群中，有沒有人會把這個事件跟蒙面怪客聯想在一起？有沒有人拍下曉楓的照片，附帶一些文字放上網路？現在三大幫會都惹到了，人群裡難道不可能會有幫會的眼線嗎？」

氣氛瞬間整個陰沉下來。

「明白了吧？這根本就不是嘻笑的時候了。」學姊說。「其中一個環節出一點錯，就是性命攸關。小瘋子，妳確定還要繼續嗎？」

§

麒麟學姊說的，完全命中核心。

曉楓從昨晚事件結束後，就感到芸草那邊傳來淡淡的憂慮，問她是什麼也不說，但曉楓愈來愈擅長以芸草的方式去思考問題。學姊說的每一句，都早已在曉楓的心中滾過一次。

昨晚，她撫著無悔劍，陷入沉思。

「明天，我替妳團練吧？」飛雁說。語氣很溫柔，顯然已感應到她的情緒。

「……不。」曉楓說：「已經說過了，今天晚上我做不到，才會麻煩你。」

「但今晚這麼多事了——」

「飛雁。」曉楓說：「幫我，好嗎？」

「……好。」

曉楓照著常規打坐，不知為何，今天感覺完全不同。

「妳的狀態比先前任何一次都要好。」飛雁說：「元神極度凝聚，閃閃發光到我都快要看不清了。」

「是嗎？」曉楓沉穩地深吸口氣，感到它流入體內的百川，再如鏡射般往回匯流，凝聚成某種精煉的東西。

「那就是『元精』了。」飛雁說：「難得這麼順利，我們用它做一點有趣的事吧。」

於是曉楓照著飛雁的導引，讓那團光順著走過體內每一道經絡，感覺彷彿被無限拉長的滾雪球，每滾過一次，光就會強一些，雖然程度細微到難以辨別，但確實有增強。滾過了三圈，又學習如何把它歸於丹田，化在已存的丹裡。

「真不錯。」芸草也難得稱讚。「雖然就像數百萬的銀行帳戶裡多了一筆千元的進帳，但進帳就是進帳。剛才存進去的那一口真氣，百分之百是妳的努力。」

曉楓喘口氣，說：「難怪你們說真氣非常貴重……滾了這麼久，才一點點。如果能算出一個人的壽命，那麼他這輩子能擁有的總真氣量也能算得出來……然後用了，就少了。」

「妳的悟性很好，講對了部分。」飛雁說：「但老是存著錢不用，一樣不算健康。既然明白它珍貴，就要把它用在真正有價值的地方。」

「比如救人？」

「以救人為例，像先前醫治王子的手指，就只是救了一個人，還是極其暫時地救了他。當然那是緊急狀況，無法計較得失；但如果只能守在他身邊，就只能救到這一個人而已。」芸草說：「如果真想救，該想的是如何一次救成百上千人。就像飛雁的風神劍將一把劍化為成百上千把劍。這才是值得努力的目標。」

「而想要達到那樣的目標，就需要智慧。」芸草說：「不思考，就別想做得到。如果讓萬物朝向崩潰壞死的狀態是所謂的天理，那麼所謂的智慧就是逆天而行。」

「但芸草，妳先前好像也說過，要順著天的道理行事，一切才會順利……」

「順天之道，逆天之理。」芸草笑：「前者是手段，後者才是目的。能如此貪婪任性，乃至能完全無視於這個激烈矛盾的，也只有人類而已。」

飛雁咳一聲：「休息夠了。我們更進一步，講『應用』。把真氣投資在學習也是絕不會錯的。曉楓妳試著喚醒我存在聲帶、氣管乃至肺腔裡的歌唱記憶吧？」

隨著飛雁提點，曉楓失敗幾次之後就漸漸抓到訣竅。等抓到了竅門，比積聚真氣還簡單得多。

「花錢總是比賺錢簡單啊。」曉楓嘆。

「妳只是還沒學會能夠輕鬆賺錢的方法而已。」芸草笑：「像飛雁這種超級大戶，即使花了大把真氣也能在幾個呼吸間迅速恢復，就算浪費得再兇，只要睡一覺醒來就好的天才，他就會說賺錢比花錢還要簡單了。」

「真的嗎？飛雁，教我！」

「妳不要聽芸草亂講，她只是在酸我而已。」飛雁說：「雖然隨著模式愈熟練、領悟愈深入，積累的速度當然會更快，但鍛鍊還是不可能輕鬆啊……」

曉楓不禁笑了。想起飛雁曾豪邁地說：「讓妳用才是正途」、「武功夠用就好」，或許其實並不是真像他嘴上說的那麼輕鬆寫意。

「別再想些有的沒的。距離天亮還有些時間，再練習幾次，就該睡啦。」

曉楓點頭，又進入了狀態。

§

隔天一下課，就被王子抓去團練。因為王子的表情過於肅殺，氣氛有些凝重；但跟昨晚與父親的對峙相比，簡直就像吃蛋糕一般輕鬆。曉楓只要想想眼前還有多少難關在等著，就輕易地進入了狀態，照著昨晚的練習，一步一步喚醒了飛雁的歌唱記憶。

今天又比昨天更順利了點。隨著真氣在身上共鳴，到了聲帶就化為聲音充塞室內，曉楓第一次看見某種幻覺，像聲音轉成某種帶有氣味的顏色，然後將整個空間染上色澤。她透過飛雁之眼看見了這種幻視，透過芸草之眼看見了這色澤對於王子與吉他社社長的影響。就像打開個開關、燈就會亮，曉楓從他們之間驚訝的眼神交流、嘴角的笑與放鬆的肩膀，早已收到了足夠的回饋。

「所以說……上次果然是狀態不好嘛。」吉他社社長說：「接下來請務必保重身體，時間不多了。」

「好是好，但這音質……怎麼說呢？」王子皺眉：「妳的外表看似纖細，但聲音倒是意外地比想像中更陽剛呢……」

「哪裡陽剛了？又不是什麼沙啞的女低音，就是常見的女聲音域啊。」吉他社社長說。

「我說的不是音頻，而是音質……」王子露出了怪怪的表情。「……我也無法很好地表達，但她的唱法，無論轉折或是放感情的方式都不是纖細型的，而是一種直率的、乾淨俐落的感覺……」

──好可怕，這樣都被聽出來，聲音裡帶有飛雁的影子……芸草嘆。

──如果說看出對方的武功來歷叫「眼法」，王子這個應該叫「耳法」吧？

曉楓的念頭讓飛雁與芸草都笑了。

──有一雙好耳朵才可能彈出好音樂呢。這樣才值得我們費心思救他嘛。

芸草說完，被飛雁說「太勢利了」。曉楓不理兩人在心裡吵嘴，問：「那麼，你是希望我唱得更纖細些？還是怎麼表現會比較好呢？」

王子呃了一聲。

「不，其實我覺得妳這種聲音沒什麼不好。世上已經有太多空靈的仙女了，妳這種唱法反而有種獨特的魅力，讓人感到實在的力量、直接被撼動的感覺……」

「但如果要說有什麼不滿，應該是『整合感』吧。妳的外表，與這樣的聲音仍有些欠缺整合。」

王子說：「這讓我覺得應該還有更好的空間。妳現在好像還在學誰唱歌；而妳或許可以想想，屬於自己的聲音是什麼樣子……」

「不用想太多啦。」吉他社社長說：「現在已經很不錯了。未知的嘗試也很好，但上臺還是要求穩啊……」

——高下立判。芸草嘆。

曉楓同時對兩人微笑點頭，明確地感到了下週團練的目標在哪。

§

團練後，曉楓跑去動漫社，伙伴們果然在那裡等她。稍微分享了一下成功，話題就轉到昨晚的父親與實驗，然後麒麟學姊說：「明白了吧？這根本就不是嘻笑的時候了。其中一個環節出一點錯，就是性命攸關。」

「小瘋子，妳確定還要繼續嗎？」

曉楓的手指無意識地摸了一下掛在椅背上、包在竹刀套裡的無悔劍。

「……都到了這一步，也只能做下去吧。」

聽她這麼說，三人也沒有露出驚訝的表情。或該說，如果這時還說要抽手，反而更讓人無所適從。

「我……」曉楓欲言又止，覺得自己沒資格這麼說，但不說又覺得憋悶。

「……我不會拖累你們的。」

學姊嗤了一聲，奇偉苦笑一下。

「是真的。我──」

「我相信妳很有誠意，但這不太可能做得到。」學姊說：「要查出我們四人的交友關係一點都不困難。妳的身分一旦暴露，在這裡的每個人都很難脫身。」

「但是……」

「就算妳堅持從頭到尾都只有妳一人，敵人就會相信你嗎？」學姊說：「這也是一早就預想得到的代價。就像芸草說的，債務與代價，幫助妳的表面成本很低，但隱藏著大量看不見的成本要支付。至少我，早就想過了，最壞的可能。」

「想見識原本只會出現在幻想裡的情節成真，就得背負如此沉重的代價。」奇偉點頭：「媽的，玩動漫社玩到有生命危險的，全臺灣……不，全世界大概就只有我們了吧。」

常綠沒說話，只是緊緊握了握曉楓的手，笑一下。

「所以既然要做，就得設法盡可能彌補掉這些漏洞了……」麒麟學姊說。

§

雖說要彌補，但真是談何容易。

如果曉楓真的被拍到、放上網路，最好的應對方式也只有完全不應對。愈是回應，只會讓消息的能見度愈高而已。反正世界上早已充斥了多到爆炸的訊息，讓它自然淹沒可能是唯一的好辦法。

但老大叔那邊簡直是無盡的黑洞，任何解決方案都無法彌補。

「找人去跟老大叔談談如何？」常綠說。

「找誰去呢？」麒麟學姊說：「他的話說得很白了吧：不把劍折了，就別想談下去。不管誰去、用什麼方法，我想都不會差太多……」

來來去去討論未果，最後連這種意見都出現了……

「你們有沒有考慮過，把老大叔給……」奇偉陰沉地說。

其他三人同時說，別鬧了。

「請不要隨便說出只有黑道才會做的事好嗎？滅口是哪招啊？」常綠臉色也很陰沉。

奇偉的表情更陰沉：「自己性命都有危險的時候哪裡顧得了別人？這是四條命對一條命耶。」

「這是標準的雜魚專用臺詞。而且拜託別用這種『要對抗惡魔，首先自己要成為惡魔』的爛梗好嗎？」學姊表示：「這實在太無趣了，我無法接受。」

奇偉嘆了口氣。「……曉楓啊，妳說計劃要繼續下去，跟妳今天與王子的團練順利應該沒關係吧？」

「當、當然沒關係啊。」

「那好。如果是為了女人那也就算了。若是為了另一個男人而死，我他媽的死不瞑目啊。」奇偉碎碎念。

「不要一直死來死去的好嗎？又不是一定會死。男人有點骨氣好嗎？」學姊說：「還有，你那個東西到底還要藏多久？不是說做好了，也該拿出來了吧？」

「……我們這樣算討論完了？」奇偉說。

「我覺得再討論下去也不會有結論了，只能希望情況別往最壞的方向發展。但一旦真的發生，也只能靠飛雁了。」

「只能躲在飛雁的羽翼下嗎……」奇偉說：「也是啦。最初會想說可以一拼，也是看在風神劍夠暴力的份上嘛，但……唉，好啦，好啦。」

說著，從書包裡取出一個布包，是先前那張面具，卻已完全不是空白。

「我一直覺得只買現成面具來改裝實在很 low，常綠也這麼想。」奇偉說：「所以麒麟畫圖，我掃進電腦 3D 建模，再以此為設計圖雕刻，就是這樣了。」

一個怒吼的老虎面具出現在奇偉手上。無論設計、工藝或材質，都遠勝先前戴過的任何一個面具。

「雖然我覺得戴些亂七八糟的面具也有某種後現代的美感，很符合這亂七八糟的時代，但畢竟不是長久之計。」學姊說：「雲從龍，風從虎，虎嘯風生。基本的設計概念是這樣。」

「原本麒麟想設計得像《少年 Pi》的那隻孟加拉虎一樣細緻，但那就實在太花工夫了，面具的強度也不好維持。她的藝術考量與我的功能考量平衡之下，就是這樣了。」奇偉說。「強度與結構都有突破，有看到這個固定扣環嗎？想掀掉它可是非常困難的……」

「為了保密，不能找廠商外包，只能買材料回來再慢慢想辦法。」學姊說：「他弄一部分，我弄一部分，常綠也有幫忙，總地來說，就是這樣了。」

「楓姊姊，妳也說句話啊？」常綠說。

曉楓咬著牙，生怕一開口眼淚就掉出來。這場合不需要眼淚。

「戴戴看嘛。」奇偉慫恿：「雖然有抓過妳的頭型跟臉型，還是擔心……」

曉楓突然找到了出口，就照奇偉說的把面具覆在臉上。當少女戴上虎面具，整個房間的氣氛都微妙地轉變了。

「……就是這個。」奇偉輕嘆一聲。

「突然有種什麼都對了的感覺呢。」學姊笑。

「楓姊姊，有沒有什麼不合適的地方，需要做些微調？」常綠問。

「不會……」曉楓打開了變聲器，希望能讓自己的聲音不露破綻，只聽得出笑意。

「……非常好呢。」

聽到那怪怪的聲音，三人都忍不住大笑，相互擊掌、歡呼。

§

當晚，曉楓難得看到父親坐在沙發上看電視，就想肯定有什麼事；果然，這週六就要開始第一次實驗了。

「怎麼好像心不在焉的？」父親問。

曉楓才應了一聲：「什麼？」

「妳都不問我，要做哪些實驗嗎？」

「反正不是壞事吧。」曉楓說：「就做到你滿意為止啊。」

父親沉默一下，轉頭看新聞。聽說有熱帶低壓在太平洋上已轉為輕颱，今年第一號颱風可能來襲。

§

當晚，曉楓內心莫名地騷動著，無法像先前那樣靜坐練功，坐下去，又起來走動。

「冷靜點。」飛雁說。

曉楓做不到，事情太多了，一口氣全壓了過來，讓她喘不過氣。

「冷靜點，這些日子以來，妳也知道真氣不容易練，別浪費在情緒上——」

「飛雁，下次行動的時機是什麼時候？」

飛雁咦了一聲：「妳已經迫不及待了？」

「我只是覺得，坐在這裡，好痛苦……」曉楓說：「好像有什麼事情要發生了，什麼不好的事情，但我完全不知道該怎麼阻止。雖然做些什麼也未必會變好，但不做什麼肯定會變糟……」

「那只是妳在恐懼與壓力下產生的幻影，情緒的殘渣。」飛雁說：「照以往的練習，把元神凝聚，妳現在都快渙散在空氣裡了。如果坐不住，就站著，想像自己像一棵屹立不搖的萬年松樹，深呼吸。」

曉楓勉強站穩，照飛雁的引導，幾個呼吸後，整個世界又靜了下來。

「……既然已經冷靜，我就說了。」芸草說：「飛雁，你也很清楚，曉楓的焦躁並不單純只是情緒的幻影吧？」

「芸草，妳現在說這個有什麼用呢？」

「我只是提醒你，注意你習慣忽略的可能性。」芸草說：「曉楓雖然還無法條理分明地說出她焦慮的根源；但她確實是憑直覺理解了目前的狀況有多嚴峻。簡單地說，先前為了隱藏行跡所作的一切努力，打從衝出去救小孩的那一刻起，就面臨了全面失敗的可能。」

一陣難堪的沉默。

「……諷刺的是，那個面具，多美麗的心意，但也可能會白費了。如果面具底下的人被知道是誰，就根本沒有戴面具的必要……」

「芸草……」飛雁不耐煩地好像想阻止她，終究沒說出口。

「救小孩事件讓曉楓初次達成了無心，卻也付出了可觀的學習代價，這件事的利弊至今仍在抗衡，好壞難辨。你讓曉楓回到無心狀態是對的，那正是我們在這團混亂中獲得的唯一好處。而現在，我們得考慮該如何才能支付代價……」

「……我贊成曉楓的直覺，現在或許正是『做些什麼』的好機會。」

「芸草妳……！」飛雁勉強按捺住情緒用詞，苦笑了一下：「妳太令我驚訝了，我本來以為我是比較衝動的，而妳則是比較保守穩重的那個人……」

「我向來不傾向用任何形式或風格來定義自己。若真要說，就是你較為偏向感情用事，我則是以理性考量為優先。以往我會保守穩重，是因為在過往時代裡要隱蔽蹤跡實在太簡單了。只要跑得夠遠就沒人認得你，只有些畫得不怎麼樣的畫像，用一些方法就能騙過捕快或仇家的目光。」芸草說：「在上述前提下，我當然會傾向穩健的策略，以保護劍主為優先。事實上在最近的這些變故之前，我的策略也並未改變……」

「但現代呢？誰都可以照相，錄影，丟到大家都能看到的平臺，這是個寧靜的亂世。而你我也都知道，在亂世裡保守穩重很可能不真是保守穩重。特別當情況已明顯開始不對勁，卻拒絕作出任何應對，那只是『等死』的另一種比較好聽的說法而已。」

飛雁想了想，點個頭，轉眼看向曉楓。

「芸草。說下去吧。」曉楓說。

「原訂的計劃是下週挑一天進行下個階段的計劃，但我想，不能等到下週挑一天了。」芸草說：「原本最理想的狀況是在『不良少年第二次去找王子前』就完成天理會那邊的事。若不巧不良少年先去找王子，就以保護王子為優先，天理會那裡則必須推遲。這是因為如果處理完不良少年之後立刻對天理會下手，就容易讓人把兩起事件聯想在一起……機率不高，但必須避免。」

「但現在狀況已經改變。王子不是我們唯一煩惱的一條線了，甚至可說是最不重要的一條線。曉楓自己、曉楓的家人、常綠、麒麟、奇偉，全都比王子更重要。如果王子的事繼續拖下去，其他事件又爆出來，就可能會陷入死結……」芸草說：「快刀斬亂麻地解決掉王子這邊，再去專心應對其他方面，或許是目前最合理的做法。因為我們已無法負擔繼續拖遲的時間成本了。曉楓父親要做實驗，實驗室不可能只有曉楓父親一人，一定會有其他研究員，也就是又多了一個可能的消息泄漏源。這可是第三個泄漏源。接下來我們光是想保護好自己都很費力，再不解決王子的事，之後萬一變成『無法解決』，就白忙一場了。」

「如果還要做，就要快，甚至今晚就動手。」

曉楓點點頭，打開書包，取出今天剛拿到的，怒吼的虎面。

隨時都可能會變成最後一次出場的，伙伴們齊心協力打造的面具。

就像俠客的日子，也隨時可能會走到最後一天。

曉楓撫著面具，莫名地竟然有種寧定感。甚至有種詭異的直覺，覺得剛剛的心神不寧，是因為這隻在書包裡的老虎正低吼刨抓著；直到此刻被她輕輕撫過，牠才安靜下來。

衣櫥裡，五件偷借來的制服只剩兩件，其他都洗好還回去了。她穿上倒數第二件，景美女中的黃色制服與虎面具色系意外地搭配。整理好衣服、特別準備的鞋子，最後調整了一下面具與假髮的角度。

「飛雁，」她說：「動手吧。」

碰觸到無悔劍的瞬間，曉楓又跌入夢境裡，無限而無止盡的飛翔之夢。

§

在曉楓床上，靜音的手機裡，傳來了一封 Email。

To：Shinken.Fayyen@gmail.com
From：（隱藏）

得與足下復生於當世，甚感快慰！
前世未完之事，亦當於此世了結。
近日將往與足下論劍。

魚腸

第十六章　實驗

「逆理不順，不可服也，臣以殺君，子以殺父。」
——薛燭論魚腸劍。

§

在實驗前，父親已跟曉楓統一過口徑。對外把與飛雁相關的內情全都隱去，亦絕口不提古劍或劍上幽靈的事；就只說女兒從小開始練功，至今已十餘年，突然出現了特殊功能，想以科學方式檢視其功能是否真有特異之處，其能力極限又到哪裡云云。

有趣的是大家都不懷疑朱教授竟有個練功十餘年的女兒深藏閨中，直到今天才突然露面。或許父親一貫維持神秘莫測的形象確實有好處，不管發生了什麼突發狀況也都像是策劃已久的陰謀。當他這麼說完，研究員們只是笑著回應：「喔，真是驚人，沒想到朱教授最厲害的研究成果竟然是他女兒。」

這對曉楓而言實在是個不好笑的笑話，對父親似乎也一樣。「曉楓，妳準備好了嗎？」他只淡淡地問一句，就把她交給康雄，然後就不知去哪忙了。

這是曉楓第一次親眼看到父親的研究室，就像在雜誌上看到的一模一樣：一些貌不驚人的現代儀器，看起來很像電影道具的腦波量測儀、能貼在身體各處的皮膚電位量測儀、磁力量表……當然，一些ESP實驗常見的，比如一疊卡片與中間放了隔板的桌子也是不可缺席。整個實驗室其實還算整齊乾淨。

「因為怪東西都收起來了。」康雄笑說：「今天只是帶妳看看環境，主要的實驗不是在這裡進行。」

助理康雄是負責管理實驗室的人，父親的第一助手。這實驗室——不太令人意外地——沒有研究生。除了康雄就只有兩個來打工的大學生。看著三人在眼前忙碌，穿著像從同一間成衣店裡買來的格子襯衫與牛仔褲，曉楓心中莫名地浮現出「一堆奇偉學長」的可怕畫面。

「妳在學校有參加什麼球隊或田徑隊嗎？」走向實驗地點時，康雄問。

曉楓說沒有。康雄似乎頗為驚訝。

「那為什麼……」康雄說到一半就閉嘴，搖搖頭，顯然這不是他第一次碰到老闆不按牌理出牌。他們走進活動中心的健身房，來到一間上鎖的房間，開門就是一陣霉味，康雄趕緊打開窗戶通風，又開了空調。

「原本是儲藏室。」康雄解釋：「但我們暫時借來用，因為需要空間擺這些東西。今天做完就要搬走了，所以我們快點開始吧？首先暖身一下。」

飛雁在曉楓心裡聳聳肩，還是應付地做了些伸展體操。邊做，邊看著這空蕩的大地下室放了好幾臺看來像複雜版健身器材的玩意，比如跑步機、舉重器之類。

「那麼先來輕鬆地跑個步吧。」他簡單地教了曉楓心肺測量儀的用法。

「為什麼要跑步？」曉楓問。

康雄呃了一聲：「一般特異功能實驗確實是不會做這些。目前 ESP 主要還是偏向靜態的、心靈方面的研究；但教授有特別交代今天的測試主要是測妳的體能極限。總之，請妳先跑跑看吧。」

曉楓打從心底覺得這蠢爆了。測量一個能飛簷走壁的俠客的體能極限到底有什麼意義？況且這些儀器又能測得出來嗎？

但反正又不是她跑。跟飛雁交個棒，自己的元神就跑去一旁蹓躂，反正最近有太多事情要思考。飛雁倒是跑得挺開心，邊跑邊哼著歌。

§

實驗前一夜，飛雁翩然降落在天理會的會所。高級商業地段的高級公寓，整棟都被買下來作為據點。一樓的門口簡練而氣派，愈往上則裝潢愈是低調奢華。會長看來像個年近四十事業有成的壯年人，名片上印著「順天財務顧問公司／董事長／張天理」。

當會長打著電腦，飛雁從背後悄無聲息地出現，說：「這麼晚了還要工作，現代人真是辛苦呢。」

會長停了鍵盤，約略三秒，連椅子一起轉過身，看著飛雁，平穩地微笑。

「你就是那個四處搗亂的高中生？找我有什麼事嗎？」

他說完，轉身準備繼續打他的電腦，神色如常，活像每天都會有戴面具的女高中生入侵他的辦公室。手還沒碰上鍵盤，飛雁劍訣指出，一道氣弦纏上會長的椅子，一拉就連人帶椅溜過來。飛雁一腳踩在椅墊上、會長兩腿中間，腳底距離要害僅差數公釐。

「想幹什麼？」飛雁冷笑，雖然對方看不到他的笑容。「想叫人上來？藏在桌下或鍵盤上的神秘小按鈕？這玩意若真有用，你想我還能活到來找你嗎？」

會長這才露出些許驚懼之色，雖只是一閃即逝。

「你到底想幹什麼？我們又不是什麼舉足輕重的——」

「喔，當然不是。你們全都這麼說。幹掉你們也沒用，反正肯定很快會有人取而代之。你們都只是狼群裡的一匹狼，即使少了幾隻，狼群還是會在。」飛雁說：「藏身在狼群裡，你就自以為安全了嗎？」

「你到底是……」

「我是專吃你們這種狼的老虎，是專屬於你們的天災。」飛雁說：「若看見自以為安全的狼群，我就一隻一隻抓下去，看抓到什麼程度會讓狼再也不成群。你就是第一隻狼。」

「為什麼是我……」

「是啊，永遠的好問題，為什麼是你，為什麼不是其他人呢？」飛雁的臉突然湊得極近，那虎面在會長眼中無限放大。「被你捕食的羊也都會這麼哀號吧。你或許以為這是私怨，你也不妨繼續這麼認為，因為我跟你雖然沒有直接怨仇，卻與你做的事有不解之怨。你，與你相似的所有人，確實都跟我有私人恩怨。而我會做的事也非常私人，我會完全針對你這個人。不管你手下做了什麼事，我都會算在你的頭上。」

「……那你不妨現在就殺了我吧。」

「何必這麼看輕自己？我可很看得起你呢。年紀輕輕就獨立門戶，未來肯定是聯盟中流砥柱的你，怎能這麼輕易就死在這裡？」飛雁柔聲說：「所以我今天來，主要是想跟你談筆生意，諮詢一下你在財務方面的專業意見。」

「請問，你覺得自己的命值多少錢？」

§

飛雁已經在機器上跑了將近一小時，康雄看著數據，露出保守的興趣。

「相當不錯，相當不錯。妳應該有練跑的習慣吧。」

康雄概略審視了資料，飛雁雖然氣息異常勻長，平均心跳數也很低；但速度並沒有十分驚人，大致就跟一般高中的田徑隊差不多。

「結果如何？」曉楓父親突然走進來。

「喔，相當不錯呢，教授。」康雄把目前的狀況簡報了一遍。

「我瞭解了。」曉楓父親點頭。「接下來讓我獨自進行，你先回實驗室，有些急件需要你幫我處理一下。」

康雄愣了愣，但也只應了一聲就出去。曉楓父親等他走遠，轉身把門鎖上，再看看還在跑的飛雁。

「只是『高中生田徑隊的水準』嗎？飛雁。」

「說好了等你來啊，教授。」飛雁爽朗地笑了笑，邊跑邊說話，完全不喘。

「嗯，先休息十五分鐘，我們再來測試極速。」

「測試極速為什麼要先休息十五分鐘？」飛雁說：「這樣前面豈不白跑了？身體才剛要熱起來呢。」

「休息一下補充電解質，等肌耐力恢復後，測出來的數值會比較準確……」

「是我在跑，所以聽我的吧。」飛雁說：「直接開始比較好。但這玩意撐得住嗎？好像我隨便踩幾下就有點晃悠。」說著拍了拍跑步機。

「沒問題，這些儀器會在這裡，就是因為它們都是特製的。我憑關係調來的。」曉楓父親說：「最高可以測到七十公里，天曉得做成這樣是要拿來測什麼，總之憑人類的力量應該很難弄壞。」

「那我就相信你囉？」

「好。」曉楓父親說：「倒數三秒，三、二、」

「一。」

隨著一聲像高速捲線的尖銳聲響，飛雁開始狂奔。

§

地下室迴盪著轟然的腳步聲，咚咚咚咚咚咚咚……

「如何？」飛雁跑了跑，停下來。

「時速大約落在四十到六十公里。均速四十六公里左右。」曉楓父親搖頭：「約略與一般馬匹的均速相仿，武俠小說寫『疾逾奔馬』並不只是比喻呢……」

「才一般馬匹？」飛雁瞇起眼睛：「我可能還是太溫和了點，你說這玩意不會壞吧？」

曉楓父親才點個頭，飛雁立刻又跑了起來。這回速度更驚人，只看指數一直往上飆，量測值到了七十三就停了，但速度似乎還在加快，腳步聲像猛擂戰鼓，轟咚一聲，原本向上微微傾斜的跑步機整臺被跑成平的，履帶當然也剎停。飛雁手一撐，往前翻個筋斗，落地。才略略有些小喘與出汗，臉色稍有紅潤。

「哎，壞了。這樣你會不會很麻煩？」

「……能夠解決。」曉楓父親表情毫無喜怒，只點點頭。「不用擔心機器的問題。為防萬一，我準備了兩臺。」

他指向旁邊另一臺一模一樣的跑步機：「這回不測極速了。請保持第一次那種四十到六十公里的跑法，我要看你的耐力。請一直保持這個速度，直到你不行為止。」

§

「Shinken.Fayyen@gmail.com？」天理會會長複述著飛雁給他的一張手寫名片，上面就只有一行Email地址。「真劍・飛雁？還是神劍・飛雁？」

「你還會讀日文呢，真不愧是會長。」飛雁說：「『神劍』兩字的漢語拼音太長了不好打，所以就隨便用個日文音讀湊合，反正也是從漢語傳過去的。本來想說也不會有人在意，你還是第一個認真問的人。」

「但你給我這一串……是想幹嘛？」

「貴公司的主要業務是什麼呢？」飛雁微笑：「大致就是把肥羊榨出油，把沒油的瘦羊放完血後宰來吃嘛。當然除了這業務還有其他生財之道，但最基本的還是這個，對吧？」

「你想幹嘛？」

「一件事，換一條命。」飛雁說：「你發誓放棄這吸血的業務，我就會救你一次。只要你不去侵害別人，當你被他人侵害時，寄信到這信箱，我查明屬實，就會救你。」

會長笑，飛雁也跟著笑，笑了好一陣子。

「別開玩笑了。我答應你，我公司就垮了，信用就沒了，我還憑什麼在道上混？你還是直接殺了我吧。」

「你公司不會垮的，你的信用也不會減損多少，因為你不會是唯一一頭被我找上的狼，你也很清楚。」飛雁說：「你確實會有損失，一筆不小的損失。會滿痛的，但那本來就是別人的血。放他們一馬，比起把他們逼死之後再去捐大筆錢給慈善機構來得更實惠，你不這麼覺得嗎？」

「一筆不小的損失……你講得可真輕鬆。那是我的命！我用命賺來的錢！」

「那你沒命了，怎麼花呢？」飛雁輕描淡寫地說。「我是完全不介意在這裡就把你幹掉，畢竟我已經跟你們上頭宣告過了，他們不聽，我只好繼續做我的。把你幹掉或許可以讓事情更順利。也或者，我可以不用把你幹掉……」

飛雁把指頭往他頸後輕輕一放，一股電擊般的激痛頓時傳遍會長全身。更可怕的是連慘叫也叫不出來，喉嚨彷彿被鎖死了。

「……你知道，痛覺會把人逼瘋吧？當超過某個限度時……」

又是一陣激痛，這回像是全身被萬隻火蟻噬咬，而且還是叫不出來。飛雁大約持續了十秒鐘，這十秒間，淡淡地在他耳邊說：「其實你不是最可惡的那個，你也是被逼的。你可以不要死，不需要死在這裡。何必當第一匹死掉的狼呢？你答應了，我就去找下一個，不就好了嗎？」

說著，放開手指。「意下如何？」

會長全身無力地癱在椅子上，直到飛雁又把手指伸向他的脖子，他才虛弱地說：「我、我發誓……」

「發誓什麼？」

「放棄這個業務。」

「包括？」

「所有，高利貸、詐騙、勒索、以及後續的催繳……」

「全都放棄？」

「是，我發誓……全都放棄。」

「很好。」飛雁愉快地說：「提得起放得下，英雄當如此也。那麼，資料給我。」

說著，拿出一支隨身碟。

「我、我這裡資料不全……」

「不管，我要你這裡有的全部。我自有辦法知道這全不全。」

飛雁看著會長用顫抖的手指把隨身碟插進電腦，從最常使用的檔案開始，看著他開啟一個一個檔案給自己看，看過所有的名字、家庭與帳款詳細資料，然後點個頭，全都存起來。

「只要裡面的任何人，任何人出了事，你就最好期望他們不會去找其他人哭訴，然後被我聽到。只要有任何懷疑，就唯你是問。我會給你我認為合理的時間去停止這方面的業務，但只會是我認為合理的時間。你最好在這方面展現你一貫的精明與幹練，因為這樣不只可以保住性命，你還會多一條命。當你出事了，我就會救你。但如果你想試試我的能力……那就儘管試試看吧。」

§

「為什麼停了下來？」曉楓父親問。

飛雁還是沒有劇烈的喘氣，心肺讀數也維持在合理的範圍，卻停下了腳步。看看碼錶，才剛過三分十一秒。

「身體撐不住了。」

「身體？」曉楓父親又重新把數值看過一次，然後詳細觀察飛雁的氣色。

「怎麼看，都距離『撐不住了』很遠。」他下結論。

「真氣確實是源源不絕，要繼續跑下去也可以。」飛雁說：「但曉楓的身體還沒有全然接受這樣的變化。真氣是能增強身體功能許多倍，但當超過某個極限，身體終究會想起這其實不是它習慣的真氣，然後開始排斥，甚至崩潰。」

「有可能消除這限制嗎？」父親問。

「從我開始修練到現在還不到三個月，曉楓的身體在這段時間可說是經歷了脫胎換骨的變化，還在適應與震蕩中。隨著時間過去當然會愈來愈好。曉楓若能漸漸掌握練氣的法門，也能加速這過程。」

「所以你熱心地教導她，是因為這對你自己也是有利的。」父親說：「但我聽起來，這其實是無法在短期之內改善的，是嗎？」

「是的。」

「那就可能會產生嚴重的問題，不是嗎？」父親說：「也就是你的戰鬥時間總長無法超過三分多鐘，一旦超過這時間，身體就可能崩潰。這豈不是非常危險的不利因素？」

「但你忘了考慮一點：這是在你要求之下才產生的，而非日常所需的狀態。」飛雁說：「只有三分鐘，我要怎麼跑去高雄？日常是會『配速』的，跑一段，走一段，又跑一段，雖然是比以前要慢，但這速度也非常夠用了。同理，戰鬥也不可能一直火力全開。我目前碰過的敵人都慢得讓我想打呵欠。就算一次來四五十個，這個敵人與下個敵人之間也有空隙，打一秒，休息兩三秒，再打一秒。只要能喘口氣，就可以無限地重複下去。」

「但終究不是無懈可擊。」父親說：「如果有敵人能迫使你完全無法休息，然後撐得比你更久，就有機會打倒你。」

「如果有那樣的敵人的話。」飛雁承認：「厲害到讓我完全無法休息，又擋得住火力全開的風神劍，還跑得快到讓我逃不掉。如果有那樣的敵人，或許我會陷入窘境沒錯。」

「但我並不認為在這個已經放棄了劍的社會，還能養得出那樣的人。」

「難講，你不就在這裡了嗎？」曉楓父親說：「……雖然我承認這機率確實很低，但這仍是一件必須放在心裡的事。你是有弱點的。你的天下無敵，就現在而言，只能持續三分鐘而已。」

§

「飛雁，你根本就是壞人。」

從天理會總部回家後，這是曉楓下的第一句結論。

「跟什麼人說什麼話吧。」飛雁說：「別忘了他可是吃人不吐骨頭的狼啊。像這種人，不讓他切身體會到你想做什麼，就根本不會被當一回事。」

「但這實在太讓人不舒服了……」曉楓說：「你剛剛看起來完全就是在欺負弱小而已。前幾次都還沒這樣。」

「別忘了，他在對付手下的肥羊時也是這樣，甚至更糟。」飛雁提醒她。

「……我不知道。總之，我不想再做這種事了。」曉楓說：「你說你曾是墨者，對吧？想達到『非攻』這種非暴力目的的墨者，卻老是在使用暴力，不覺得實在很奇怪嗎？」

飛雁突然呆住了。類似的辯證在每個墨者經歷第一場戰爭，乃至之後無數場戰爭時都已重複多次。也早已得到了能讓內心平衡的答案。但不知為何，在想起那個說服自己的答案之前，飛雁卻更先想起了墨子在死前的表情。那並非安詳而無罣礙的笑容；反倒是憂慮，無盡的憂慮……

「……我只能說『用這種手段，可以救更多人』。如果仍無法說服妳，那我也無話可說了。」飛雁黯然說。「儘管如此……」

「好了，今晚大家都辛苦了，別浪費力氣吵架。」芸草說：「還在興奮時，很容易說出未來會後悔的話。所以我建議你們兩個現在別爭執這個。反正該做的事已基本做完了。」

「還早吧……」曉楓疲累地望向遙遠夜空。

「真的已幾乎做完了。」芸草說。「今晚之後，我們就只需要盯好王子。只要不良少年出手，我們就順勢一路打回去，把天理會給挑了。最後的煙幕彈雖然還是得放，也不用太過著急。而如果王子從此無事，我們就暫時不用做任何事，只要繼續過生活就好。」

聽芸草這麼說，曉楓彷彿又燃起了些微希望。

「所以快去睡。不管什麼事，明天再說。」芸草說：「飛雁，練功。恢復狀態後也別做什麼事了，專心休息。」

曉楓幾乎是一倒在床上就睡得不省人事。幸虧如此。這樣至少在她隔天看到 Email 的時候，是神智清醒的。

§

「那麼，進入第二階段。」曉楓父親說：「戰鬥演練。做完這部分，今天就可以先休息了。」

飛雁看著那些健身房常見的、鍛鍊各式肌肉的器材，苦笑一下。

「你是把我當作牛還是馬？這麼重視我的負重力……」

「這是希望知道你的肌耐力與爆發力有多少。」

「而這跟戰鬥並沒有直接的關係。」飛雁說：「我說過，真氣並不是工具。它是有想法的，會順著你希望的目的去改變。我拿它去舉重，它就會強化我的肌肉，但同時也會讓我長出一堆我其實不想要的玩意。一個善於負重的捆工跟一個戰士所需的身體構造並不盡相同。把它混為一談只會讓自己喪失一些真正需要的，而得到一些無益甚至有害的玩意。」

「那你希望我怎麼做呢？」
「有沒有與戰鬥更直接相關的項目？」
曉楓父親搔搔下巴：「那就先跳過這個，你覺得那一臺怎麼樣？」說著，指向另一臺機器。
「那是什麼？」飛雁問。
「拳擊機。」
跟夜市的拳擊機不一樣，更大臺許多，而且不是擺臂式，前端有一塊厚厚的吸震海綿，後端則是計算衝擊力的裝置，整體呈現橫置的圓柱體結構，像臺攻城車似的矗立在那。
「一樣，特製過的，能承受比一般更強的力量。」曉楓父親說。
「你確定要我打？壞了怎麼辦？」
「應該很難吧。」曉楓父親笑：「壞了，再修就好。」
「那行。」
飛雁說著，身體略沉，右側身，左手自然垂放，右手橫架腰前，雙手開掌。
「等等，要戴手套——」
「你不是說這是戰鬥演練？」飛雁說：「如果實戰時不會戴那玩意，現在也別戴比較好。」
「你確定不會傷到手？」曉楓父親問，飛雁回應了一個覺得這問題很無聊的笑容。
「那就隨意吧，你想就開始。」曉楓父親說。
飛雁點頭，雙腳微踮，全身重心放在身體正中線，沿著雙腿貫至地面。一聲短喝，幾乎同時磅地一聲，一掌擊中海綿。
看起來雖然很快，快得幾乎看不清楚飛雁身形的一掌，但並沒有很大力。那著手的一響聽起來一點都不沉，好像只是拿手拍一下海綿墊的感覺。

「這算……結束了嗎？」

飛雁點頭。

曉楓父親轉去後面看機器量測的數值，果不其然，看到了很失望的數字。

「一百多磅出頭……這，」曉楓父親說：「你真的有認真打嗎？」

「我從來都是認真的。」

「但這數字……難道，機器……」曉楓父親又轉回來，戴起手套，照著海綿墊打一拳。轉回去看，這回被數字嚇到了。

「七百多磅。」他沉思一會：「果然是壞掉了。但……」

沒辦法，只得把助手康雄call回來。

「我不是要你先試過機器是不是好的嗎？」

「是好的啊。」康雄說。

「你自己試試看。」

康雄照父親的模樣，打一拳，轉去後面看數字，搖搖頭：「怪了，真的壞了。我明明前幾天才跟那兩個小鬼玩過，還賭一頓宵夜……」

「……算了，確定壞了就壞了，現在也沒法修。」曉楓父親說：「快幫我打開另一臺。快要吃晚飯了。」

康雄就開始忙碌地準備，等終於開好機，還親自試打一次，看過數值，滿意地點頭。

「來。」曉楓父親說。

飛雁二話不說又是一掌，毫不起眼地「啪」一聲，像隨意用手拍一下海綿，幾乎是剛才的錄影重放。

「一百一十三磅。」康雄報數。

曉楓父親想了想，又戴上手套，自己打了一拳。

「七百多磅！」康雄驚呼。「老闆，你……你……」

「我什麼？你自己打打看。」

康雄照做，讀數也是七百多磅。

「又壞了？」康雄愣了。「剛、剛剛還是好的啊……」

父親看著拳擊機後面的 LCD 螢幕，突然說：「康雄，你剛剛開機時，有看到這螢幕上有裂痕嗎？」

「裂痕？沒有啊……耶？」康雄瞪著 LCD 螢幕，右上角明顯就是一道裂痕。

「真，真是太奇怪了啊……在前面打，憑什麼後面的 LCD 螢幕會裂啊？」

曉楓的父親若有所思地看著飛雁。

§

「飛雁的 gmail 信箱收到奇怪的訊息？」

結果實驗花掉了整整一天，曉楓只能在隔天下午把另外三人急 call 至社辦，討論這封怪異的訊息。

「發信時間……大概就是飛雁出發去天理會總部時，甚至可能還沒見到會長本人。」學姊說：

「換言之，跟天理會無關？」

「難講，我們也用了這種倒錯時間序以免遭人聯想的手法，或許天理會早已請了黑道中的強者來守護會長……」奇偉說。

「這不合理。請強者當保鏢，卻不留在身邊，任飛雁來了又去？」學姊說：「就目前而言，把這兩者視為獨立的事件會比較好吧？」

「這魚腸……該不會是歷史課本裡的那個魚腸吧……」常綠說。

「可能是無聊的玩笑，某種魚目混珠的手法……」學姊說：「但還是要想，最糟的情況可能是……」

「……另一個附在劍上的幽靈？」奇偉說：「不，不會吧。『那把』魚腸劍？不是失蹤很多年了嗎？」

「那神劍『無悔』又怎麼說？這把劍根本就不在史料上。」學姊說：「史料無法記載的內容多如繁星。即使最初有記載，遭篡改、抹消的記錄也所在多有。只要當權者逼迫史官，會選擇要真實而不要命的史官，究竟有多少……」

「但，『魚腸劍』耶。這算什麼？古劍的全明星賽嗎？」

「我不知道，但，我想飛雁會知道。」學姊說：「看他的訊息，至少暗示著跟飛雁有過一段恩怨……曉楓，可以讓我跟飛雁講話嗎？」

曉楓不太願意，但還是讓飛雁出來了。

「他，就是『那個』魚腸劍嗎？」

「看這語氣，很有可能。」飛雁說。

社辦裡的人們同時安靜片刻，然後用各自的方法宣洩壓力。麒麟學姊摘掉眼鏡按摩眼睛，常綠抱著肚子在椅上彎腰，奇偉揮手仰天長嘯些意義不明的話，聽得懂的只有：「不要再來了……已經夠了，這漫畫我看夠了……為什麼沒有關閉或跳出的選項……」

「生活的漫畫化確實是不健康的……因為無法預知自己到底是主角，還是領便當的雜魚呢。」麒麟學姊苦笑：「但……好吧，飛雁，說下去。」

§

「其實就武者而言，魚腸並不強。」飛雁說：「他所有的招數就只有一招：到你身旁，一劍刺進心臟。而得手後，會怎麼樣他也不管了。」

「《刺客列傳》記載的魚腸劍劍主專諸，在殺了當時的吳王後，被周圍士兵劍矛齊施，死得極慘。」學姊說。

「當魚腸劍的劍主確實滿可憐的。」飛雁說：「它不怕，因為誰都需要一把好用的匕首。當年吳王被殺之後一定有人拔起它據為己有，因為那是一把看了就捨不得丟下的美麗短劍，而且極為鋒利。」

「有說吳王僚被刺前已做好準備，穿了多層鐵甲，依然被魚腸劍一劍捅穿。」學姊說。

「異常的鋒利，與一往無前的拚命。」飛雁點頭：「是全心奉獻的刺客，也是最危險的刺客。」

「那，這麼個危險的刺客，怎麼會跟你有一段恩仇？」奇偉問。

「印象所及，是我在一座城頭用風神劍打退了他。」飛雁說：「我是守城的墨者，他是摸上城牆的刺客，這幾乎沒什麼好說。我還記得他落下去的樣子。」

「你記得還真清楚。」

「因為我後來很後悔，沒有補一記風神劍把那劍給碎了。我不知道對手是被魚腸劍附身。畢竟，那時的我也還不是這樣子……」

「千年後再次相遇，這次是他先一步刺中我當時的劍主，而我的劍主拼了最後一口氣跟他同歸於盡。兩把兵器落在一旁，各自又被人撿走了。」

「你跟他還真有緣。」學姊說：「歷史長河如此漫漫，鬼劍要遇上主人又如此艱難，而你跟他竟然能碰上兩次。」

「有聽過當我們這種兵器大量出現時，就是亂世將臨的徵兆。」飛雁說：「雖然沒什麼根據，但幾乎每次醒來，都不會只有我一個，而他確實是我不想碰上的其中一人……」

「為什麼呢？」學姊說：「短劍碰到風神劍這種長距離武技，應該被剋得死死的。就像你們第一次打鬥那樣……」

「因為他對於勝利的定義跟一般武者不太一樣。」飛雁說：「一般武者追求的是技藝的完備，而比武只是一種精進技藝的方式。或許風險難免，但正常是沒人會刻意要對方死的。甚至打完惺惺相惜、成為至交的例子也所在多有……」

「但他追求的是一種怪異的美學。某方面而言，或許是徹底輕視了武的本質也不一定。他只要能殺死對方就行了。雙方力量差距愈大，反而會讓他覺得真是『賺到』了。所以他會使盡任何手段，追求那完美的一刺。那一刺之後，故事對他就結束了，剩下的代價全都丟給劍主承擔。」

「我認為這想法實在很不入流。如果世間真有那種追求鮮血的惡劣劍鬼，或許就是像他這樣吧……」飛雁全不遮掩厭惡之情。

「所以，像這樣的人可能隨時會潛到四周，偷襲。」學姊說：「或者假扮成任何人潛到曉楓身邊，然後冷不防地拔劍。」

「……他確實可能會這麼做。」飛雁說：「為達目的不擇手段，甚至不介意牽連無關的人。」

「總之，他應該還不知道妳是誰，這是唯一的優勢了……」

麒麟學姊才剛說完，曉楓的手機又震了震，顯示有新訊息。

§

To：Shinken.Fayyen@gmail.com
From：（隱藏）

已尋到吾主。
近日將訪。

魚腸

附件是一張解析度不高，像偷拍的照片，是曉楓的側臉。

第十七章　地下道

當魚腸劍刺進心臟時，是不太痛的。
幾乎是「滑」的進去。
男人看著女人，
他明白自己的最後一口氣還來不及問完一個問句，
只得用來鎖緊手臂，
剩下的一切就交給重力。

女人挑了個這麼危險的地方刺殺他。
在崖上，死屍遍地，
是男人殺的，為了她。
就這麼斬神殺佛地闖到了這裡。
最後他拋下了劍，擁抱她，
而女人選擇在此刻拿劍滑入他的心臟。

其實機會多得很，
接下來男人會有更多的時間以背向著她，
更安全、更適當的時機。
但不需要那麼多，
她只需要一個。
完美的一刺。

不在這一刻，就不行了。

男人睡了，
女人微微笑了。
溪水將被染成紅布，
他們在那永遠安眠。

而從男人肋間滑落的短劍，
跌在溼潤的溪石間。
猶帶著魚鱗狀的美麗花紋。

§

最壞的情況。
當天大家就這麼默默散了，誰也樂觀不起來。
最壞的情況就這麼發生了。
曉楓看著眼前三人，她明白自己已無法待在這裡。她必須實現諾言。
「我不會拖累你們的。」
她是真的這麼想，從未改變。
所以不能再去學校了。

§

「今年第一號颱風即將襲臺……」

主播報著節目，曉楓連家也不敢回，漫無目的地在街上亂走，身上只有一把無悔劍，連錢都沒有。

畢竟當天離開學校時，連書包也沒帶。書包裡有面具。

再也用不上了。

她傳了簡訊給父親，然後把電話設為靜音。原本想關掉，但沒有，就只是懶得多按幾個鍵。

身體，飛雁愛用就用，芸草愛用就用，她才不管。

而他們還是一如往常般，自把自為地照顧她。比如偷偷溜進一間沒有客人的廉價旅社，洗澡，洗衣服，睡覺。隔壁有大聲的做愛聲音，而曉楓待在幽暗裡，赤裸著身子等衣服乾。

手機又震了起來。

To：Shinken.Fayyen@gmail.com

From：（隱藏）

看新聞。

魚腸

曉楓甚至不知道該怎麼讓這沒有電的房間有電。但芸草熟練地在進門的插卡處插了張卡，十秒內就打開了電視。在幾臺新聞之間切來切去。

國防部的三軍聯合操演順延……

又見小刀殺人魔，獨居女子被亂砍數十刀致命……

氣象局發佈豪雨特報……

慎防土石鬆脫……

小刀殺人魔。怎麼看都是這個。

「怪了，不是完美的一刺嗎？」芸草喃喃自語。「飛雁？」

「我也沒弄懂過他。」飛雁說：「關燈吧。」

芸草關了燈。

§

衣服乾了，就穿上離開，繼續漫無目的地亂走。

反正魚腸要來，肯定會通知，在那之前，能多走一段是一段。如此完全無跡可循，他要找到也沒那麼容易。然後，最可能的下一步就是用曉楓的弱點逼她出來。但那會是什麼呢？能想到的弱點太多了。父親、動漫社的朋友們，就跟消息可能泄露出去的路徑一樣多，無從追溯、無從防備。

走累了就睡，當曉楓醒來時，又在一棵樹上。莫名地回想起王子與療傷。

連她自己也驚訝的是，竟然對此一點怨懟也沒有。

不經飛雁提點，曉楓試著讓一切重新開始運轉。此刻的無心狀態竟異常深沉，以往對她困難無比的，突然變得簡單。她終於看見了所謂的無心，是介於動與靜之間，逃與打之間，想死與求生之間，恐懼與勇氣之間，相互拉扯乃至巧妙平衡的狀態，因而超脫了一切而立於萬物的中心，靜觀不斷流轉的世界。

「飛雁？」她喚。

飛雁應了聲。

「我想對你說聲對不起。是我開啟了這些，而你一直都在幫我。我那天說的話，對你並不公平。」

飛雁好像有些困窘，但仍溫和地說，無需抱歉。我們是妳的影子。永遠，不用對影子抱歉。

「你說無敵容易，無悔很難。能不能教我，要如何才不會感到後悔？」

飛雁沉默了一會，說，那方法，我也不會。

「我只能教妳戰鬥的方法。」

掌握力量、學會戰鬥的方法，貫徹到最終，會通向無悔之路嗎？

「好吧，我可以接受。」曉楓說，並感到兩團溫暖的意念包住她的心，像在說「歡迎回來」。

「妳的本質確然無疑，是鐵。」飛雁說：「即使表面有些生鏽，只要稍微磨一下，用好的鐵心鑄造的劍還是能重獲鋒利——」

飛雁還未說完，手機又震了一下。真不讓人休息。曉楓拿起來，看一眼，嘆口氣。

意外地平靜。

她應該是要被這封訊息激得沉不住氣，卻連一絲情緒的波瀾也沒有激起。戰士的心法，她默念，眼前只存在可解決的問題。

「走吧，飛雁。」

再度飛揚於夜空，風中已經隱隱感到有颱風來襲的氣勢。

§

To：Shinken.Fayyen@gmail.com
From：（隱藏）

若要她活，
臺北捷運地下街，丑寅之交。

魚腸

附件是常綠的照片。

§

夜裡的捷運地下街理應大門深鎖，但對方既然這麼說，一定想好了辦法。

曉楓找到了一處被破壞的鐵門，拾級而下。沒開燈的捷運地下街，只有少數逃生口指標有著綠白色的光源，有限的亮度，把黑暗襯得更觸目。

在能見度的邊界，每個模糊的形體都像在動。

但環境幽暗對飛雁的外丹田系統卻沒有妨礙。只要仍有空氣流通，飛雁就能建構起完整的戰場與索敵系統，像潛艇的被動聲納，不放過任何一絲異響。

如果真有顧慮，風神劍也能當成主動聲納使用。發一記風神劍出去，對飛雁就像丟了顆照明彈，威力所及之處全都被照得一清二楚。雖然得冒著暴露行蹤的風險，卻也不是誰都能聽著風聲就有辦法解讀全局，即使做得到，也不可能做得比風神劍的主人更好。

夜戰確實是飛雁擅長的戰場。芸草曾笑說與其叫飛雁，還不如叫蝙蝠。

這些曉楓都知道，明明都知道，但幽暗帶來的龐大壓迫感仍是無與倫比。明明知道那裡沒東西，卻無法讓心跳不加速。畢竟說著「安全」的是自己還在學習的陌生武技，而熟悉的五感全都在大喊著相反的話語。

危險。危險。危險。危險。

現在還來得及。快點回去。

——可是常綠……

這不是妳處理得了的狀況，妳以為妳是誰？別人的命哪有自己的命重要？死了就什麼都沒了不是嗎？

——冷靜點。

在來之前，決心一戰的瞬間，冷靜得連自己都有些自豪；但等到真正跨入漆黑的戰場，就覺得那些曾在胸口閃閃發光的想法都被吞沒了，所有溫暖的部位急遽失溫，打從內心深處顫抖了起來。

——不行，我學不會。我永遠都沒辦法……

曉楓用緊繃的喉嚨深吸口氣，盡可能輕緩，盡全力壓制顫抖，她明白若失卻冷靜就只會拖累飛雁，而這正是敵人的目的。喪失理智的自己，絕對是弱點。

——「為什麼不讓『意外』變成『常態』呢？你們何必還留著曉楓在那裡痛苦難過，為何不乾脆取而代之算了？」

她莫名想起麒麟學姊曾說過的話，而另一段討論也浮上心頭。

——「你應該也明白吧？你的作法並不算正常——」

——「我只會『守城』而已，可不會侵佔他人城池。」

確實，如果是一般的劍鬼，或許就會像老大叔說的那樣整個侵佔掉劍主的意志吧。首次置身死地，才會明白芸草所謂的「正常」做法或許不單只是自私與無情。在這種時刻，應該會有不少人放棄自主吧。在死地想求生是如此艱難，而飛雁簡直像背負著自己戰鬥，而自己還會無法控制地亂動；簡直無法想像為何即使在此刻，他仍堅持讓曉楓保有自己的意志。

如果可以說聲放棄就放棄的話……

——別擔心。飛雁說。

——妳的本質，是鐵。就像我教的，深呼吸，引領自己進入無心，妳會比任何人更堅韌、更銳利。

遠方開始傳來笑聲，兒童的笑聲。是被過度壓迫的精神產生了幻覺？笑聲忽遠忽近，卻完全沒有聽見腳步聲。

曉楓感到飛雁握緊了劍，正考慮要不要發一記風神劍探探虛實，突然，整個捷運地下街燈光大亮。

空蕩的工字型長廊，轉角處，有個身影。

是那個眼鏡男孩。

曉楓曾拼上性命救的那個，花了兩小時說故事逗他笑的那個，總是低頭看書的男孩。

「你怎麼會在……」曉楓脫口而出。

隨即，徹底瞭然。

「不……不！」全身無法控制地開始打顫。

——曉楓！

飛雁終究慢了一步，因為男孩的速度快得難以置信，即使在萬物都變慢的世界裡，依舊比飛雁更快。曉楓只能眼睜睜地看著他雙腳踩上自己的雙手，然後身體被他的衝勁給壓倒，無悔劍掉在一臂以外之處。

「找到妳了。」男孩笑著，拿出一把上面帶著鋸齒的六寸摺刀。

「這是 Cold Steel 公司的優秀作品，Vaquero Grande。」他愉悅地說：「看到了嗎？經典的四小齒一大齒設計，一旦咬進肉裡就會滑順地撕裂開來。這手感幾乎讓我感到熟悉……真了不起，嗯？在這時代，這把刀竟然用很便宜的價錢就能買到了，而我用它把妳肢解，不會比用魚腸劍更慢。」

「不要，動。」他雙腳突然加重了力道，曉楓根本不知道這是怎麼做到的。「不管妳想做什麼，我這樣——」說著持刀下刺，恰恰在曉楓的胸前停止，刺破了少許制服。「——都一定會比妳更快。但這樣就無聊了。是不是？好不容易碰到熟人，我想想，一千年沒見了，妳還好嗎？妳變得好漂亮啊……」

「……媽媽。」他說著，刀子仍指著曉楓心臟，卻彎下身，輕輕親吻曉楓的臉。

「我，才不是，你媽媽。」曉楓努力讓聲音不顫抖：「你媽媽是——」

「那女人不算。」男孩輕蔑地說：「她竟然看著我要被車撞到，都沒有要來救我。但妳來了，所以妳就是……」

他說著，舔了舔曉楓的臉。

「我真的很喜歡這次的妳呢。如果是不夠喜歡的人，我會用刀子舔……但如果是妳，我可以考慮一刀刺進妳的心喔……」

「還是一樣，母親死了之後就壞掉了呢。魚腸。」飛雁突然開口了。

男孩一愣，笑容漸漸從純粹生物的、享受野性獵殺的狂喜，收斂成看來比較像人的表情，且遠比孩童該有的更複雜。

「你懂什麼？」他突然爆出一聲。

「我確實不懂，為什麼你要不斷追著某個無法彌補的缺憾。」飛雁笑了笑。「自暴自棄地殺死了吳王又如何？千古傳誦又如何？母親還是被你自己逼死的，並不會改變。即使想用完美的刺殺去彌補缺憾，又真的補得起來嗎？」

刺客與遊俠，相互凝視。

「為了補償，你甚至試過要變成那個缺憾本身……但果然還是這小鬼的模樣最適合你呢。畢竟你就是個長不大的孩子，始終走不出那一刻——」

「就像你也還是像以前一樣蠢，是不是？」男孩更用力地踩踏曉楓的雙臂，骨頭發出了嘎吱聲，他歡暢地笑了。

「一點也沒變。嗯？」他說：「即使逃到了天涯海角，一個不得不救的人就把你綁到這裡。你一定會想，都拍到照了，我怎麼會抓不到人呢？」

「但正因為如此，我甚至不用真的抓她，這樣比較好玩，懂嗎？這是個信任遊戲，只是反過來玩。如果她不夠重要，無法把你的劍主騙到這裡，我就對這個人完全失去興趣……」

「……但如果她對你而言是足以為她犯險的人，我就會認真考慮在之後讓她去陪你了。你覺得這遊戲如何？如果我打算刺她三劍，你願意為她擋下幾劍？」

曉楓好像全身都要被這句話鎚碎了。如果飛雁沒有牢牢握住主控權，她就會這麼碎在地上，無法維持固定的人形，後悔得甚至發不出聲音。

但飛雁只是淡淡地說：「你還是一樣惹人厭。」

男孩笑了笑，說：「是嗎？但你上次倒是很喜歡我呢。」

他此時的笑容，在曉楓眼中最接近的形容詞竟然是，嬌媚。

「如果我知道的話……」

「你就不會寧可殺掉所有人，也要救出我，是嗎？」男孩哼了一聲。「……包括你最好的朋友？」

飛雁深吸口氣，剛才這句話像刀一樣刺進胸口，從剛剛都未曾動搖的姿態，第一次出現裂痕。

「如果你知道的話……你就會選擇不殺他，然後放我在那裡死去？你會這麼做嗎？嗯？」男孩繼續說著，像用刀反覆刮開剛剛戳出的傷口。曉楓實在無法忍受了，很想轉開視線，但飛雁不讓。

他眼也不眨地盯著魚腸。雖沒空傳什麼訊息給曉楓，但曉楓莫名地感到只要飛雁放鬆了，哪怕一刻，轉開視線、嘆口氣、或任何示弱的表現，那把懸著的刀就會刺下來。

所以飛雁雙眼瞬也不瞬，臨戰的狀態一秒也未曾解除。敵我之間有根隱形的弦，牽引著那把像野獸鋸齒的刀。

「到底，為什麼？」

飛雁一字一字地問了。

遲了千年，來不及問出的問題。

「因為……」

男孩本來好整以暇的，這問題並不難答，答案應該早就備好了。

但他卻看著飛雁，第一次露出茫然的表情。正待開口，芸草突然關閉了流往右臂的部分血流，飛雁趁這騰出的些微空隙掙開了被他緊踩在地上的手，電閃般握住魚腸持握的刀柄。

芸草毫無秒差地重振右手的血流。真氣攻了進去。

兩人身體劇震，此時魚腸早已失去了封死曉楓左手的餘力，曉楓卻也無法操控它，彷彿此刻兩人的意識只停留在刀柄相握的兩隻手，其餘肢體都在同時失去了聯繫。

曉楓目不轉睛地盯著懸在胸前的刀刃，魚腸彷彿看透了她的心，只是輕輕哼一聲，嘴角拉出些許冷酷的笑意。雖然不交一語，雙方對情勢的解讀卻早已流通無礙，誰也無法把對方擊退，表示彼此毫無保留的內力比拼剛好達到了平衡，但魚腸卻擁有一絲先天的優勢——

重力。

魚腸佔了高處，雖已無餘力控制曉楓雙手，卻索性反其道而行，用全身重量下壓。飛雁在跟他比拼內力的同時還得撐起對手，儘管孩童的體重對飛雁不算什麼，就這些微的、5%左右的優勢，累積起來也可能成為壓垮情勢的稻草。

刀子極度緩慢，但確實無比地下落。

魚腸不用說話，神情卻早已說明了一切：他極度享受這觀察對手步向死亡的時機，即使飛雁一絲不苟的冷靜，也被他解讀為某種不願接受事實的死硬。他的雙眼綻放著孩童的天真神采，像看著一件新捏成的黏土或沙堡。曉楓幾乎聽到他滿意地說：從沒有試過如此**緩慢地**宰殺過一個人，在真氣對攻、感官全開的子彈時間裡，經歷漫長得像一輩子的時間來擠壓、掏取死敵的性命。簡直是全新體驗，這輩子沒有白活。

等等。

即使感官全開，這訊息未免也太完整了，簡直像魚腸就在她心裡說話——儘管沒開口，但他的部份心思似乎流了進來。曉楓想起醫治王子時，隨著真氣流入指尖的諸多雜亂記憶，如果類似的訊息流通也會出現在比拼內力的時刻——

她像又回到了那天說故事的小學教室，飛雁之眼與芸草之眼。她盯著魚腸，多彩的故事氣泡開始浮現眼前。她沒想太多，就像一貫交出控制權那樣飄飛離自己的身體，然後飄進了其中一個氣泡——

那是個墜落的夢境。曉楓彷彿早已看過，只是換個視角。她被男人緊抱著，勒得窒息，歡快感卻貫徹了全身，於是奮起餘力翻攪匕首，再次深深攢入。不在這一刻就不行。唯有當男人放棄了一切出現在眼前，擁抱的瞬間，那一刺才能證明她感到的確然無疑的愛，以鮮血烙上印記。

然後下個氣泡，又下一個。刺殺，再刺殺，曉楓深陷血色的渦，不正確的，不完美的，不斷尋找，找不到。她看見那個女人，她以為是男孩母親的，其實只是個寂寞的都會女子，她開門讓他進去，恰如那詐騙保險金的男子，在那一刻對他露出了溫暖的笑意，讓他進去。刀是鑰匙，他只想找到個完美的鎖；但沒有，那人沒有醒來，他斬斷了繩索，手上還殘留重甸甸的觸感，人的體重與僅餘的微溫，那人再也不會出現了吧。或許從一開始他就已迷失在時光裡。他假裝自己讀著書，在喇叭聲大作的馬路走過去，沒人來救也無所謂。即使她在這輩子重複一樣的行為、放下一切來救他，那也只是偽劣的複製品。最好的早已過了，要如何才能重現那完美的一刺？

名留青史的一刺。那個待他甚厚的男子是這麼說的。男子人如其名，像光一般燦爛，他無以

夜行：風神鳴響
Day Dreaming

為報，士為知己者死。其實那人只要說一聲就行，他就會去死，絕無一句怨言。

可那個以光為名的男子，就連一絲陰影也不留給他。

行前一天，他與母話別。母是他的影子，他暫息的眷戀。在鍛鍊劍術與炙魚之技時，他不免會想到某日肯定將至的死亡，但又想到死後仍有這麼一方陰影處可棲息，他便能平靜地接受任何事情。那天，他其實根本不打算提到自己即將進行的任務。但母的神色怪異，看了一個人幾十年，有時你就是能察覺對方早已明白了什麼。

然後從母親口中，吐出了光曾說過的話語：大丈夫立於天地間，應作名留青史之事……

他愣了，這些話語不該從她口中說出。她不該知道的。光答應過他，會盡可能解除她的煩憂，會把她當自己母親一樣侍奉。但是母親卻說出了不該說的言語。遭到背叛的憤怒還沒來得及湧上，他只是呆呆地看著母親，而母親笑了笑，又說了一次，那樣子就像在對他說，不用擔心，她都明白。

他突然覺得無法待在那裡，於是推門出去。若有人反覆問他一百次為何出去，他或許會沉默九十九次，僅有一次這麼回答：他出去，是因為羞赧，因為無法面對自己的平靜之地竟混入了污濁的殺意。

而即使問他一千次也不會得到的答案或許是：他已被訓練得太精良。作為一隻獵犬的直覺，他認為此刻要達成任務，就得離開。若違背命令，哪怕只是心裡想想也會讓他有一種宛如鞭笞的疼痛。他喝了碗水，又順著習慣幫母親也裝一碗，突然手一顫，水打翻落地。

他以為自己的離去會帶來怎樣的後果？

當一個人說出了不該由她說出口的話，還有什麼其他的可能？

他悵惘若失地站在虛掩的門前，計算著時間。他早已注意過，屋子裡能取人性命的東西寥寥無幾，所以可能性也很少。這早已被訓練成該死的本能。勒斃自己，用衣帶，懸樑。他計算著母親還剩多少時間，並感到自己也隨著流逝的分秒，不斷地崩塌壞滅。

等時間過了將近兩遍，他才推開房門，看著早已預料到的景象，撕心裂肺地哭嚎。

那一刻，他不斷以劍柄鈍擊胸口，從口中迸裂出的鮮血與兩天後吳王僚的血融合一色。他是最完美的刺客，沒有人會懷疑這個看來活像大病初癒的男子有任何力氣殺人，他看起來簡直殺魚都有困難了；但只有他自己清楚，他此生剩餘的力氣還夠殺一個人。

不是吳王僚，就是公子光。

他確實考慮過另一種可能。光奪走了他的一切，包含他的母親，作為生物最初始的本能就是反抗；但此時作為人或者獵犬的優異訓練卻再次以些微的優勢凌駕了。他終究選擇站在光的一邊，只因若不如此，母親就白死了。

劍從魚肚而出，捅穿數十層鐵甲的瞬間，他想起母親說的名留青史，在驟然輕鬆的同時突然燃起了無可比擬的狂喜。歷史上不會有比他更成功的刺客了。徹底解放的自由讓他精神瞬間破殼而出——即使刀刃臨身也未察覺，他的肉身就這麼被剁落成泥。

然後又甦醒，重複著，重複著，重複著。曉楓輕易地找到每一個記憶氣泡共有的線索，再將其連結成串。這幾乎就像個有趣的遊戲——直到聽見一聲慘叫。她猛地驚醒，發現自己不知何時已站直了身，魚腸卻退到了一臂之外，右手仍持小刀，左手扶著頭側，表情扭曲。

「……妳到底對我做了什麼？」

她聽到芸草在心裡吁了口氣。「喔呵！我還真沒想過這招可以這麼用呢。」

曉楓還在想芸草在說什麼，飛雁已沉穩地說：「放棄吧，魚腸。你已經沒勝算了，我們談談吧，不值得賠上你這一世的劍主。」

「不可能……你竟然……」魚腸用掌心按壓著頭側，像那裡被鑿了個洞，有透明的血液正奔流而出。

「對你當然是不可能吧，老是把劍主丟棄的你，又怎麼能想像這時代的人會用什麼樣的方式來理解這世界——包括扭曲的你在內？」

魚腸停了停，原本痛苦的表情硬是恢復了正常。他放下左手，又故示閒暇地以右手甩弄那隻如野獸獠牙的小刀。

「少囉唆，雖然不知道你做了什麼，但只要把你刺殺，一切就又會恢復正常吧。」

曉楓決定放棄釐清剛才她掉入回憶時做了什麼，她更在意無悔劍在哪，並痛切地發現它正落在魚腸身後。她也因而察覺到飛雁在虛張聲勢，為了讓魚腸忽略那個掉在背後的勝機。此時突然一陣濃重的白霧淹來，伴隨轟然噪音如浪奔湧，然後狂風大作，曉楓突然發現自己飛了起來，翻個筋斗，降落在走廊遙遠的另一端。

然後被一個人緊緊抱住。

「楓姊姊——」

「常綠？」曉楓宛如做夢：「妳……怎麼會——」

「沒時間了，待會解釋。」奇偉竟然也出現了，把兩把刀子硬塞到曉楓手裡：「就說刀劍是消耗品，多帶不會錯吧？時間緊迫，這是我能找到最好的了。」

「感激不盡。」飛雁開口。「你們兩個快退，愈遠愈好。」

奇偉說了聲「遵命」，就硬是把常綠攔腰抱住，往後狂奔。

白霧裡倏然竄出個影子，飛雁二話不說，兩記風神劍劈了過去。

§

無人的長廊間煙霧彌漫，兩名劍鬼幾乎沒辦法停下腳步，也沒辦法停下劍。飛雁風神劍連發，卻總是無法打到行若鬼魅的男孩，但男孩也被風神劍的劍圈迫在十步以外，兩人你進我退，上縱下躍，來回爭奪那一步之差、一氣之差。這不是平地的打鬥，而是三度空間的決鬥。走廊四周，商家的鐵門上畫滿了布袋戲偶，冷眼旁觀著這場世紀之戰，不時還蒙受池魚之殃，被雙腳踩踏、劍氣劈傷。

——不是無悔劍，終究……

曉楓察覺飛雁必須努力壓抑力道，不然手上的刀劍會瞬間斷光。但這麼一來風神劍的恐怖之處也無法展現出來，變成只是比尋常的劈空劍要強一些的武技了。

但這樣就奈何不了對方。

戰鬥時間，一秒一秒，確實在減少。

——飛雁……

——沒事的。

曉楓發現飛雁是有計畫地發出每一道風神劍，將其組成陣形，像下棋般一步一步把男孩逼退，兩人你進我退，不時交換位置，但大致是繞著走廊中央的神劍打轉，想決勝果然還是得靠無悔劍。曉楓眼看對方連搶好幾步都被硬擋回去，略感放心；但飛雁想取劍也很困難，要花費十幾道風神劍才勉強能接近個一步半步。如果最後還是趕不及……

即使身體壞了也無所謂。

曉楓逼自己忘記時間，絕不能再拖累飛雁了。不能想輸、不能想死、不能想身邊的朋友，專注在此刻，與飛雁一起，共抗強敵。

——沒事的。飛雁說。

距離無悔劍還剩三步，兩步……

——贏了。

——咦!?

距離無悔劍還剩兩步之處，曉楓在放慢的時間裡，清楚地看見風神劍的風弦繞過了男孩的防禦，命中胸口。飛雁搶上一步，將兩把短刀正反握在左手，右手拾起無悔劍，劍尖直指男孩。

——贏了，曉楓，做得好。飛雁說。

——等等！飛雁，剛才是……

與其說「繞過了防禦」，不如說男孩早一刻就鬆懈了防禦態勢，被風神劍命中只是在他的敗北上多蓋了個印。

——戰鬥時間，又不是只有我們才有的問題。

飛雁這麼說，曉楓才恍然大悟。

——連妳也只能動三分十一秒；這麼年幼的身體條件只會更嚴苛，有沒有到三十秒都不知道。雖然他的身體很輕，導致那種鬼魅般的速度，但就得付出行動時間不長作為代價……

而飛雁既已看穿這局面，不可能再讓他欺近身邊。前三十秒耗光時間後，男孩完全只是硬撐著在戰鬥。最後終於連手也舉不起來，飛雁游刃有餘地獲勝。

——早在他第一下失手時，結局就已經注定了。

「即使是最強刺客，也免不了『魔王廢話太多注定失敗』的定律呢。」

背後有個聲音傳來，轉頭看，是麒麟學姊，全身迷彩服，還扛著一把瓦斯槍。

§

「學姊，你們到底是……」

「直接說結論，就感謝常綠這變態吧。」學姊說：「奇偉那個竊聽的 app 已經很過分。而她不只跟奇偉要，竟然還要求進階版，附加 GPS 定位功能，然後偷偷灌進妳手機裡……」

「也就是說，只要妳手機開著，她就知道妳在哪裡。這幾天，她幾乎是不眠不休地聽著妳的蹤跡。」

「怎麼會……」

「因為楓姊姊老是以為自己獨自面對就夠了啊。」常綠突然出現了。「那天看妳的表情，我就知道了，妳肯定會不告而別……」

「妳父親沒去報警，也是因為有常綠跟他解釋，怕反而觸動黑幫埋在警局的眼線，造成更多困擾。這段期間她都盡可能陪在妳父親身旁，只要有任何更新，她就立刻跟妳父親講。總之要好好謝謝她。雖然有點變態，但瑕不掩瑜。」

「哪裡，學姊也幫很多忙……」常綠說。

「呃，請問……」奇偉說：「我的貢獻是否完全被遺忘了？那些土製的煙幕彈、震撼彈、仿大馬士革鋼打造的鮑依獵刀與短劍，全都是我去跟熱愛生存遊戲的軍武宅朋友借來的耶。就連那 app 也是我寫的——」

學姊突然從背後緊緊地抱了一下奇偉，又拍拍他的頭。

「好啦，乖，你這次帥呆了。可以嗎？」

§

「飛雁，這孩子……可以復原嗎？」常綠問。

「很難。」飛雁說：「他被完全耗盡了。轉眼就會死……」

「怎麼會……」常綠摀住嘴。

「再看看能做什麼吧。」雖這麼說，飛雁神情卻黯然：「在那之前……」

飛雁突然起身，跑離眾人視線，轉眼又回來，拎一個小學生的背包。

「……果然。身體這麼小，東西不可能放身上。」飛雁說：「但這玩意又得隨身攜帶，所以附近肯定有背包。幹得好，芸草。」

那背包裡有一隻手機，一個像是女用的皮夾，還有一個用布包裹的條狀物。

「這難道就是，傳說中的……」奇偉吞口口水：「我說，在捐給故宮之前，摸一下應該不犯法吧。」

「前車之鑑就躺在不遠處，還沒學乖？」學姊說：「不過也是啦，僧、丐、婦、孺是高危險群，意思是宅男應該是安全的。」

「什麼話。」奇偉雖然這麼說，卻稍微放心地把那布包拆開。呀了一聲。

「這……這……」

那短劍早已鏽跡斑斕，看來毫無殺傷力可言，一揮還要怕它斷。

「如果留在這裡，明天就被清潔人員當垃圾清走了吧……」奇偉說：「上古神兵，就這麼……」

「那麼，該怎麼辦？」學姊問，遠方響起了巨大的風雨聲，眾人對看一眼，心意相通。

「快走吧。」

地下道裡，只剩一個永遠睡著的小男孩，手上握著不該由他握的戰鬥折刀；與一個小學生的書包，裝著一把再不會有人知道那是什麼來歷的上古神兵。

尾聲　風神鳴響

當墨子咽下最後一口氣時，沒有人知道他在想什麼。

總是銳利的眼，早已沒了光澤。
總是聰明的耳，早已聽不見聲音。
他甚至連弟子的未來會怎樣也不知道，
當然也管不了，大禹廳的弟子們正爭論著：
到底要遵循他的教誨，
把這偉大的思想家丟到荒野餵野獸，完成天理循環；
還是即使是墨子不可違背的教誨，
都必須為他自己開個特例。

他或許只想著，無法解釋的疑難。
比如主張非攻的墨者，卻總是為了維護和平而陷入戰爭，
比如主張兼愛的墨者，卻總是為了保護所愛而使用暴力。
比如，要杜絕全天下的侵略戰爭，
墨者終究會被迫協助那最大的侵略者一統天下？

並因此，失去了墨家所有的堅持與尊嚴，
默默從史上消亡……

無法解決的邏輯困境，總是必須利用暴力達到和平，
是否到最後注定只能成空？
他如此聰明地，設計了鬼神系統，
將所有暴力讓給虛位的鬼神，
於是善良的人們只要好好過活就行了。

他如此聰明地，解決了一切可見的難題，
而剩下的答案已無法用聰明的方式來獲取。
只能用最笨拙的方式，和著血淚，
一步一步爬過去。

他就帶著沒人知道的擔憂，默默咽了氣。
廳內的弟子仍爭吵著該如何對待偉大思想家的遺體。

§

一群人在大雨滂沱下回到曉楓的家，見證奇蹟的一刻。

原來曉楓的父親也是會哭的。

「回來就好。」他緊緊抱著女兒：「回來就好……」

那一陣情緒激動就不提了。開心完感動完，大家看風雨仍大，只得在曉楓家暫且待著。女生

穿曉楓的乾衣服，奇偉就先用父親的衣服將就。

終於洗完澡，換上乾淨的衣服，曉楓就連可以隨便用吹風機都覺得很開心。用暖暖的風吹完頭髮，又忍不住把衣服掀起來往裡吹，邊吹邊想：

——飛雁，我猜，這回老爸肯定不會善罷干休的。

——怎麼說？

——這幾天的事啊，肯定算是「愚蠢而有傷害」的吧？

——其實，沒有看起來那麼危險啦。飛雁嘟噥。

——你還真敢說。如果學姊他們沒趕過來，我們不就死定了？

——不會死定的。芸草說。

——倒地的第一時間我已計算過，對方速度很快，但飛雁也不慢，整體條件更是勝出。即是被壓制之下，最差的情況也能擊倒對方而僅受輕傷。但飛雁聽到了學姊他們在遠處行動的聲音，那就有拖延時間的價值。

——拖延時間？

——只要他們能對戰況起到一定程度的干擾作用，就可以期待以無傷結束了。

——芸草，不要唬我，哪有這麼簡單啊。

——我是不是唬妳，妳不妨問問自己的心吧。如果沒勝算，我會同意這麼有勇無謀的事嗎？

芸草哼了一聲。

——看到那威脅信時，就考慮過可能是假的。但真假並不是唯一要考量的點，即使這次是假，下次肯定就是真的有人被抓。能拿來威脅你的人太多了，也無法護住每一個。重點是對方表明了意思，時間拖長對我們也不利，即使明知是餌，也值得考慮要不要咬下去。

——而對方提的地點符合我們需求，我猜魚腸也不想輕易暴露身分吧？封閉的地下道，只要關閉監視器就不會留下目擊記錄，這已在找到他背包的同時一併確認了。再來是敵我的勝算。先前交手兩次，第一次飛雁贏，第二次魚腸靠偷襲取勝，但那次還沒有我。這次既然有我在，就不會犯同樣的錯誤了。

——芸草，妳不是討厭戰鬥嗎？

——我是討厭戰鬥。但為了維護這次的行動時間，我願意做任何事。

芸草笑了笑。

——論改造身體，我可是比飛雁更專精啊。已知魚腸擅使小刀，殺招主要是戳刺；我就能確保在他刺到心臟前預先清開一條路，無論如何完美的一刺，只要一擊落空，飛雁就能從容取勝。輕傷對無傷的機率大約六比四，重傷到死亡則是接近零。也因此，即使明知是餌，若能確實抓到對方，還是有咬的價值。

——而如果考慮友軍會來擾亂戰況，輕傷對無傷的機率就反轉為三比七了。雖然從輕傷到無傷只是要不要花一晚療傷的差別，對妳心裡的感受卻是天差地遠。所以飛雁會盡力爭取無傷的結局，比如跟對方說一堆敘舊的鬼話……

飛雁無奈地嘆口氣。曉楓茫然若失。

——……你們果然很厲害嘛。我好像什麼忙也沒幫上。

——不，厲害的是妳。我沒想到妳竟然能做到這種事。飛雁說。

——我做了什麼？

——大概就是「幫他順了順理路」吧。芸草說。

——魚腸之強，是來自他的迷惘。深陷死結，找不到出口，自認唯有刺殺才能前進，不惜一切，也因而銳不可擋。

——若是往常的他，不用無悔劍或許不好應付；但妳卻趁著內力比拼、真氣滲入的同時梳理他的記憶，以明晰的理路強行剝除迷惘，即使只是少部分，也相當地鈍折了他的銳鋒。

——也因此，即使沒有無悔劍，還是能輕鬆取勝。飛雁笑了笑。

——這是我跟芸草都沒想過的戰鬥方法。是妳身為獨立的劍主，自己走出的一步。

曉楓呼了口氣。突然發現頭髮吹太久，整個都變毛躁了，趕緊關掉吹風機。

——那，飛雁。那個。

曉楓沒有問完，但飛雁已知其意。

——……到底為什麼呢？他說，你不惜一切，甚至……殺掉了最好的朋友。

——……因為那是劍主的願望。

飛雁只簡短地答。

——那時魚腸劍的劍主是我的劍主最想保護的一個人，而我會以劍主的願望為重。

即使飛雁語氣堅定，曉楓仍感覺到那對他而言就像無悔劍刃上的小小缺口。不妨礙功能，但只要細看一眼，就會注意到。

——那為什麼又……

懸崖邊上的男人與女人，全心的交托，與滑入肋骨的劍。

——魚腸他，是可悲的。巨大的愛的失落，與隨之而來的刺殺成功，兩個原本互不相干卻又太過沉重的事件接踵而來，也把他的心拗成了一根扭曲的廢鐵……

曉楓心頭閃過了當飛雁試演風神劍時，那把灌入過量真氣的鐵尺被拗成像益智環的奇形怪狀，再也無法復原。

——或許從那時開始，愛與殺戮對他就變成了同等的東西。他只能借由這種行為去得到愛的感受。但這是不可能的。重複這個過程，就像是肚子破洞的餓鬼反覆吃東西，食物滑落喉頭，又從肚子掉出，永遠不會飽足……

曉楓無語。此刻飛雁的思緒沒有一絲隱藏，她能嘗出其中各種雜味紛呈，但並無恨意。

——也就是說，能打倒他真是太好了，吧？

——嗯。

「該死的。」奇偉突然叫了一聲。

「怎麼了？」麒麟學姊問。

「我剛剛駭入了魚腸的手機——這其實很簡單，這些冷兵器時代的古人根本不知道什麼叫資訊安全——結果看到了可怕的東西。」

奇偉臉色凝重地把手機畫面亮在眾人面前。

「……他在決鬥開始前，已經把曉楓的資訊傳給僱主了。」奇偉說：「他真是全心奉獻的刺客。即使自己忍不住想玩，還是會先確保目的能被達成……」

「也就是說，我們只是獲得了一場虛假的勝利，是嗎？」麒麟學姊喃喃自語：「等這場颱風過去，一切又要重新再玩，根本沒有改變……」

室溫瞬間降了五度，所有嬉笑都暫時偃旗息鼓。

「不會喔。」飛雁爽朗地笑了笑。「有辦法的。」

「……不懂資訊安全的冷兵器時代古人，有何見解？」奇偉沒好氣地問。

「我是不太懂那些手機網路什麼的。」飛雁悠然說：「但我懂人性。這是從古至今唯一不變的東西。」

「是喔，但懂人性又不能防止資訊外流——」

「可以。」飛雁說：「首先，那個僱主的號碼我認識，也知道是誰。」

「耶——？」眾人驚叫。

「因為前一陣子才去找過他嘛，順道就從他電腦裡搜刮了檔案……」飛雁說：「芸草說，即使是天理會會長，還是不免要用自己的手機號碼當密碼，真令人感嘆。沒有資訊安全觀念的，豈只是冷兵器時代的古人而已？」

「所以，天理會真是他的幕後僱主啊!?」奇偉說。

「我相信一開始不是，至少在我衝進去的時候，這僱傭關係應該還沒成立。」飛雁說：「但我出來之後，大概就被懸紅通緝了。魚腸眼看剛好目標一致，當然合作囉。」

「所以，魚腸把資訊送給誰已經很清楚了。」飛雁說：「如果他立刻廣為散佈，做什麼就都沒用了。問題是：作為一個野心勃勃的年輕會長，會這麼急著把寶貴情報免費送人嗎？特別當自己丟過臉了，難道不想憑實力找回場子嗎？」

「再怎麼說，他都會想要等魚腸的回報。頂多安排些補救措施，更多殺手或保鏢，但不可能這麼輕易就把情報撒出去，除非確認魚腸失敗。而只要有這短短的時間，已足夠了。」

「你現在又要跑一趟，去威脅他不准泄密？」奇偉說。

「那行不通吧。現在去找他，只會讓他認為確實抓到了你的把柄，再反過來威脅……」麒麟學姊說。

「如果好聲好氣地講，大概會那樣吧。」飛雁說：「但我並不打算跟他好聲好氣地講，我打算立刻讓他瞭解，彼此之間巨大而無法彌補的實力差距。」

「幸好，目前風向是朝我們這邊吹的。這陣風真是太好了，不是嗎？」

沒人聽得懂飛雁在說什麼。飛雁也不解釋，只換回外出裝束，戴起面具，打開窗戶就跳出去。在眾人的驚喊聲中，又看著飛雁乘風飛了上去，直上青天。

「看啊。」只隱約聽見遠方有雷聲般的叫喊。「這風真是太棒了，從沒見過這麼棒的風啊。」

說著，飛雁就這麼走了，真正名符其實地，乘風而去。

§

當天凌晨，中央氣象局的衛星雲圖出現了異象。

「報告，這颱風的樣子有點……詭異。」職員回報。

「什麼叫詭異？這算哪門子的報告！說清楚。」主管問。

「好像……好像一個……」突然驚喊一聲。

「又怎麼了？」

「颱風，消失了……!?」職員把眼鏡摘下來擦了一遍，然後又擦了一遍。

「剛剛……剛剛確實還、還在啊……？」

「你到底在說什麼鬼話，你是不是把經緯度調到澳洲去了……」主管說完，愣愣地看著巨幅螢幕上，大大的臺灣。

颱風消失了。

§

數千數萬道風通過飛雁的身體，被同化成相互共鳴的丹田，然後一化二、二化四地往外延伸，不到一小時，整個颱風已成了某種擁有意志的巨大集合體，緩緩地朝著商業區推進。

曉楓在颱風眼看著這壯觀的一幕，廣闊無邊、數之不盡的風牆如神的軍隊般列開陣型，而飛雁深吸口氣，瞬間把全部的風凝聚成一道風弦。

「去！」

一記碩大無朋的風神劍狠狠劈向天理會的總部。那簡直像一顆超大顆的震撼彈，把整棟公寓震成一團形狀難辨、也不可能修好的廢墟。

而後飛雁乘風降落，如天神降臨，從一團廢墟裡，挖出了神情恍惚的天理會會長。

「來，我們談筆生意吧。」

§

「颱風……」中央氣象局職員渾身冷汗溼透：「颱風……又出現了……」

「哈，哈哈……」主管也只能嘴角抽搐：「我說嘛，果然是儀器故障……」

飛雁用完後，自然就跟颱風說聲謝謝，又讓它自己去咆哮了。無論中央氣象局的人怎麼解釋儀器故障，都無法解釋，為何位於市中心的天理會總部會是這場風災最驚人的受災戶，簡直像是颱風只吹它這棟樓似的。

夜行：風神鳴響
Day Dreaming

§

之後，衍生了無數的都市傳說。

「你知道嗎？那神秘的颱風……」

聽說那颱風曾短暫神秘失蹤之後又出現。而在失蹤前一刻，衛星雲圖竟凝結成一個少女的形狀。網路上的鄉民指證歷歷地說，哪裡是少女的頭，哪裡是身體，哪裡是腳，還畫出了詳盡對照圖。

這颱風於是被動漫界封為「史上最萌的颱風」。

又有人說，臺北捷運地下街，那些店家鐵門上畫的布袋戲偶其實是活的。在夜裡，他們會醒過來，甚至繼續在戲裡未完的打鬥。他們指證歷歷，現場是如何呈現劍氣縱橫狀。為了修復布袋戲偶的武林大會，那條走道足足封了一個多月，重新開通後卻成為全臺布袋戲迷必來朝聖的景點。

還有人說，天理會不知為何就這麼消聲匿跡了。那棟樓大概是被恐怖分子裝了C4炸藥。果然，C4炸藥可以解決世界上幾乎所有的問題。

§

而對曉楓而言，平靜就已經是最好的禮物了。

她與王子和吉他社的聯合公演取得了空前大成功。三人手牽手謝幕時，掌聲遲遲不放他們下臺。

而王子牽上曉楓的手時，莫名地，有種被靜電電到的感覺。他也不懂為何溼熱的夏天裡會有靜電，就愣愣地看著曉楓，直到她轉過頭向他微笑才陡地轉開，心跳有點加速。

但只要常綠正常發揮作用，王子想探索這靜電之謎可還有好長一段路要走。

「楓姊姊——」

曉楓一下臺，就被常綠無尾熊抱。

「今年CWT，妳也跟我一起出cosplay團吧？」

「不要。」

「小氣耶，當了『真正的』魔法少女，就不屑扮假的嗎？好我知道了啦！」

「不是啦，我只是……暫時不想被人看而已。」曉楓說：「到時妳那邊還是借我躲一下，我也不太想去幫麒麟學姊賣書。」

「如果妳答應戴貓耳拍照，我就答應妳。」

「那算了。我還是去幫學姊賣書好了。」

「小氣耶——」

暑假裡，連無悔劍也在床上沉睡著，一切暫時看來都好。

夜行：風神鳴響
Day Dreaming

國家圖書館出版品預行編目(CIP)資料

夜行:風神鳴響 / 黃致中 著. -- 初版. -- 臺北
市 : 奇異果文創, 2015.11-
冊 ; 公分. --(說故事 ; 6-)
ISBN 978-986-91943-6-5(平裝)

857.7 104022734

說故事 006
夜行:風神鳴響

作者:黃致中
封面 & 內頁插畫:青 Ching
美術設計:舞籤
執行編輯:許雅婷

總編輯:廖之韻
創意總監:劉定綱

法律顧問:林傳哲律師 / 昱昌律師事務所

出版:奇異果文創事業有限公司
地址:臺北市大安區羅斯福路三段 193 號 7 樓
電話:(02) 23684068
傳真:(02) 23685303
網址: https://www.facebook.com/kiwifruitstudio
電子信箱:yun2305@ms61.hinet.net

總經銷:紅螞蟻圖書有限公司
地址:臺北市內湖區舊宗路二段 121 巷 19 號
電話:(02) 27953656
傳真:(02) 27954100
網址:http://www.e-redant.com

印刷:永光彩色印刷股份有限公司
地址:新北市中和區建三路 9 號
電話:(02) 22237072

初版:2015 年 11 月 11 日
ISBN:978-986-91943-6-5
定價:新臺幣 350 元